유광현 新무협 판타지 소설
FANTASTIC ORIENTAL HEROES

검신협 棋劍神俠

기검신협 1

유광현 新무협 판타지 소설

초판 1쇄 찍은 날 § 2008년 8월 25일
초판 1쇄 펴낸 날 § 2008년 8월 29일

지은이 § 유광현
펴낸이 § 서경석

편집장 § 문혜영
편집책임 § 문정흠
편집 § 이재권

펴낸곳 § 도서출판 청어람
등록번호 § 제1081-1-89호
등록일자 § 1999. 5. 31
어람번호 § 제2-1564호

주소 § 경기도 부천시 원미구 심곡1동 350-1 남성B/D 3F (우) 420-011
전화 § 032-656-4452팩스 § 032-656-4453
http://www.chungeoram.com
E-mail § eoram99@chollian.net

ⓒ 유광현, 2008

ISBN 978-89-251-1449-1 04810
ISBN 978-89-251-1448-4 (세트)

유광현 新무협 판타지 소설
FANTASTIC ORIENTAL HEROES

1

[오관지회]

검신협

棋劍神俠

유광현 新무협 판타지 소설
FANTASTIC ORIENTAL HEROES

도서출판 청어람

目次

第一章
천붕지통

棋劍神俠

기검신협

천붕지통 1

휘이잉!

덜컹덜컹!

매서운 바람이 문살에 부서졌다. 잘게 잘린 바람은 구멍이 숭숭 뚫린 창호지 사이를 지나 제집처럼 방에 들어섰다. 매정한 놈은 한 점의 온기마저 싹싹 핥아먹고 유유히 빠져나갔다.

"콜록콜록!"

매정한 바람이 목구멍을 긁고 지날 때면 새된 기침이 터져나온다. 한번 시작된 기침은 애를 끊어내는 고통을 주고서야 가라앉곤 했다. 일 년 전에도 그랬고, 어제도 그랬다.

한데 오늘만은 전과 다르다. 기침이 멈추지 않는다. 선잠에 들었던 무한(無限)은 어미의 기침 소리가 평소와 다름을 깨닫고 벌떡 일어났다.

"어머니! 어머니!"

무한은 어미를 흔들며 애타게 불러댔다. 달이 토굴 같은 방으로 빛을 실어 날랐지만 무엇 하나 또렷이 보이는 것이 없었다.

"콜록콜록……!"

그 순간에도 어미는 기침을 멈추지 않는다. 어미의 숨넘어가는 기침에 무한은 애가 끓는다.

집 안엔 유등(油燈)도, 그 흔한 초도 없으니 그저 미칠 노릇이었다.

어미의 기침이 서서히 잦아든다. 무한은 눈물을 훔치고 어미의 머리를 무르팍에 올려놓았다. 손이 홍건해진다 싶더니 무릎까지 뜨듯해진다.

따뜻하고 끈적거리는 느낌. 그것이 피라는 것은 눈을 감고도 알 수 있었다. 아버지가 온몸에 상처를 입고 돌아오면 대담한 척 거친 삼베나 광목 따위로 손수 환부를 싸매주곤 했었지 않은가. 한데 이번만은 그럴 수가 없었다.

무한은 속병 든 어미가 토하는 피를 멎게 할 힘이 없었다.

"제가 의원을 불러올게요."

눈물을 참고 급히 일어서려는데 어미의 앙상한 손이 무한의 손목을 붙들어왔다. 무한은 어미의 갈고리 같은 손에서 강한 힘을 느끼자 다소 안심했다.

"그륵, 그르륵."

기침이 그친 대신 목청을 긁는 이상한 소리가 난다. 아마 어머니는 무슨 말을 하고 싶은 모양이다. 그러나 말 대신 가래 끓는 소리를 몇 번 내고는 이내 그마저도 잠잠하다.

다부지게 붙들었던 어머니의 손에서 서서히 힘이 빠져나갔다.

툭!

어머니의 피에 젖은 손이 힘없이 바닥으로 떨어진다.

무생(無生)은 저녁 무렵에야 마을에 들어섰다. 삭아서 흐느적대는 싸리문이 오늘따라 황량하다. 집을 나선 지 꼬박 나흘 만이었다.

보리쌀 닷 되, 쇠고기 한 근, 그리고 군내 나는 가랑이 사이에 매달린 닷 냥에 조금 못 미치는 은전(銀錢).

가랑이를 훑어 은전의 무게를 가늠한 무생은 진한 웃음을 만들었다. 당장 쓰러져 쉬고 싶었지만 아직은 아니다. 급한 마음을 다독인다. 짚으로 엮은 쇠고기를 든 자신의 손은 피로 칠갑이다. 짐승이 것이 아니라 사람의 피였다.

무생은 쪼그려 앉아 수북이 쌓인 눈을 뭉쳤다. 먼저 얼굴을 닦았다. 하얗던 눈이 금세 피로 물들었다. 버리고 새 눈을 뭉쳤다.

닦고 또 닦는다. 엉겨 붙은 피는 쉽사리 지워지지가 않았다.

피는 생(生)의 증거다. 목숨이다.

이제 한 목숨이 하얀 눈에 씻겼다. 결국 질기게도 덕지덕지 붙어 있던 피가 무생의 몸에서 떨어져 나갔다. 무생은 언뜻 자신의 죄도 흰 눈에 씻겨졌으면 하고 생각해 본다. 못난 생각. 이내 도리질하며 자리를 털고 일어났다.

손에 들린 쇠고기와 보리쌀 닷 되가 세삼 묵직하다. 한 목숨을 덧없는 이슬로 만든 것치고는 터무니없이 가벼웠지만, 식솔이 이것으로 배불릴 걸 생각하면 만근거석도 이보다 무겁지는 않을 것이다.

손에 들린 것이 무거울수록 무생의 마음은 깃털처럼 가볍다. 성큼 걸음을 떼어 마당으로 들어섰다. 이제 이름을 부르면 아들은 싸리문을 박차고 나올 것이다.

"무한아!"

"……"

아들의 모습은 보이지 않았다. 이른 초저녁인데 벌써 자는 모양이다.

"무……"

무생은 아들을 부르다 말고 입을 굳게 다물었다. 그의 시선이 바닥을 향했다. 하얀 눈은 떨어지는 해가 수놓은 노을에 비쳐 불그스름했다. 솜씨만 있다면 한 폭의 그림으로 그려내

고픈 정취건만 무생의 눈동자에는 세찬 격랑이 일었다.

사흘 전부터 내린 눈은 한 자나 쌓였다. 그런데 마당에 쌓인 눈은 사람이 오간 흔적이 없었다. 사흘이나 사람의 출입이 없었다니. 불안이 엄습했다. 골골하는 아내야 그렇다 치더라도 하루도 빠짐없이 서당에 나가는 아이가 있는 집이다.

사흘간 바깥출입을 하지 않았다는 것은 있을 수 없는 일이었다.

툭, 털썩!

그토록 소중한 보리쌀과 쇠고기가 무생의 몸에서 떨어져 눈밭을 굴렀다.

벌컥!

쪽문을 거칠게 열어젖혔다. 떨리는 눈으로 한차례 방을 훑은 무생은 그대로 굳어졌다.

아들은 제 어미에게 무릎베개를 한 상태로 고개를 숙이고 있었다. 홑이불이며 방바닥이 온통 피로 얼룩져 있었다. 진저리치도록 싫은 냄새. 죽음의 향이 무생의 코를 파고들었다.

"정신이 드느냐?"

무한은 눈을 깜빡여 간신히 초점을 잡았다.

"아버지……."

"오냐, 아비다."

무생은 손가락이 네 개뿐인 오른손으로 무한의 이마를 쓸어내린다.

"열은 많이 내렸구나."

"어머니는……."

"못난 녀석!"

"어머니는……."

"이미 알고 있지 않느냐."

무한은 아비의 말에 입을 다물었다. 무생의 말대로 몇 날 며칠을 싸늘한 주검을 안고 있었는데 모른다면 말이 안 되는 소리였다.

어미의 마지막 모습이 떠오른다.

흔한 감기가 폐병이 되도록 제대로 된 약 한 첩 써보지 못한 어머니. 그런 분이 죽는 순간까지 가래 끓는 소리로 유언을 대신한다. 어린 무한이 느끼기에도 참으로 허망한 인생이다.

"간 사람은 간 사람. 산 사람은 살아야 하지 않겠느냐."

아비의 냉정한 말에 무한은 눈을 감아버렸다.

"얼음장처럼 차가운 어미를 끌어안고 사흘이나 견뎠느냐? 이틀이다. 이틀 만에야 간신히 깨어났단 말이다. 정녕 죽으려고 했느냐?"

아무 말도 하지 않았다. 잠시 후, 아버지가 밖으로 나가는 기척이 들렸다. 부엌에서 덜그럭대는 소리가 들리고, 나갔던 아버지가 구수한 내를 안고 들어왔다. 쌀을 갈아 만든 죽, 미음이다.

어머니는 이 년을 넘게 골골하면서도 약은 고사하고 쌀죽
한 번 먹어보지 못했다. 한데 아버지는 며칠 앓아누웠을 뿐인
자신에게 쇠고기 국물에 말은 쌀죽을 내민다.

이제 아버지의 자신에 대한 기대가 사뭇 두렵기까지 하다.

미음 내가 코를 자극한다. 산목숨이라 먹고 싶다. 어미에
대한 미안함과 서러움이 밀려들어 죽을 먹는 내내 뜨거운 눈
물을 흘리고 말았다.

2

장사를 지낸 지 이틀이 지났다. 짚으로 엮은 처마에 고드름
이 푸지게도 열렸다. 설을 쇠면 동장군도 기세를 펴지 못한다
더니, 옛말이 그른 게 없다. 시간이 정오를 향해갈수록 고드
름의 길이가 줄어든다.

두 자가 넘게 쌓였던 눈도 그새 녹아 맨땅이 드러났다.

집에 오래 유한다 싶더니 무생이 덜렁 한마디 남기고 일어
선다.

"사흘이다. 늦어도 그 안에는 돌아오마."

냉골에서 물 한 방울 입에 대지 않고 닷새를 버틴 아이다.
여느 아이 같으면 죽어도 하등 이상치 않은 일이 아니건만 무
생은 아이만 두고 떠날 참이다.

하지만 무생만 나무랄 일도 아니다. 잘 먹지 못해도 체질이 강골(强骨)인 무한은 어느 정도 기력을 찾은 상태였다.

"아버지, 굶어 죽어도 좋아요. 그러니 가지 마세요."

무한은 힘을 짜내 아비 앞을 막아섰다.

무생이 아들을 내려다보았다. 강하게 키워온 아이다. 그가 기억하기로 아들이 이렇듯 약한 소리를 한 건 처음이었다.

무생이 아들의 눈동자를 가만히 들여다본다. 까맣고 깊은 눈동자가 불안에 떨리고 있었다. 이미 죽음을 알아버린 아들은 겁에 질려 있었다. 어미를 잃은 마당에 아비마저 잃을까 두려워하고 있는 것이다.

'휴, 어른인 척해도 역시 아이는 아이인가?

"가지 않으실 거죠?"

무생은 아들의 음성이 하도 간절해 순간 마음이 흔들렸다. 하지만 곧 마음을 다잡았다. 그도 아들의 간절한 부탁을 들어 주고 싶은 마음이 굴뚝같았다. 그러나 그럴 수가 없었다. 반드시 가야 하는 이유가 있었다.

"눈 때문에 거동을 못했던 해적들이 더욱 날뛸 것이다. 배를 띄우지 못하면 여러 상인들이 손해를 본다. 이미 폭설로 여러 날 발이 묶였던 사람들이 아니냐."

아들의 눈빛이 흔들린다. 곧 슬그머니 손을 놓아준다. 한쪽으로 비켜서서 막아섰던 길도 내어준다. 기특하게도 생각이 깊은 아이다.

무생은 그런 아들을 스쳐 지나려니 가슴이 꽉 막혀왔다. 목이 컬컬하고 명치끝이 쿡쿡 쑤신다. 아들은 자신이 상단의 호위무사인 줄로 알고 자랑스러워하지 않은가. 아비가 하는 일이 무엇인지도 모른 채.

몇 걸음 걷던 무생은 문득 돌아보며 말했다.

"대신 이번에 돌아오면 무슨 일이 있어도 청학무관에 넣어주마."

"청.학.무.관."

무한은 네 글자를 가만히 되뇌어본다.

반상(班常)의 차별을 두지 않는 무관은 조선 팔도를 뒤져보아도 한 군데도 없다. 반상에 관계없이 들여보내 준다고 해도 문제다. 그렇다고 무한이 내키는 대로 들어갈 수 있는 무관이냐 하면 천만의 말씀이다.

일 년치 입관비가 자그마치 은 닷 냥에 달한다. 은 닷 냥. 극빈층이 대부분인 평민(平民)에게는 그림의 떡일 뿐이다. 그 돈 때문에 칼부림이 나도 이상치 않은 액수인 것이다.

더군다나 현재 청학무관에 평민의 자제는 하나도 없다. 출신은 천해도 돈이 넘쳐 난다는 거부들, 그들도 온갖 방법으로 자제를 들여보내려 했지만 끝내 이루지 못한 곳이 그곳이다.

"……?"

무한이 무수한 의문이 담긴 시선으로 아비를 올려다보았다. 아버지는 대체 무슨 생각으로 그런 약속을 하는 것일까.

그나마 너 마지기 남짓하던 전답도 서당을 다니는 데 다 들어 갔다. 출신도 출신이지만 빈털터리가 된 지 벌써 일 년째다.

"네가 모르는 수가 있다. 아비가 너만은 떳떳한 사람이 되게 해주겠다고 하지 않았더냐."

떳떳한 사람으로 살게 해주겠다는 말. 벌써 수백 번 들은 말이다. 그 말의 위력으로 인해 어미가 약 한 첩 써보지 못하고 골병들어 죽어가는 데도 가당찮게 서당에 다닐 수 있었다.

무생은 무한이 자신을 믿지 않는다고 생각했는지 못 박듯이 힘주어 말했다.

"이 아비의 이름이 바로 무생이다!"

"예."

"반드시 들여보내 줄 테니 그리 알아라!"

성도 없는 이름이 무슨 가치가 있다고 내세울까마는 무한의 눈에 신뢰가 어린다.

"예!"

이번에는 무한의 대답이 묵직하다.

"혹시 아비가 오래토록 돌아오지 않을지도 모른다. 만약 그런 일이 있다면 청학무관에 가보아라. 이름을 말하면 들여보내 줄 게다."

무한은 이해할 수 없었지만 끄덕였다.

"청학무관에 들어가면 일 년 안에는 절대로 나오지 말아야 한다. 오직 무예에 전념해 반드시 관주의 마음에 차야 할 것이다. 왜인지 아느냐?"

무한이 이번에는 고개를 저었다.

"명심해라. 아비가 네게 해줄 수 있는 것은 일 년이다. 그 후 계속 무관에서 무예를 익힐 수 있느냐 없느냐는 순전히 네게 달린 것이다."

무한은 그제야 고개를 끄덕인다. 이해가 빠른 아이다.

"알겠어요. 반드시 관주님의 눈에 들게요. 그래서 일 년이 지나고 이 년이 지나도 저를 내보내고 싶지 않도록 만들겠어요."

무생은 아들의 꼭 쥔 손을 바라본다. 콧날이 시큰하다. 쪼그려 앉아 아들의 두 어깨를 감싸 안았다.

"네가 무관에 있는 동안 아비는 어쩌면 멀리 가 있을지도 모르겠구나."

멀리라는 말이 오늘따라 아득하다. 대체 얼마나 멀기에 이런 느낌이 들까.

"어디 계시든 건강하세요. 무과에 합격해 무관이 돼서 기쁘게 해드릴게요."

무생은 아들을 안은 채로 부르르 떨었다. 아이의 콩닥거리는 심장 소리에 마음이 약해진다. 간신히 눈물을 삼킨 무생이 무한과 얼굴을 마주쳤다.

무한이 이를 드러내고 웃는다. 작고 가지런한 이가 무생의 가슴을 시리게 만든다. 슬픔을 억누른 미소, 울음보다 더욱더 슬픈 미소다.

　무한을 홀로 남겨둔 무생은 꼬박 한 시진 반을 걸어 커다란 대문 앞에 도착했다. 천천히 고개를 들어 현판을 본다.
　청학무관……. 네 글자 중 하나도 아는 게 없다. 하지만 현판을 바라보는 것만으로도 무생은 가슴이 뻐근했다. 무언가 가득 찬 느낌이었다.
　규모 면에서 다섯 손가락 안에 드는 곳이다. 관장의 무예와 인품은 그중 단연 으뜸이라 정평이 나 있으니.
　"합! 합……!"
　관원들의 힘찬 기합성이 담벼락을 무너뜨릴 듯하다.
　이제 얼마 후면 무한의 기합도 저 소리에 섞일 테다. 주책없이 눈물이 핑 돌았다. 그리만 되면 죽어도 여한이 없으리라.
　그때 문이 열리며 작지만 몸매가 다부진 사십대의 사내가 걸어나왔다. 사내는 눈매가 쪽 째지고 턱이 뾰족해 표독스러운 상이다. 하지만 저래 뵈도 말 다루는 기술이 귀신같아 청학무관의 사범 자리 하나를 당당히 차지한 자였다.
　무생을 발견한 사내는 좌우를 살펴 인적이 없음을 확인했다. 그리고는 다짜고짜 무생을 어두침침한 골목으로 잡아끌었다.
　"자네, 누구 죽일 참인가? 예가 어디라고 기웃거려!"

"죄, 죄송합니다."

무한 앞에서는 천하에 당당한 대장부인 무생이 사내 앞에 서는 고양이 앞에 쥐다. 도무지 허리를 펴지 못함은 물론 말까지 더듬고 있다.

"왜 이리 늦었나?"

"소인의 집안에 일이 있었습니다."

사내는 못마땅한 티를 숨기지 않았다.

"무슨?"

"아내가 갔습니다. 살아생전에는 하등 쓸모없는 지아비였을망정 장은 지내야겠기에……."

사내의 낯빛에 급조한 안타까움이 어린다.

"쯧, 그거 안됐군. 낯빛이 썩 좋지 않아. 원한다면 순번을 하루 이틀 미뤄줄 수도 있네만."

시종일관 숙이고 있던 무생은 고개를 쳐들었다.

"아닙니다. 하겠습니다. 할 수 있습니다."

무생은 결연한 의지를 보였다. 사내는 처음으로 만족한 미소를 지었다.

"내 그럴 줄 알았네. 오늘 밤 자시일세. 같은 장소에서 기다리게."

"저, 잠깐만……."

사내는 귀찮은 티를 팍팍 풍기며 돌아섰다.

"왜 또……?"

　무생은 급히 바지춤에 손을 넣어 훑었다. 막 짜증을 부리려던 사내는 무한의 손에 놓인 물건을 보며 입을 딱 벌렸다.

　"닷 냥에 조금 미치지 못합니다. 오늘 일을 마치면 채울 수 있을 것 같아서……."

　사내가 탐욕스런 시선으로 은자를 빼앗듯이 움켜쥔다.

　"이게 닷 냥이라고? 이상하군. 적잖이 모자란데?"

　말도 안 된다.

　"그럴 리가……."

　"그 태도는 뭔가? 설마 날 믿지 못하겠다는 얘긴가?"

　"아닙니다. 어찌 제가 감히… 저, 얼마면 되올지……."

　"무조건 이기게. 그럼 얼추 맞겠군."

　사내의 억지에 무생의 심장이 싸늘하게 식는다.

　그동안 수백, 수천 번 은의 무게를 가늠했다. 분명 승패와 상관없이 오늘 출전만 하면 무조건 닷 냥을 채울 수 있는 금액이다.

　속이 부글부글 끓었지만 참을 수밖에. 훗날 무한을 가르칠 사범이라 속내를 내비칠 수는 없었다.

　"그렇게까지 모자란다면 한 번 더 출전하여 맞춰드리겠습니다."

　사내는 그제야 만족한 웃음을 짓는다.

　"물론 그래야지. 이 바닥도 예전만 못해. 언제 또 판이 벌어질지 모르는데 하루가 다르게 크는 아들을 언제까지 저대

로 둘 셈인가? 나이가 들수록 뼈가 굳어 무예를 익히기 힘들
다는 걸 모르나?"

다른 것은 아무래도 좋았다. 하지만 무한에게 해가 된다니
그것은 절대 아니 될 말이다.

"그리하겠습니다. 하면 제 아들은 언제쯤 청학무관에 입관
을……."

사내가 입가를 씰룩이며 말했다.

"돈만 채워진다면야 언제라도 상관없지. 언제든 보내기만
하게."

무생은 확인하고 또 확인한다.

"그 말씀, 틀림이 없겠지요?"

사내가 가슴을 탕탕 두드린다.

"양반들만 다니는 무관이라고는 하나 자네 자식 하나 들일
만한 힘은 충분히 가지고 있는 사람이야. 내 책임지고 관주께
고해 올려 반드시 무한을 입관시키겠네."

사내의 철석같은 약조에 무생의 피곤에 찌든 얼굴에 한줄
기 빛이 깃든다.

사내는 나올 때 그랬던 것처럼 주위를 살피며 청학무관으
로 돌아갔다.

3

무생은 허름한 주막의 한 골방에서 날이 어두워지기를 기다렸다. 작은 방에 장정 여덟이 꽉 들어차 숨 쉬기도 곤란한 방이다. 기이한 것은 하나같이 힘깨나 쓸 만한 장정들이란 것인데 분위기가 영 이상하다.

첫째, 방 안에 묘한 긴장이 흘렀다.

둘째, 서로 대화를 나누지 않는 것은 물론 눈도 마주치지 않았다.

더욱 기이한 것은 그들의 표정이다. 하나같이 상을 당한 사람처럼 음울하다.

가장 나이 많아 보이는 자가 고작해야 사십대 중반으로 보이는데 벌써부터 삶의 쓴맛을 다 본 사람 같았다. 심지어 이십대로 보이는 자에게서까지 날 선 풍상에 이리저리 쓸린 고달픔이 고스란히 전해져 왔다.

입구가 단단한 암석으로 틀어막힌 막장, 그곳에 내몰린 자들의 얼굴이었다.

무생은 슬며시 눈을 떠 사내들을 하나하나 살폈다. 오늘 밤 이들 중 누군가와는 목숨을 걸고 싸워야 한다. 오늘따라 만만해 보이는 자가 하나도 없다.

무생의 시선이 팔짱을 끼고 있는 삼십대의 한 사내에게 멎었다. 왠지 꺼림칙한 느낌이 드는 사내였다. 살인 경험이 꽤 있는 무생은 그것이 사람을 죽여본 자들에게서 나는 특유의 향이라는 것을 직감했다.

사내는 무생의 시선을 느꼈는지 슬며시 입꼬리를 치켜올렸다. 일종의 경고였지만 무생은 눈길을 거두지 않았다. 오히려 눈을 부릅떠 사내의 팔짱 낀 팔에 시선을 고정시켰다. 놈이 오늘 대전 상대가 될지도 모르는 판에 기세를 잃어서 좋을 것이 없었다.

습관적으로 낀 팔짱인가, 아니면 숨긴 무언가가 있는가? 무생은 후자라고 생각했다.

사내는 기어이 폭발했다.

"새끼야, 뭘 처봐? 뒈지고 싶어?"

쉭!

번쩍한다. 은빛 나는 무언가가 촛불을 가르고 쏘아져 왔다. 역시나 팔짱은 상대의 방심을 유도하고 암기를 숨기기 위한 행동이었다.

무생은 피하지도 그렇다고 막지도 않았다. 사실 피하려 해도 피할 수가 없었다.

탁!

탁, 소리와 함께 오른쪽 귀에서 찌릿한 통증이 일었다. 뜨듯한 무언가가 볼을 타고 흘렀다.

방 안은 이제 숨소리마저 들리지 않았다.

무생은 턱에 맺힌 피가 무릎 위로 떨어졌을 때에야 무심한 눈으로 고개를 돌렸다.

비수라 표현하기에도 작디작은 소도(小刀)가 귀에 손톱만

한 생채기를 내고 벽에 반쯤 박혀 있었다. 근거리에서, 그것도 앉은 채로 내던진 것이라고는 믿기 힘들 만큼 깊이 박혀 있었다.

무생은 놀람을 내색하지 않고 소도를 뽑아냈다. 아직 던진 자의 체온이 남아 있었다. 냉혈한의 피도, 살인자의 피도 결국은 뜨겁고 붉다. 놈도 한낱 인간이다. 남몰래 펄떡이던 무생의 심장이 안도한다.

소도를 손에 쥔 무생이 이리저리 돌려가며 살폈다. 그때 시퍼렇게 날 선 음성이 조용히 방구들을 울렸다.

"뒈져서 똥통에 처박히기 싫으면 돌려주는 것이 좋을 거다."

"……."

"설마 맞추지 못했다고 생각하는 거냐?"

무생은 처음으로 입을 열었다.

"아니라는 건가?"

무관 사범이란 자에게 굽실대던 자가 맞는 것일까? 어느새 무생은 당당한 그로 돌아와 있었다. 칼을 맞고도 어디 한군데 주눅 든 기색이 없었다.

"마음만 먹었으면 소랑(小狼)은 귀가 아니라 네놈의 심장에 박혀 있었을 거다. 시험해 보고 싶으냐?"

사내가 정말 그러겠다는 심산인지 팔을 소매로 집어넣었다.

소랑. 작은 늑대라는 의미였지만 글을 모르는 무생은 그냥 칼의 이름인가 보다 했다. 분위기가 험악해질 찰나,

삐거덕!

쪽문이 열리고 찬바람이 쏜살로 들어와 텁텁한 공기를 한바탕 휘저었다. 징그럽게도 못생긴 곰보가 방 안으로 불쑥 얼굴을 내밀며 말했다.

"시간이 다 됐다. 채비들 해라."

곰보의 말에 소도를 던졌던 사내가 무생에게 살벌하게 쏘아붙인다.

"쳇! 억세게 운 좋은 새끼군."

무생은 달랑 옷 한 벌 든 짐을 주섬주섬 챙겨 일어섰다. 소도는 이미 주머니에 챙긴 지 오래였다.

"시험은 다음 기회에 해봐야겠군. 그리고 이것도 그때 돌려주도록 하지."

사내는 나가는 무생의 등을 죽일 듯 쏘아보며 잘근 씹어뱉는다.

"천지분간 못하는 새끼. 오늘 내 손에 걸리지 않기를 빌어야 할 거다."

주막을 나선 무생 일행은 일단의 사람들에게 눈이 가려졌다. 굴비 엮이듯 새끼줄을 잡고 곰보가 인도하는 대로 이동했다. 한참을 걸어 무리가 도착한 곳은 퀴퀴한 내가 진동하는 지하 석실이었다.

이미 수차례 와본 곳이다. 그때마다 이 냄새를 맡았건만 대할 때마다 구역질이 솟는다.

"이제 안대를 풀어도 좋다."

무생을 제외한 사내들은 쭈뼛쭈뼛하며 두리번거린다.

전체 규모 육십 평에 이르는 흔치 않은 원형 석실. 중앙 열 평 남짓한 공간이 움푹 꺼져 있다. 유독 그곳에만 횃불이 촘촘히 박혀 있어 대낮처럼 밝다.

바로 인간 투견(鬪犬)들에게 허락된 공간이다.

중앙을 제외하고는 빛이 스미지 않는 암흑의 공간이다. 싸움이 벌어지는 중앙을 유난히 밝게 해놓은 것도 나머지 공간을 보지 못하도록 하기 위함이었다.

곰보가 사방을 살피는 자들을 제지했다.

"쓸데없는 짓 하지 마라, 어차피 보이지 않을 테지만."

목소리가 벽을 차고 공명하니 왠지 으스스하다.

"쌍, 어디 장사 한두 번 해보나. 거참, 대충합시다."

긴장이라고는 찾아볼 수 없는 음성이 곰보의 말을 무안하게 만들었다.

"네가 한양을 쓸었다는 소치라는 놈이구나."

"흐흐, 이 바닥이 좁긴 좁군."

진득한 웃음을 흘리는 자는 객잔 방에서 무생과 마찰을 빚었던 사내였다.

"놈, 몸이 근질거리는 모양인데 서두르지 않아도 곧 시작할 게다."

소치에게 경고한 곰보가 둘러보며 말했다.

"모두 들어라! 규칙은 어느 한쪽의 사지 중 하나를 부러뜨리면 승리로 인정한다. 단, 사지 하나씩을 더 부러뜨릴 때마다 구리 돈 한 냥씩을 얹어주고, 상대를 죽을 경우에는 약속한 승리 수당의 두 배가 지급된다."

무생은 눈을 감았다.

이겨야 은 닷 냥이 채워진다는 사범의 말이 떠오른다. 뼈가 굳어 시기를 놓치면 무예를 배우기 힘들다던 말도.

무한의 나이 올해 열한 살. 더 이상 지체할 수 없다.

'그래, 죽인다. 상대가 누구든 죽여야 한다. 무한을 위해서!'

약해지려는 마음을 주먹을 불끈 쥐는 것으로 깨뜨려 버렸다.

그때 한 사내가 곰보 곁으로 다가가 귀엣말로 속삭인다. 곰보는 연신 끄덕이다가 소치와 무생을 한 번씩 힐끗 본다. 마침 곰보와 눈이 마주친 무생은 불길한 예감에 사로잡혔다.

"알았다고 전해라."

사내를 돌려보낸 곰보가 대전 상대를 결정했다.

"일회전 동철 대 길수… 사회전……."

무생은 자신의 이름이 호명되자 눈을 번쩍 떴다.

"무생의 상대는 소치다."

소치의 눈빛이 새파랗게 빛난다.

불안의 정체가 이것이었던가.

무생은 인상을 찌푸리지 않을 수 없었다. 대전 상대를 결정하는 방식은 줄곧 제비뽑기였다. 그런데 왜 갑자기 상대를 정해주는 것인가.

무생은 조금 전 한 사내가 곰보에게 귀엣말을 했던 것을 상기했다. 그리고 곰보가 자신과 소치를 번갈아 쳐다봤던 것도.

'대체 누구일까, 나를 저놈과 맞붙도록 한 자가?

덜컹!

멀리서 철문 열리는 소리가 들린다. 얼마 후 수십 명의 발자국 소리가 지하 석실을 메운다. 발소리의 주인들은 피 튀기는 투견들의 쟁투를 관전할 높으신 분들로, 조선의 상계(商界)를 주름잡는 객주(客主)도, 권력을 틀어쥔 고관대작도 있었다.

덜컹!

빗장 걸어 닫는 소리가 무생의 상념을 깨운다.

"무생, 소치! 대결 시작!"

대결이 시작된 후 얼마 지나지 않아 무생은 한쪽 눈을 잃었다. 비도에 맞아 눈동자가 터진 것이다. 검붉은 물이 얼굴을 타고 흘러내렸지만 신음 한 번 지르지 않았다.

무생은 외눈을 치켜뜨고 기회를 노렸다. 그 눈매가 어찌나 사납던지 살인에 익숙한 소치조차 섬뜩함을 느낄 정도였다.

그러나 처음부터 무생은 소치의 상대가 아니었다. 그가 앞서는 것은 반드시 이겨야 한다는 절박함과 죽어도 좋다는 투지뿐.

소치는 천성이 잔인하고 날렵했다. 게다가 무생이 상상도 못할 세상에서 수련을 쌓아온 그다. 절대 무생에게 질 그가 아닌 것이다.

"지독한 놈!"

소치가 부르르 떨며 혀를 내둘렀다. 그의 앞에는 크고 작은 상처들로 온몸을 도배한 무생이 서 있었다. 그중 몇 개의 상처는 매우 깊어 내장까지 비쳤다. 당장 죽어도 이상하지 않을 상처를 입고도 악귀처럼 달려드는 무생은 꿈에 나타날까 두려운 존재였다.

휘청 비틀거리던 무생이 기어이 쓰러진다. 그제야 소치의 얼굴에 미소가 감돈다.

"네놈도 어차피 사람인 것을… 흐흐, 이제는 지쳤구나."

소치는 소랑도 다 떨어진 터라 이제 그만 끝낼 요량으로 천천히 다가갔다. 심장을 밟아 터뜨릴 요량으로 가슴에 발을 올렸다. 그리고 별 경계 없이 한 그의 행동이 화근을 불렀다.

죽은 듯 쓰러져 있던 무생이 소치의 다리를 억세게 붙잡고 늘어졌다. 다 죽어가던 자가 무슨 힘이 났는지 손가락이 마치 철심 같다. 둘은 한 덩어리가 되어 바닥을 굴렀다.

"으아악!"

찢어지는 비명. 비명의 주인공은 무생이 아니라 소치였다. 소치의 얼굴이 피로 칠갑이 되었다. 방금 전까지만 해도 멀쩡하던 왼쪽 귀가 감쪽같이 사라지고 없었다.

"퉤!"

무생이 입에서 잘게 씹힌 고깃덩이를 뱉어내며 가쁜 숨을 몰아쉰다. 그의 입가는 피로 범벅이었다. 그와 대조적으로 얼굴은 핏기 한 점 없이 창백했다.

"하하, 돌려… 달라고… 했지? 받아… 라."

품속에서 뭔가를 꺼낸 무생이 마지막 힘을 짜내 찔렀다.

푹!

"아악! 내 눈… 내 눈!"

귀를 싸잡고 있던 소치가 찢어지는 비명을 연이어 토한다. 얼굴을 감싸고 데굴데굴 구른다. 소치는 그러다가 극심한 고통에 혼절해 버렸다. 제정신이 아니었다. 무생에게 이길 기회가 있다면 바로 지금이었다.

그러나 무생은 그럴 여유가 없었다.

"헉, 헉! 자… 앙 사범, 야… 약속을……."

무생은 어둠을 향해 말하고는 몸을 끌다시피 석실을 벗어났다.

무한은 청학무관에 들어갔다. 신선 같은 풍모의 노인에게 고강한 무예를 익혔다. 손짓발짓에 모두가 저만치 나가떨어진다. 모두가 우러러본다. 기막히게 달콤한 꿈이었다.

철퍼덕!

무한은 짐 부리는 소리에 잠에서 깨어나 부스스 눈을 떴다.

"아버지?"

벌떡 일어나 덜컹거리는 쪽문을 밀쳤다. 마당 가운데 불그스름한 뭔가가 있다. 동트기 직전인데다 이제 막 눈을 뜬 탓에 시야가 흐릿하다. 툇마루로 내려오며 눈을 비볐다.

"…아, 아버지!"

언제 죽어도 이상치 않은 몸으로 밤새 집을 찾아온 무생이었다. 무한이 울부짖으며 흔들자 무생이 눈도 뜨지 못하고 유언처럼 중얼거린다.

"청학… 무관에… 들어……."

무한의 울음소리에 동네 사람들이 하나둘씩 모여들었다.

장례를 마친 지 사흘째 되던 날, 무한은 꽁꽁 언 개울물을 깨고 말끔히 씻었다. 닳고 닳았을망정 옷도 깨끗한 빨아 입었다.

청학무관까지는 두 시진이 넘게 걸렸다. 짚신 밑이 닳고 닳아 발이 흥건하게 젖었다. 젖은 발이 꽁꽁 얼어 감각이 없다. 바람도 매서워 코끝이 파랗게 얼었다.

잠시 정문 주위를 뱅뱅 돌던 무한은 깊이 심호흡을 했다.

'당당해야 해. 아버지께서 들어가라 하셨으니 이유가 있을 것이다.'

조막만 한 어깨를 한껏 펴고는 정문을 향해 당당하게 걸어갔다.

문지기 오가(吳家)는 웬 아이가 다가오자 의아한 눈으로 바라본다. 가만 두고 보자니 대문을 밀어젖히고 들어가려 한다.

"이놈! 예가 어딘 줄 알고 감히 들어가려는 게냐?"

"청학무관 아닌가요?"

“이놈 봐라? 누가 심부름이라도 시키던?”

“아니요. 하지만 전 여길 꼭 들어가야 해요.”

“무엇 때문에?”

이름을 말하면 들여보내 줄 거라 했던 것이 떠올랐다.

“제 이름은 무한이에요.”

“그래서?”

“제 이름이 무한이라고요.”

“그러니까 그게 뭐 어쨌다는 거냐?”

“아버지께서 오늘 들어가라 하셨어요.”

“네 아비 이름이 뭔데?”

“무 자, 생 자.”

“무생… 무생이라…….”

오가는 혹시 아는 사람인가 싶어 곰곰이 생각한다. 그사이 무한이 오가의 옆구리를 다람쥐같이 빠져나가 문을 밀어젖힌다.

화들짝 놀란 오가가 황급히 달려가 무한의 뒷덜미를 낚아채 던지듯 팽개친다. 어른의 억센 팔 힘에 무한이 사정없이 나동그라진다.

“이런 미친놈을 봤나! 무생인지 무말랭인지 모르니 썩 꺼져라!”

第二章
청학무관

　박환의 걸음은 예순을 훌쩍 넘긴 나이가 무색하게 경쾌하다. 하늘색 두루마기가 봄바람에 살랑인다.

　서른 살 된 박환의 종자(從者) 태평은 그를 따르며 무명 수건으로 연신 땀을 훔친다. 박환의 걸음을 따라잡기가 한창 힘쓸 나이인 그에게도 무리일 정도다.

　왕년에 정이품 관직인 도진무(都鎭撫)를 지낸 박환은 젊어서부터 무예가 출중했다. 아직도 기력이 쇠하지 않은 탓도 있었지만 유난히 걸음이 가벼운 데에는 다른 이유가 있었다. 마음으로 사귄 벗과 더불어 바둑을 마음껏 두고 오는 길인 것이다.

　박환의 걸음을 맞추느라 땅만 보며 종종걸음을 치던 태평은 멈춰 선 주인의 뒤꿈치가 보이자 화들짝 놀라 멈춰 섰다. 가까스로 주인과 부딪치는 것을 모면하고 가슴을 쓸어내렸다.

　하마터면 경을 칠 뻔하지 않았나. 고개를 빼고 대체 어떤 놈이 주인의 걸음을 잡아 세웠는가 하고 보니, 해지고 뜯어진 누더기를 입은 꼬마 녀석이 자라 새끼처럼 웅크리고 있다.

　'제길, 또 그놈이구나!'

　쥐똥만 한 녀석이 허구한 날 같은 자리에서 뭉개고 있질 않은가.

　부아가 불끈 솟은 태평이 소매를 동동 걷어붙이고 나서려 하자, 박환의 팔이 어느새 올라와 가로막는다.

　쪽빛 봄 하늘이 올이 성근 박환의 갓을 투과해 아이에게 쏟아져 내린다.

　잔잔한 그림자가 아이에게 드리운다.

　담벼락에 쪼그려 앉아 양 무릎 사이에 고개를 파묻고 있던 아이는 박환의 그림자가 해를 가리자 추운지 옷섶을 추스른다.

　앞에 누가 섰음도 모르다니……. 박환의 이마 주름이 한층 깊어진다.

　'감각을 상실할 만큼 굶주렸는가.'

　따사로운 날씨에 추위를 느낀다는 것은 기가 쇠했다는 증

거다.

박환의 눈이 잠시 반짝한다. 옷은 비록 더없이 남루하나 깨끗이 빨아 입어 불결치 않다.

'조실부모(早失父母)한 고아는 아니겠고.'

아이는 그늘이 드리워진 지 한참이 지나도 걷히지 않자 그제야 묻었던 고개를 빼낸다.

아이의 퀭한 눈에 흙 한 점 묻지 않은 노루 가죽 당혜가 들어왔다. 시선이 점차 위로 향한다. 눈부시게 하얀 버선 위로 두루마기 끝단을 지나자 두 줄기 하늘색 옷고름이 바람 따라 살랑 춤춘다.

날렵하게 마무리된 두루마기의 소맷부리가 담백하다.

아이의 시선이 드디어 박환의 얼굴에 닿는다. 까만 눈동자가 박환의 고집스러운 입술을 지나 적당히 날 선 코를 쓸더니 혜안(慧眼)을 얼마간 더듬는다.

박환은 아이의 하는 짓을 살피다 눈에 힘을 실었다.

움찔!

아이의 시선이 하얗게 서리 내린 눈썹을 훑는다 싶더니 박환의 눈에 단단히 붙들렸다. 박환과 정면으로 눈이 마주치자 아이의 흑요석 같은 눈동자에 잔잔한 파문이 인다.

감히 대감마님과 눈싸움을 하는 녀석이라니.

"끼 놈! 썩 꺼지지 못할까! 이분이 뉘시라고 감히 눈을 똑바로 뜨는 게냐!"

아이의 시선이 그제야 노인의 곁에서 눈을 부라리고 있는 태평을 향한다.

담벼락을 짚고서야 간신히 일어난 아이는 휘청대며 멀어진다.

잠시 박환의 얼굴에 연민이 스친다. 굶주린 아이를 한두 번 보아온 것도 아닌데, 아이의 앙상한 뒷모습에 가슴 한구석이 싸하다.

특유의 칼칼한 음성으로 묻는다.

"저 아이는 누구더냐?"

"아이쿠, 황송합니다, 대감마님. 물고를 내어 쫓아내도 한사코 또 오는 바람에……."

"누구냐고 물었느니!"

노기 섞인 음성에 마르던 땀이 다시 솟기 시작한다.

"녀석은 근자 들어 하루도 빠지지 않고 이 자리에 앉아 서너 시진씩 있다 가곤 합니다. 정신 나간 거지입죠."

태평이 아이의 정신이 나갔다고 한 데는 이유가 있었다.

아이가 처음 이곳에 나타나기 시작한 것은 석 달 전 겨울부터다. 아이는 새파랗게 얼어붙은 얼굴로 막무가내로 청학무관(靑鶴武官)으로 들어가려 했다.

아이의 맹랑한 행동에 문지기가 이유를 물으니 무술을 배워 무관(武官)이 되어야 한단다. 정신 나간 아이가 아닌가. 후에 안 일이지만 아이는 아비가 없었다. 아비뿐 아니라 어미도 없는 고아였다.

청학무관은 조선의 무학(武學)이 살아 숨 쉬는 곳인데 아무나 출입시킬 리가 있겠는가.

아이는 문지기의 억센 팔에 붙들려 눈이 반쯤 녹아 질척해진 땅바닥에 패대기쳐졌다. 아이의 맹랑한 시도는 그렇게 무참히 꺾였다.

두 번, 세 번……. 정문을 향해 달려들고 또 달려든다.

아이는 열 번을 넘게 진창에 구르고서야 포기하고 돌아섰다.

바로 다음날 아이는 깨지고 멍든 몰골로 다시 나타났다. 그러나 이상하게 옷만은 정갈했다. 그 다음날도, 또 그 다음날도 아이는 어김없이 청학무관 앞에 내동댕이쳐졌다.

그렇게 한 달이 지났다. 아이는 그제야 안으로 들어갈 수 없다는 걸 깨달았는지 담벼락에 쪼그려 앉아 시간을 보내기 시작했다. 한 번 오면 두세 시진은 보통이었다.

"정신이 나갔다? 그것도 거지라……?"

박환의 얼굴에 의아함이 걸린다.

"예, 거지가 확실합지요."

박환이 아이가 사라진 방향을 살핀다. 그새 아이의 흔적은 온데간데없다. 깨끗하던 옷과 총기 가득한 눈을 떠올린다.

거지인지는 모르나 결코 정신 나간 아이는 아니었거늘.

"다음에 또 저 아이가 오거든 말이다……."

　태평이 불호령이라도 떨어질세라 연신 굽실대며 다짐한
다.

　"아이쿠, 그때는 소인이 놈의 다리몽둥이를 작신 부러뜨려
서라도 다시는 발을 붙이지 못하도록 하겠습니다요."

　한데 박환의 입에서 떨어진 분부는 전혀 뜻밖이었다.

　"시키지 않은 짓을 하면 물고를 낼 것이다! 아이가 또 오거
든 안으로 들이도록 하여라. 잡일이라도 시켜서 밥 굶는 일이
없도록 해야 할 것이야!"

　무한은 세 달 만에 입관(入官)의 뜻을 이룰 수 있었다. 비록
목검 대신 빗자루가, 활 대신 걸레가 쥐어졌지만 모진 고통을
감내한 끝에 이룬 쾌거는 꿀맛처럼 달디단 것이었다.

　무한이 맡은 곳은 청학무관 본관과 가장 멀리 떨어져 있는
노비들의 숙소를 청소하는 것이었다. 쓸고 닦고, 쓸고 닦고,
참으로 단조로운 일상이었다.

　하지만 그 단순한 일상에 무한은 녹초가 되기 일쑤였다. 늦
장을 부리거나 요령을 피우는 법이 없었기 때문이다.

　무한이 지난 자리는 먼지 하나, 흔한 낙엽 하나 구르는 것
을 볼 수 없었다.

　한 번은 청무학관에서 잡일로 먹고사는 김 노인이 청소에
혼신의 힘을 다하는 무한에게 물은 적이 있었다.

　"어차피 내일이면 또 더러워질 것을… 청소 못해 죽은 귀

신이라도 붙었더냐? 어찌 목숨을 건 놈처럼 쓸고 닦아대느냐?”

주위에 있던 잡부들도 그 대답이 사뭇 궁금했나 보다. 일손까지 멈추고 귀를 기울였다. 하지만 무한은 그저 웃을 뿐, 끝내 대답하지 않았다.

사람들은 그저 대갓집 도령들에게서 간혹 나타나는 병에 걸린 것이 아닌가 짐작했다. 먼지 하나 없는 무한의 옷은 그들의 짐작을 확신으로 굳어지게 만들었다.

“쯧쯧, 상전이 걸리면 그 종놈이 고생하는 병인데, 상것이 걸렸으니……”

무한은 부모 없는 자식이란 소리를 듣지 않으려 유난히 용모에 신경을 썼다. 사정을 모르는 김 노인은 팔자가 드센 녀석이라며 연신 혀를 찼다.

만으로 이 년이 지났다.

무한은 어느새 눈빛이 초롱초롱한 열세 살 소년이 되었다. 고된 일상이지만 배를 곯지 않은 덕에 제법 몸에 살도 올랐다.

무한의 단조로운 일상에도 작은 변화가 생겼다. 노비들을 총괄하는 강 집사가 무한의 성실함을 높이 사 청무학관 본채를 맡아 청소할 것을 명한 것이다.

욕심 같아서는 무예를 수련하는 관원들을 볼 수 있게 연무장에서 일하고 싶었다. 하지만 본관으로 이동한 것만 해도 이전에 비해 연무장과 많이 접근한 것이다. 무한은 잘하면 수련하는 모습을 볼 수도 있으리라는 희망을 가졌다.

청무학관 본관은 관주와 관주의 직계 손들이 기거하는 곳으로 잡일꾼 하나 선별하는 데도 까다롭기 그지없었다.

청학무관 노비들의 총관 격인 강 집사는 무한에게 주의사항을 세세히 일러주고 숙지시켰다.

말을 많이 하지 마라.

부득이 말을 해야 할 경우에도 음성을 높여서는 안 된다.

궁금한 것이 있어도 묻지 마라.

보고도 못 본 척해라.

관주님의 가족사를 누구에게도 옮기지 마라.

항시 고개를 숙이고 다녀라.

주의사항은 족히 수십 가지가 넘었지만 대부분 하지 말라는 것들뿐이었다. 총명한 무한은 그저 청소나 특별한 분부 외의 것들은 아무것도 하지 않으면 되는 것으로 받아들였다.

본채로 자리를 옮긴 지 사흘째 되던 날이다.

연무를 마치고 돌아와 먼지 하나라도 있으면 입에 거품을 문다던가?

무한은 길동 어멈의 주의를 상기하며 관주의 셋째 손자인 박위(朴威)의 거처를 말끔히 청소하고 나오는 길이었다.

"야, 너! 이리 와봐."

누군가가 날카로운 음성으로 그를 불러 세웠다.

돌아보니 머리를 양 갈래로 묶은 여아(女兒)가 손짓해 부르고 있다. 양화라는 계집종이다. 양화라는 년은 무한과 동갑이었는데 관주의 하나뿐인 손녀 박연향의 몸종이었다. 시비 주제에 마치 제 년이 관주님의 금지옥엽이라도 되는 양 다른 하인들을 대하는 태도가 어찌나 아니꼽던지.

똥은 자고로 더러우므로 피하는 것이 상책이다. 무한도 첫날부터 모른 척 피해 다니던 차였는데 재수없게 삼 일 만에 걸린 것이다. 마주친 바에야 도저히 피할 도리가 없다.

"오라면 냉큼 예 하고 올 것이지 왜 이렇게 꾸물거려?"

"말해라."

양화의 눈썹이 꿈틀 치솟아 제법 사납게 보인다.

"아쭈, 말해라? 네가 처음이라 모르는 모양인데……."

무한이 휙 돌아서서 가자 양화는 당황하고 말았다. 다른 녀석들 같았으면 제 출중한 미모에 얼굴을 붉히거나 암고양이 같은 사나움에 움츠러들기 마련인데 이도저도 아니질 않은가.

"야! 내 말 아직 안 끝났어!"

무한이 귀찮은 티가 역력한 얼굴로 돌아섰다.

"간단히 말해라. 한가하지 않다."

뭐 저런 녀석이 있는가. 무한의 짜증 섞인 말에 양화는 입술을 씹는다.

"너만 바쁜 줄 알아? 나도 바빠!"

양화가 무한의 손에 찻잔과 주전자가 담긴 옥쟁반을 들려 주었다.

"……?"

"너, 관주님 방이 어딘 줄은 알고 있지?"

무한이 끄덕인다.

"이걸 관주님 방에 가지고 가면 돼. 들어가서 차를 한 잔씩 따라 주고 나오면 되는 일이야. 어때, 간단하지?"

"한 잔씩?"

한 잔씩이라면 관주님 말고 누군가 있다는 소리다.

"그래, 한 잔씩! 지금 관주님은 중요한 손님들과 계시니까 조심 또 조심! 알겠니?"

가르치는 말투도 어쩜 저렇게 얄미울까.

"그렇게 중요한 일이면 네가 하지 않고?"

"흥! 나도 그러고야 싶지. 하지만 우리 아가씨가 찾으셔서 말이야. 아가씨는 내가 없으면 한시도……."

쉴 새 없이 열렸다 닫혔다 하는 양화의 입술을 보자니 문득 현기증이 난다. 계집이란, 특히 양화라는 계집은 이해 못할, 아니, 이해하기도 싫은 동물이었다.

싹 무시하고 돌아서니 양화가 죽어라 꽥꽥댄다.

무한은 관주의 방문 앞에 서서 숨을 가다듬었다. 관주의 얼굴을 아직까지 한 번도 본 적이 없었다. 청학무관 생활 이 년

이고 보면 기이한 일이기도 하지만, 관주와 무한의 활동 무대
가 양극(兩極)에 위치해 있다 보니 전혀 이해 못할 일도 아니
었다.

똑똑.

무한은 심호흡을 한 끝에 문을 가만히 두드렸다. 아니 계신
가 하여 다시 두드리려는데,

딱!

안에서 강하고 간결한 소리가 들렸다. 목탁 두드리는 소리
도, 부지깽이 부러뜨리는 소리도 아닌 것이 무한의 마음을 잔
잔히 흔들어놓는다. 무한은 알 수 없는 감흥을 느끼며 살며시
문을 열었다.

고개를 들지 마라.

강 집사의 말이 뇌리를 파고든다. 무한은 고개를 푹 숙인
채로 조심조심 걸음을 옮겼다. 쟁반에 있던 찻잔 수를 헤아려
이미 방 안에 다섯 명이 있다는 것은 알고 있었다.

"관주님, 차를 가지고 왔습니다."

여전히 대답이 없다.

무한은 갸웃하며 고개를 살짝 들었다. 두 노인이 마주 보고
앉아 두께가 한 자는 됨 직한 바둑판을 뚫어지게 바라보고 있
었다. 곁에 있는 나머지 세 노인도 바둑에 푹 빠져 있었다.

어깨너머로 언뜻 보니 바둑판에 바둑알이 반쯤 메워져 있
었다.

대체 얼마나 집중했기에 사람이 들고나는 것도 모를 수 있지? 이래서 신선놀음에 도끼 자루 썩는지 모른다는 말이 있는 모양이라고 생각했다.

속담에 나오는 신선놀음은 바둑을 가리키는 말이다.

무한은 고개를 들지 말라는 당부를 잊고 면면을 가만히 살폈다.

누가 관주일까.

좌측에 앉은 노인은 기골이 장대하고 얼굴이 길었다. 다른 노인은……

"차를 따르지 않고 뭘 하고 있는 게냐?"

무한은 노인의 질책 섞인 음성에 다급히 고개를 숙이고 찻잔을 채웠다. 그리고 뒷걸음질로 관주의 방을 도망치듯 벗어났다.

박환은 시종의 서투른 몸짓에 미간을 찡그렸다. 마침 문을 닫고 나가는 무한의 모습이 잠깐 눈에 들어왔다. 문틈 사이로 비친 얼굴이 낯익다.

'어디서 보았는고?'

딱!

돌 놓는 소리에 생각은 오래 이어지지 않았다. 박환은 바둑판으로 다시 눈을 돌렸다.

본관으로 옮긴 후부터 잠자리는 훨씬 편해졌다. 좁은 방을 다섯이서 쓰고 있었지만 열 명이 넘는 시커먼 사내들에 둘러싸여 자던 것에 비하면 천국이나 다름없었다.

다섯 명이라 해도 코 고는 소리와 이 가는 소리로 시끄러웠지만 그 정도는 자장가로 들을 만큼 이골이 난 터였다.

이 년 전 청학무관 앞에서 봤던 노인이 관주였다니. 비록 잠깐의 만남이었지만 박환은 무한의 뇌리에 깊이 새겨져 있었다. 나이가 무색하게 정광 가득한 눈, 위엄 가득한 분위기, 그러면서도 어딘지 모르게 따사로운 기운이 감도는 분이었다.

무한은 시간이 늦도록 뒤척였다. 이 생각 저 생각으로 도무지 잠이 오지 않는다.

'대체 언제 무술을 배워서 무관(武官)이 될 것인가.'

오늘따라 하는 일이라고는 청소와 잡심부름이 전부인 무관 생활이 갑갑하게 느껴진다. 저승에 계신 아버지가 이 모습을 보면 얼마나 실망하실까.

뒤척이다가 바람을 쐬러 밖으로 나섰다.

벚꽃향 물씬 밴 서늘한 바람이 코끝을 스친다. 소쩍새가 솥 적다고 울어댄다. 피라도 토하는지 소쩍새의 울음소리가 오늘따라 유난히 심란하다.

무한은 무심결에 걸음을 뗀다.

처, 척!

긴박한 발걸음 소리.

쉭! 쉭!

공기 가르는 시원한 쉿소리.

"하앗!"

억눌린 기합.

무한은 그제야 정신을 차린다. 답답함을 달래려 옮긴 걸음
이 어느새 연무장 앞이다.

'이 시간에 누가?'

달의 기울어짐으로 짐작해 보니 이미 자시(子時)를 넘긴 시
각이다. 신중한 걸음으로 기척을 숨겼다. 수백 살 된 느티나
무 둥치에 몸을 숨기고는 고개를 살짝 내밀었다.

'아!'

터지려는 감탄을 간신히 삼킨다.

달빛이 새파랗게 쏟아져 내린다. 그 속을 유영하듯 이십대
청년이 검을 종횡무진 가르고 있었다.

'큰도령이구나.'

안채로 옮기고 나서 몇 번 본 적 있는 박영(朴瑛)이었다. 박
환에게는 네 명의 손자와 한 명의 손녀가 있는데 박영은 그중
장손(長孫)이었다.

박영의 우윳빛 진검이 무한의 가슴에 시리게 와 닿았다.

검에 달빛이 내려앉을라치면 검은 성질을 부리며 여지없
이 달빛을 털어댔고 거칠게 쪼개놓았다.

쉭쉭!

달빛이 검에 알알이 부서져 내리는 광경에 무한은 숨이 막혔다.

휘이잉!

한줄기 바람에 연무장 한편에 심어진 벚나무에서 꽃잎이 팔랑팔랑 날렸다. 청년에게도 어김없이 꽃잎이 날아들었다.

"하압!"

결의 가득한 기합 직후 청년의 검이 세차게 요동쳤다. 매섭게 쏘아진 검이 꽃잎을 짓이기듯 들이닥친다. 꽃잎은 서슬 퍼런 검날을 이리저리 피한다. 그럴수록 검은 더욱 매서워진다.

쒜에엑!

검풍(劍風)에 놀란 꽃잎이 늑대를 피하는 사슴처럼 이리저리 흩어진다. 꽃잎의 움직임이 급박하고 영활해 검을 절묘하게 피해간다. 꽃잎은 좌로, 우로, 때로는 높이 솟구치다가 결국 땅으로 하나하나 떨어져 먼저 떨어진 놈들 위로 차곡차곡 몸을 눕힌다.

월광(月光)은 서리서리 부서지는데 여린 꽃잎은 박영이 무슨 짓을 해도 꿈쩍도 하지 않았다.

"아⋯⋯!"

무한은 박영의 절망 섞인 한탄에 움찔 떨었다.

'내가 보기에는 비할 데 없이 대단한데⋯ 무언가 성이 차지 않는 모양이지?

박영의 절망이 무한에게는 이해가 되지 않는다.

2

박영의 연무(鍊武)를 본 이후로 무한은 무엇에 홀린 사람처럼 밤마다 연무장을 찾았다.

연무를 몰래 지켜본다는 것. 따로 배우지는 않았지만 무한은 해서는 안 될 짓임을 어렴풋이 느끼고 있었다. 하지만 그것은 떨칠 수 없는 유혹이었다.

들키면 죽는다.

그러나 무한은 그 유혹 앞에 번번이 무릎을 꿇었다.

검이 머리에서 떠나지 않았다. 검의 궤적이 머릿속을 하루 종일 휘젓고 다녔다. 그것은 구김 하나 없는 반듯한 일상 속에 조마조마한 일탈 같은 것이었다.

양화는 관주에게 차를 내오는 일을 무한에게 맡겨 버렸다. 거칠 것 없는 그녀에게도 관주만큼은 매양 어려운 모양이었다. 한 번 두 번 무한에게 차 심부름을 미루다 보니 결국 무한이 관주의 방에 차를 들이는 일을 도맡아 하게 되었다.

"관주님, 차를 가지고 왔습니다."

"들어오너라."

박환은 무한이 들어와도 눈을 돌리지 않고 바둑판 앞에 앉아 무언가에 열중이었다.

쪼르륵.

차를 따르며 보니 관주 옆에 가로세로 한 자 반쯤 되는 화선지가 놓여 있었다. 화선지에는 수묵화나 난(蘭) 따위가 아니라 흑백의 돌로 가득 찬 바둑판이 그려져 있었다. 이상한 것은 그림에 있는 돌마다 작은 글씨로 숫자가 적혀 있는 것이었다.

"허허, 이 수가 패착(敗着)이었구나. 붙잡지 말고 놓았더라면 좋았을 것을."

관주가 무릎을 치며 탄식한다. 음성에 아쉬움이 진하게 묻어 나온다.

마음을 달래려는지 무한이 따라놓은 차를 마신다. 맛이 쓴지 미간 사이가 좁아진다. 무한이 다른 생각을 하느라 정신을 놓은 까닭에 차 온도를 맞추지 않은 까닭이다. 무한은 그것도 모르고 화선지에 그려진 바둑 그림에 빠져 있다.

박환은 꾸중하려다 말고 설명했다.

"기보(棋譜)라고 부르는 것이니라."

"기보……."

박환은 까막눈인 어린 종자가 뭘 알겠냐 싶어 바둑판을 가리킨다.

"이것을 보아라."

과연 화선지 그림과 바둑판에 놓인 돌의 위치가 똑같았다. 그림에 적힌 숫자가 돌을 놓은 순서라는 것을 짐작할 수 있었다.

“복기(復碁)……?”

무한의 입에서 터진 작은 음성에 박환이 눈을 빛낸다.

“오냐, 복기다. 바둑을 아느냐?”

바둑이란 것이 양반들의 고상한 놀이인 것만 알았지 두는 법은 몰랐다.

“소인은 알지 못합니다.”

박환의 얼굴에 실망이 스친다.

“한데 어찌 복기라는 말을 알았는고?”

“바둑을 원상 복귀시키니 복기가 아닐까 생각했습니다.”

박환은 이것 봐라 하는 표정으로 재차 묻는다.

“글을 아느냐?”

“간신히 이름 석 자를 쓸 뿐입니다.”

이름 석 자 쓰는 아이가 복기란 말을 유추해 낼 수는 없다. 겸양이 분명하다. 말하는 모양새 또한 상것치고는 예사롭지 않다.

“네 아비의 이름이 무엇이더냐?”

“무 자, 생 자를 쓰셨습니다.”

박환은 고개를 갸웃한다. 노비의 이름을 아무리 떠올려 보아도 무생이란 이름은 없다.

“무생… 무생……?”

“제 아비는 이름을 날리신 분이 아닙니다. 청학무관에 딸린 노비도 아니니 어르신께서 아실 까닭이 없지요.”

“노비가 아니다? 그럼 너는 어찌 이곳에 들었는고?”

“소인을 기억하지 못하시겠는지요.”

무한은 슬며시 얼굴을 든다. 박환이 보니 기억이 날 듯 말 듯하다. 일전에도 그런 느낌은 있었는데 기억나지 않아 그냥 묻어두었지 않은가.

무한은 실망하지 않았다. 이 년 전 잠깐 있었던 일이 기억 난다면 그게 더 이상한 일이다.

“이 년 전 무관 앞에서 처음 뵈었지요. 그때…….”

무한은 천천히 예전 일을 말했다. 박환은 무한의 얘기를 듣고서야 어렴풋이 그날의 일을 기억했다.

“허허. 그래, 그동안 어찌 지냈더냐?”

무한은 청소 등 잡일을 하며 청학무관에서 이 년을 지냈음을 고한다.

“이런, 천출도 아닌 양인(良人)의 아이를 이 년씩이나 노비로 부렸구나.”

박환은 진심으로 안타까워했다. 때는 왕 씨에서 이 씨로 왕조가 바뀌는 변란과 왕자의 난이 연달아 일어나 혼란스러운 시기였다.

양반이 아니면 삼시 세때 밥 먹기도 힘든 때인데, 서당까지 보내 글을 깨우치게 했으니 부모가 아이를 얼마나 애지중지 했을지 보지 않고도 짐작할 수 있었다. 그런 아이를 노비 다루듯 했으니 여간 미안한 것이 아니었다.

"음, 지금 생각해 보아도 기이한 일이었다. 그때 태평이라는 종자 녀석에게 듣기로 한사코 우리 무관을 들어오려 했다지?"

무한의 얼굴에 어두운 기운이 깃들었다.

"무슨 말 못할 사연이라도 있더냐?"

"제 어머니께서는 일찍이 돌아가셨습니다. 아버지와 둘이 살았는데……."

무한은 천천히 지난 이야기를 꺼내놓았다.

어머니가 그 무섭다는 폐병에 걸려 세상을 뜬 것부터 시작해, 상단의 호위무사였던 아버지의 죽음까지. 무한은 눈물을 참느라 눈이 붉게 충혈되었다.

"허허, 어려움이 많았겠구나. 이름이 무엇이냐?"

"무한(無恨)입니다."

박환은 잠시 생각에 잠겼다. 이상한 일이었다. 딱히 규정에 있는 것은 아니었지만, 청학무관은 전통적으로 반가의 자손이 아니면 입관시키지 않았다. 다른 무관들도 마찬가지였다.

누구나 아는 사실인데 무한의 아비는 무슨 생각으로 죽어가면서까지 청학무관으로 가라 했을까. 혹시 굶어 죽을 것을 염려한 때문이었을까?

박환의 상념이 이어지고 있는 그때, 인기척이 난다 싶더니 방문 앞에서 여인의 청량한 음성이 울렸다.

"할아버님, 소녀 연향입니다."

연향은 박환의 하나뿐인 손녀로, 무한보다 한 살 연상이다.

"들어오너라."

문이 열리며 은은한 향기가 밀려든다. 무한은 서둘러 일어서서 한쪽 벽에 기대섰다. 다홍색 한복을 입은 연향이 사뿐사뿐 걸어와 박환에게 날아갈 듯 절을 했다. 무한과 연향의 첫 만남이었다.

무한은 박환의 얼굴에 드물게 웃음이 걸리는 것을 보며 인사하고 물러났다.

"그럼 소인은 이만 나가보겠습니다."

"그래, 남은 이야기는 내일 마저 하자꾸나."

문을 닫고 막 걸음을 옮기려는데 연향의 음성이 귀를 스친다.

"처음 보는 아이군요?"

"허허, 앞으로 종종 보게 될 아이니라."

종종 보게 될 아이……. 무한에 대한 박환의 마음이 엿보이는 말이었다.

박환의 말대로 이후로 무한은 연향을 종종 볼 수 있었다. 대부분 박환의 방에서였다. 연향은 바둑을 꽤 두는 모양인지 두 조손이 마주 앉아 대국을 하는 일이 잦았다.

연향이 오면 차를 따라 주고 나가는 일이 전부였는데, 하루는 박환이 나가는 무한을 불러 세웠다.

"지금부터 연향과 바둑을 둘 것이니 네가 대국을 기보에 옮기도록 해라."

방이나 청소하고 잘해야 차를 따르는 것이 전부였던 무한에게 붓이 쥐어졌으니 나름 큰일이 맡겨진 셈이다.

당시 조선의 바둑은 순장바둑―백과 흑을 각각 여덟 개씩 대칭으로 화점을 채워놓고 시작하는 방식으로, 초반부터 치열한 전투가 벌어진다―이었다. 연향은 이미 놓여 있는 여덟 개의 돌에 더해 네 점을 더 깔고 시작했다.

먼저 흑을 쥔 연향의 섬섬옥수가 바둑판을 두드렸다. 곧바로 박환이 응수한다.

무한도 호흡을 가다듬고 화선지에 바둑돌을 하나하나 그려 나갔다. 서툰 솜씨다 보니 바둑알의 크기가 제각각이다. 삐뚤빼뚤 선을 넘어가기 일쑤였다.

한 시진여에 걸친 대국이 끝났다. 무한도 우여곡절 끝에 기보 작성을 마무리했다. 결과는 연향이 넉 점을 놓고 시작했음에도 박환의 두 집 승이었다.

"휴, 할아버지의 바둑은 정말 못 당하겠어요."

"허허, 그래, 패인(敗因)을 알겠느냐?"

연향은 손가락으로 좌상귀의 돌 하나를 짚었다.

"붙여가면 안전한 수였는데 한 칸 띄운 것이 무리수였어요."

“잘 보았다.”

끄덕이던 박환이 우하변을 지적한다.

“그곳 말고도 여기서도 큰 실수를 하더구나.”

연향은 잘 모르겠는지 갸웃한다.

“돌을 끝까지 살려 결국 두 집을 냈으니 정수(正手)가 아닌지요?”

박환은 고개를 젓는다.

“우하변만을 놓고 보자면 정수였다. 그러나 판 전체로 보자면 그 수는 가장 큰 패착이었다. 내 누누이 말했지만 바둑은 지키는 것만이 능사가 아니다.”

주옥같은 강론이 이어졌지만 바둑에 문외한인 무한은 알아듣지 못했다.

연향이 조부에게 사뿐히 절한다. 나가려던 그녀는 잊은 것이 있는지 돌아본다.

맨손으로 들어온 것이 분명한데 뭘 찾는 걸까.

‘이런!’

기보라 부르기도 민망한 그것을 연향이 들고 나가는 것이 아닌가. 기력이 딸리는 연향이 조부와 둔 기보를 방으로 가져가 공부하는 것이었다. 무한은 그만 무안하고 부끄러워 얼굴이 벌겋게 달아올랐다.

박환에게 바둑을 배우는 사람은 연향만이 아니었다. 박영을 비롯해 박환의 손자 박운, 박위, 박한 등 관원 전체가 돌아가며 지도를 받았다.

그중 연향의 바둑이 가장 출중하다는 것은 후에 알게 되었다.

기보를 그리는 일이 반복되자 그림이 제법 반듯해졌다. 무한에게 생긴 또 다른 변화는 차츰 바둑에 눈을 뜨기 시작한 것이었다.

기보를 일곱 날째 적고서야 단수(單手:돌이 상대편 돌에 둘러싸여 따먹히게 되는 경우)를 알았고, 상대편 돌에 둘러싸여도 두 집을 나면 산다는 것은 무려 보름을 더 그리고서야 깨달았다.

정식으로 배우자면 한두 시진 만에 쉽게 알 수 있는 것이었지만 혼자서 짐작하려니 진도가 턱없이 느렸다. 하지만 패를 이해하고 사는 모양과 죽는 모양을 깨우치자 바둑에 탄력이 붙기 시작했다.

수가 보이기 시작하면서부터는 바둑의 재미에 푹 빠졌다.

전에는 큰도령의 연무를 몰래 보고 오면 잠이 솔솔 왔는데 연무를 보고 와도 눈을 감으면 가로세로 열아홉 줄이 또렷하게 그려졌다. 흑과 백이 반상 위에서 물고 물렸고, 검이 꽃잎을 휘감고 희롱했다.

간신히 잠이 들면 꿈을 꾸곤 했는데, 꿈속에서도 흑, 백돌이 치열한 싸움을 벌였고, 박영의 검과 꽃잎이 얽히고설켜 찬란한 무지개를 꽃피우곤 했다.

마치 귀신에 홀린 것이 아닌가 하는 생각이 들 정도로 무한은 검과 바둑에서 헤어 나오지 못했다.

박환과 연향의 대국은 무한에게 하루 중 가장 즐거운 시간이었다. 어쩌다 박환이 출타할 일이 있어 하루라도 거를라치면 종일 맥이 빠질 지경이었다.

기보를 그리기 시작한 지 어느새 일 년이 훌쩍 지나 무한의 나이 열넷이 되었다.

그동안 많은 변화가 있었다. 박영은 침식을 잊고 연마에 힘쓴 끝에 지난밤 꽃잎 다섯 장을 일시에 꿰뚫는 데 성공했다. 무한은 물론 그 과정을 낱낱이 지켜보았다. 박영 본인은 여전히 연무 끝에 불만족스러운 감정을 토했고, 그것을 보는 무한 또한 어딘지 모르게 답답한 심정을 금하지 못했다.

처음 몇 달은 박영의 검법을 눈이 휘둥그레져서 훔쳐봤는데 시간이 흐를수록 미진한 감을 감출 수가 없었다.

숨어서 지켜보던 무한은 변화가 모자라면 움찔움찔했고, 한 치만 더 위로 베면 좋을 텐데 하고 남몰래 한숨짓기도 했다. 검 한 번 쥐어보지 못한 무한이고 보면 이상한 노릇이었다.

무한은 바둑도 장족의 발전을 이뤄 박환과 연향의 바둑을 이해할 수준까지 도달했다. 스스로 자신이 무척이나 어리석다고 생각했지만 박환과 연향의 기력(棋力)으로 볼 때 놀라운 일이 아닐 수 없었다.

연향의 바둑 또한 몰라보게 강해졌다. 박환에게 넉 점 바둑이었던 것이 두 점 바둑을 둘 정도까지 기력이 향상되었다. 연향의 지키는 것을 위주로 하는 부드러운 기풍에 이따금씩 튀어나오는 날카로운 수는 박환으로 하여금 깜짝깜짝 놀라게 할 정도였다.

하지만 간신히 따라올라치면 놓는 돌의 수를 한 점씩 줄이는 통에 열 판 중에 아홉은 박환의 승리로 돌아갔다.

연향이 두 점을 놓고 시작한 지 벌써 반년이었다. 연향은 좀처럼 간격을 좁히지 못하는 상태로 하루하루가 지나갔다.

박환의 바둑은 마치 거대한 산악과 같아 연향의 등반을 허락지 않았다.

무한이 보기에도 박환의 바둑은 금성철벽(金城鐵壁)이었다. 알면 알수록 신묘했다. 연향의 도전은 마치 무딘 창끝으로 박환이라는 탄탄한 철벽을 뚫으려 하는 것처럼 무모해 보이기까지 했다.

그래서였을까? 무한은 바둑을 둘 때면 남몰래 연향을 응원하게 되었다.

딱!

연향의 고운 손이 바둑판 위를 당차게 두드렸다. 동시에 무한의 얼굴에 안타까움이 스친다. 무한은 연향의 끼우는 수가 영 못마땅했다.

그가 보기에 과감하게 한 칸 띄는 수가 상수(上手)였다. 그러면 연향의 집이 상당 부분 삭감되겠지만, 장기적으로 중앙으로 진출할 때 버팀목이 될 수였다.

과연 박환의 다음 수가 흑의 진로를 막았다. 그 한 수는 간단해 보였지만 비수를 들이댄 것처럼 흑의 숨통을 끊는 절묘한 수였다. 비등하던 판세가 단숨에 뒤집혔다.

연향은 장고에 들어갔다.

무한은 손에 땀을 쥐었다. 눈을 질끈 감고 속으로 외쳤다.

'지금이라도 상변을 버리고 중앙을 취해!'

딱!

간절한 외침에도 불구하고 연향은 끝까지 상변에 집착했다.

'아! 이 아가씨는 마음이 약해 좀처럼 자신의 돌을 죽이지 못하는구나.'

무한은 돌을 살리는 것만이 능사가 아니라는 박환의 가르침을 깊이 이해하고 있었던 터라 연향의 착수를 보며 내심 고개를 가로저었다.

단 두 수로 인해 판은 이미 급격히 기울어졌다. 박환의 백이 중앙에 철옹성을 구축한 반면, 연향의 흑은 간신히 상변에서 석 집 내는 것으로 버텼을 뿐, 두터움이 사라져 버리고 말았다. 중앙으로의 진출은 고사하고 중앙의 백을 견제할 돌이 거의 없는 지경이었다.

연향은 발악하듯 이곳저곳 찔러보았지만 번번이 가로막혔

다. 백은 이미 단단해질 대로 단단해진 뒤였던 것이다.

결국 바둑은 박환의 불계승으로 싱겁게 끝이 났다.

오늘만은 기필코 이기리라 다짐했던 연향은 속절없는 패배에 고개를 떨어뜨렸다.

"허허, 아직 부족하구나. 눈앞에 작은 이득을 탐하느라 대세(大勢)를 잃은 바둑이었다."

박환의 지적은 촌철살인(寸鐵殺人)이었다.

무한은 눈을 감고 잊지 않으려 하나하나 되새긴다. 그저 바둑으로서가 아니라 한마디 한마디가 그대로 삶의 지혜인 것이다.

"기자쟁선(棄子爭先)이 뭐라 했더냐?"

박환의 물음에 연향은 답을 하지 못했다. 무한이 속으로 가만히 되뇐다.

'돌 몇 점을 희생하더라도 선수를 잡아라. 하수는 돌을 아끼고 상수는 돌을 버리느니……'

그저 서책이나 읽어 달달 외워 얻은 죽은 공부가 아니다. 바둑판에서 실제로 살아 숨 쉬는 참공부다.

박환은 모르고 있었다. 자신이 열을 말하면 연향은 다섯을 가지고, 정작 신경도 쓰지 않는 무한은 열 모두 흡수하고 그것도 모자라 안개 속에 가려져 있는 오의까지 유추해 낸다는 것을.

시간이 갈수록, 옮겨 적는 기보의 양이 많아질수록 무한의 바둑 보는 눈은 점차 높아만 갔다. 일정 수준에 이르자 무한은 바둑을 정식으로 배우고 싶은 욕구가 불끈 솟았다.

하다못해 기보가 있으면 복기라도 하며 혼자 공부할 텐데…….

배움의 욕구에 무한의 속은 새까맣게 타 들어갔다.

무한이 작성한 기보는 주인이 가져가는 통에 별수가 없었다.

그렇다고 보고 빌려 달라고 할 수 있는 입장도 아니었고, 한 장을 더 그리자니 종이가 금만큼이나 귀해 엄두도 내지 못했다.

그래서 생각해 낸 것이 판 전체를 외우는 것이었다. 삼백 수를 훌쩍 넘기는 일이 빈번한 것이 바둑이다 보니 결코 간단한 일은 아니었다. 하지만 그의 총명함은 확실히 남달랐다.

외우는 것도 바둑 실력만큼이나 일취월장해 몇 번 본 바둑은 쉬이 잊어버리지 않게 되었다. 하루에 일곱 개의 기보를 몽땅 외운 적도 있었다.

머리에 저장한 기보를 시시때때로 머릿속으로 그렸다.

정확한 수읽기를 위해 몰래 땅바닥에 그려보고 얼른 지웠다.

그런 노력이 거듭될수록 형세 판단이 숫돌에 간 칼처럼 날카로워지고 수읽기가 급속도로 빨라졌다. 웬만한 수는 숨을 서너 번 쉬는 순간 명확히 읽어냈다.

 타고난 명석함과 끊임없는 노력의 어우러짐. 무한은 아무도 모르는 사이에 서서히 바둑 고수로 탈바꿈되고 있었다.

第三章
낭중지추(囊中之錐)

棋劍神俠

기검
신협

연향은 오늘만은 기필코 이기리라 다짐했다. 각오가 통했는지 바둑은 중반까지 팽팽한 양상으로 전개되었다.

중반에서 종반으로 넘어가는 시점. 무한이 보기에 젖혀서 무난히 빠져나갈 수 있는 돌이었다. 그럼에도 불구하고 박환은 일부러 한 수 밀어 넣어 수상전을 유도했다.

결국 좌하귀에서 수상전(手相戰:단독으로 살지 못하고 있는 고립된 돌끼리 사활을 걸고 싸움을 벌이게 된 상황)이 펼쳐졌다. 몇 집 걸리지 않은 작은 곳이었지만 워낙 판세가 팽팽해 수상전을 지는 쪽이 판 전체를 그르칠 가능성이 대단히 높았다.

연향은 고운 입술을 살포시 물었다. 심호흡을 하고 바둑판을 뚫어져라 바라보았다.

고립된 돌들의 생사를 건 싸움, 단 한 수만 수읽기를 실수해도 상대에게 잡아먹히는 빌미를 제공한다.

딱!

연향은 장고(長考) 끝에 늘이는 안전한 수를 택했다. 무한이 보기에도 큰 이상은 없는 수였다. 하지만 뒤이어 박환의 한 칸 뛰어넘는 수로 인해 순식간에 살얼음판이 되어버렸다.

연향의 이마에 땀이 송골송골 맺힌다. 한 발만 헛디뎌도 끝이다. 아래는 만 길 낭떠러지다.

연향은 기나긴 고심 끝에 손을 뻗었다. 먹여치는 수였다. 그녀가 막 생각했던 대로 착수하려 할 때였다.

'먹여치면 안 돼. 패가 생겨 바둑을 그르친다.'

무한의 소리없는 외침을 듣기라도 한 것일까?

연향은 문득 이상한 느낌이 들어 무한을 바라보았다. 무한은 눈을 꼭 감은 채 고개를 미미하게 젓고 있었다. 가르쳐 주려고 그런 것이 아니라 안타까움에 저도 모르게 한 행동이었다.

'무슨 뜻이지? 안 된다는 건가?'

고개를 돌려 다시 바둑판을 본다.

대체 뭐가……. 찬찬히 바둑판을 훑던 연향은 눈을 크게 떴다.

'아차! 수읽기를 잘못했구나.'

새까만 낭떠러지 아래를 본 기분이었다. 가슴을 쓸어내린다. 다시 수를 내다본다. 생각할수록 아리송하다. 머리가 어질어질했다.

심기일전하려 눈을 감는다. 떠오르라는 수는 안 떠오르고 자꾸만 곁에 있는 무한의 얼굴이 떠오른다. 문득 아까의 일이 생각났다.

'우연이었을까?'

곁눈질로 힐끗 보았다.

무한은 마침 기보를 적고 있었는데, 화선지를 내려다보는 눈길이 어찌나 강렬하던지 숫제 활활 타오르고 있었다. 연향의 시선이 저절로 무한이 쥔 붓을 따라 내려갔다.

"……?"

무한은 분명 아직 공배인 위치에 까만 점을 찍고 있었다.

'아직 돌도 놓지 않았는데 기보를 미리 적어?'

연향은 기이한 기분이 등을 따라 스멀스멀 기어오르는 것을 느꼈다. 얼른 시선을 돌려 바둑판을 바라보았다.

좌.하.귀 삼삼!

무한이 찍은 흑점 자리가 연향의 눈에 섬광처럼 쏘아져 들어왔다.

"아!"

그곳이야말로 맥이다!

그전까지 보이지 않던 길이 이제야 확연하다. 마른침을 꿀

꺽 삼켰다. 열쇠를 쥐고 보니 안개에 가려져 있던 수상전의
수가 거짓말처럼 일목요연하게 펼쳐졌다.

딱!

연향의 자신에 찬 한 수가 바둑판 위로 작렬했다.

경쾌한 소리가 승리의 축가(祝歌)가 되어 귓가에 맴돈다.
적어도 무한과 연향에게는 그렇게 들렸다.

과연 그 한 수로 일곱 집 득을 본 연향은 끝내기까지 기세
를 이어갔다.

기보를 적으며 순식간에 형세 판단을 마친 무한은 연향이
세 집 차로 승리했음을 알 수 있었다. 계가(計家)를 마친 박환
의 얼굴에 웃음이 꽃핀다.

"좋은 수였다. 너의 세 집 승리구나."

근 일 년 만의 칭찬이었음에도 연향은 크게 기뻐하는 기색
없이 멍한 얼굴이 되었다.

무한은 연향이 기보를 들고 나간 후, 바둑돌을 정리하고 밖
으로 나왔다. 툇마루를 막 내려서는데 연향의 뒷모습이 눈에
들어왔다.

마침 맞은편에서 불어온 바람이 연향의 냄새를 실어온다.
아른아른한 수선화 향이 무한의 코로 스민다.

쿵쿵!

심장이 멋대로 펄떡인다. 모른 척 스쳐 지나려는데 연향의
고운 음성이 그를 붙잡는다.

"내가 본 것이 맞지?"

올 것이 왔다.

"무슨 말씀이신지……?"

무한이 시치미를 떼자 연향이 쌍심지를 곤두세운다.

"수상전!"

연향의 음성에 발뺌하지 말라는 단호한 뜻이 담겨 있었다. 그냥 넘어가길 바랐는데 역시 실수였다. 연향은 확신하고 있는 것이다.

"저도 모르게 그만……. 실수였습니다. 용서하십시오."

무한은 결국 인정하고 말았다.

"세상에나, 그동안 그 대단한 실력을 왜 숨겼지? 남몰래 날 비웃었겠군?"

버들가지마냥 연약해 보이는 연향이었는데 추궁하는 기세가 제법 매섭다.

"바둑을 수습한 것은 근래의 일입니다. 또한 운 좋게 한 수가 보였을 뿐, 아씨를 비웃을 생각도 없었고, 그럴 만한 실력도 아닙니다."

말이 정연하고 목소리 또한 차분하다.

"근자의 일이라고? 할아버지께서 가르쳐 주시더냐?"

"아닙니다."

"그럼 바둑을 누구에게 배웠지?"

"아씨와 도련님들께서 관주님과 대국하시는 것을 보고 행마의 수순을 어렴풋이 짐작했을 뿐입니다.”

무한을 바라보는 연향의 눈에 의아함이 피어오른다.

바둑이 어깨너머로 그리 쉬이 배워지는 것이던가? 게다가 수상전에서 먹여치는 수가 패착임을 알아본 것이나, 맥점을 제대로 짚어낸 것은 훈수 두는 자의 시선이 넓다는 것을 감안하더라도 결코 하수가 넘볼 수는 아니었다.

그런데 눈을 보니 거짓의 기미라고는 한 점도 없었다. 만약 무한의 말이 거짓없는 사실이라면 경악할 일이다.

‘참으로 이상한 사람이다.’

연향은 기이한 기분에 휩싸였다.

무한을 찬찬히 바라보았다. 이제 보니 이목구비가 수려하다. 약간 두툼하면서 꼭 다문 입술은 고집이 가득했고, 적당히 높은 코는 시원하게 미끄러졌다.

왜 여태 몰랐을까. 범상치 않다. 아니, 비범하다.

이 년 동안 거의 매일 보았으면서도 무한에 대해 궁금증을 품은 것도, 자세히 살펴보는 것도 이번이 처음이었다.

연향은 무한의 전신에서 묘한 향이 풍긴다고 생각했다. 그것은 냄새가 아니라 한 번도 느껴본 적이 없는 아스라한 느낌이었다.

은연중 그의 남다른 기상이 엿보이는 것인가?

연향이 몽롱한 표정으로 무한을 살필 때였다.

“무슨 일이냐?”

연향은 화들짝 놀라고 말았다. 곧 신색을 정리한 연향이 다소곳이 허리를 숙였다.

"아, 오라버니."

순백색의 날렵한 무복을 입은 박영이 뒷짐을 지고 성큼성큼 다가왔다.

"오냐. 그 아이가 무슨 잘못이라도 저질렀느냐?"

날 선 칼 같은 기상이 뭉게뭉게 피어오른다. 무한은 그 기세에 몰래 연무를 훔쳐본 것을 상기하고 지레 움찔하고 말았다.

박영은 무뚝뚝한 사내였지만 연향에게만은 더없이 끔찍했다. 만약 연향이 생각없이 고개라도 끄덕인다면 무한의 목숨은 이 자리에서 끝날 수도 있는 상황이었다.

"아니에요. 할아버지를 잘 모시라고 당부하고 있었어요."

박영의 굳은 얼굴이 서서히 풀어진다. 연향이 물러간 후 박영이 무한의 얼굴을 찬찬히 훑었다. 무한은 박영의 시선을 받는 것만으로도 등골이 오싹했다.

"설마해서 하는 말이니라. 헛된 마음을 품는다면 목숨이 온전치 못할 것이다."

"명심하겠습니다."

"그래야지."

박영이 툇마루로 올라선다. 문득 돌아서며 분부한다.

"조부님을 뵈러 온 길이니 차를 내오너라."

“예.”

무한의 음성이 잘게 떨려 나왔다. 매일 밤 지켜보면서도 고수의 기세가 이런 것인 줄 몰랐다. 만약 훔쳐보는 것을 들킨다면?

생각만 해도 아찔했다.

차를 내가니 박영은 박환과 심각한 표정으로 대화를 나누고 있었다.

“조부님, 결정은 하셨습니까?”

“으음, 마땅치가 않구나.”

박영의 표정이 어두워졌다.

“연향이를 내보내는 것이 어떻습니다. 역시 안 되겠지요?”

박환은 눈을 감고 고개를 저었다.

“어찌 사대부의 아녀자를 외간 사내와 마주 앉아 바둑을 두게 하겠느냐. 더군다나 혼기가 꽉 찬 아이가 아니냐.”

“휴, 그렇다면 한이나 운이는 어떻습니까?”

“이 년 전에 비해 제법 흉내는 내고 있다만 저쪽도 놀지만은 않았을 터. 필패가 자명하다.”

“어느 정도이기에 그렇게까지 단정하시는 것입니까?”

“한이는 다섯, 운이는 넉 점 바둑이다.”

“이런, 다시 무관의 수좌(首座)가 청룡무관의 차지가 되는 것입니까?”

“다른 수가 없지 않느냐.”

"올해는 다른 때와는 다르지 않습니까. 다음 보위에 오르실 세자께서 친히 대회에 참석하신다 하였습니다. 어찌 그분이 보시는 앞에서 다른 무관에 수좌 자리를 내주겠습니까."

세자가 참석하다니? 대체 무슨 얘기를 하고 있는 것일까.

무한은 차를 내려놓은 대신 궁금증을 안고 나왔다. 의문은 뜻밖에도 그날 밤 같은 방에 거하는 노비가 풀어주었다.

해가 저문 후 방에 들어가니 새끼를 꼰다, 짚신을 삼는다 하며 바쁘다. 그나마도 좁은 방이 짚으로 가득했다.

"왔냐? 무한이 너는 저 가서 쉬어라."

어수룩하지만 정이 많은 충이가 무한을 배려한다.

"그랴, 죙일 힘들었을 것인디."

고향이 전라도인 마달이가 자리를 내준다.

"아닙니다. 오히려 저만 편한 것 같아 아저씨들께 항상 죄송한데요."

무한이 달려들어 익숙한 솜씨로 새끼를 꼬기 시작했다.

"고것이 먼 소리다냐. 우덜은 관주님 면전에만 서도 식은 땀이 팥죽같이 나싼는디. 시상에 질 가는 고상이 맴고상이여."

마달이 무한의 손에서 짚을 한사코 뺏는다.

더 이상 사양하는 것도 도리가 아닌지라 무한은 꼬던 새끼를 두고 한쪽 구석에 앉았다. 눈을 감고 머릿속으로 오늘 있었던 바둑을 그려보고 있을 때, 충이가 짚신을 삼다 말고 이야기를 꺼냈다.

"이번 오관지회(五官之會)에는 누가 나갈까?"

마달이 혀를 차며 대꾸한다.

"쯧, 뻔할 뻔자 아니것어? 검술전은 큰도령하고 그 밑에 몇 몇이 나가것고."

"기창전은?"

"그건 듣자니, 별장(別將)댁 둘째 이 도령이 제일 낫다드만."

"궁술은?"

"활 하나는 우리 둘째 도령보담 잘 쏘는 자가 없지. 바둑은 모르것지만 말이여."

충이가 탄식을 한다.

"지난번 나갔던 도령들보다 별로 나을 것도 없겠는데? 또 일등은 틀린 건가?"

마달이 괜스레 시큰둥하게 나온다.

"그거시 우리랑 뭔 상관이다냐. 청학무관이 꼴등을 하나 일등을 하나 삼시 세때 안 굶어 죽을라고 버둥거리기는 마찬가진디."

무한은 이들이 대화가 낮에 관주와 큰도령의 얘기 같아서 물었다.

"저, 오관지회란 것이 무엇입니까?"

무슨 상관이냐며 타박하던 마달이 먼저 나서서 궁금증을 풀어준다.

“긍께 그것이 뭔고 하니…….”

오관지회는 조선의 숭유(崇儒) 정책으로 인해 침체된 무인들의 권위를 신장시키고자 은퇴한 무관들이 창설한 대회였다. 다섯 개의 무관이 한자리에 모여 갈고닦은 기량을 겨루는데, 대항전 성격이 짙은 만큼 자존심 대결이 치열했다.

오관지회의 주축은 한양의 한양무관과 일품무관, 개성의 청룡무관, 인천의 청학무관, 평양의 비천무관으로 삼 년마다 대회를 열어 이제 육회째를 맞고 있었다.

종목은 검술, 궁술, 말을 타며 창술을 펼치는 기창(騎槍)과 유일한 단체전인 격구, 바둑 등 총 다섯 부분이었다.

“그동안 대회가 다섯 차례나 있었군요. 우리 청학무관은 몇 번이나 우승을 했습니까?”

무한의 물음에 마달이 콧방귀를 뀐다.

“우승은 개뿔, 이등만 네 번 했지, 아마?”

“만만치 않은 무관이 있는 모양이지요?”

충이가 끄덕인다.

“청룡무관이라고, 개성에 있는 무관이 맡아놓고 일등을 했다. 듣자니 도제조 영감, 병판대감, 이판대감의 아들들이 모두 거기 있다더라.”

고개가 절로 끄덕여진다. 그 위세면 물질적인 지원이 어마어마할 터이다.

“한데 무인들이 무예(武藝)를 겨루면 그만인 것을 바둑이

들어간 이유는 무엇입니까?"

마달이 짚을 한쪽으로 밀어붙이며 벌렁 드러누웠다.

"그것은 무한이 니가 뭘 몰라서 하는 소리구만. 문반(文班)이고 무반(武班)이고 할 것 없이 양반입네 하는 자들은 바둑 하면 사족을 못 쓰는 시상이여. 잘은 모르지만 바둑이란 것이 말이다, 머리가 비상해야 잘흔다고 안 하드냐?"

무한은 시치미를 뚝 떼고 말했다.

"그렇습니까?"

"암만, 머리가 도상해야 잘흐제. 대가리에 먹물 쪼깨 든 문반들이 무반들 쌍무식하다고 무시한다고 안 흐냐. 그랑께 무반들이 무식하지만은 않다는 걸 비줄라고 기를 쓰고 바둑을 두는 것이지. 공깃돌 맨치로 생긴 것 가지고 쪼물락거리고 놀믄서 잘난 척하기 딱 좋은 것이 그 바둑이란 말이시."

"우리 관주님 바둑 실력은 어느 정도나 됩니까?"

"무관들이 머리 나쁘고 무식하다지만 우리 관주님은 다르구먼. 듣자니 관주님 바둑은 조선 팔도에서도 알아주는 바둑이라, 열 손가락 안에는 들지 않것냐? 도령들이 그 머리 반만 닮았어도 우승은 떼어놓은 당상인데 말이여."

2

쓰윽… 쓰윽…….

"무겁게 누르고 가볍게 밀라. 멀리 행하고 가까이 꺾어라."

　무한은 무릎 꿇은 자세로 박환이 일러준 비법에 따라 먹을 갈고 있었다. 걸레질 하나에도 정성을 다하는 태도가 먹을 가는 자세에서 그대로 배어 나온다.
　연향은 다른 날 같았으면 판을 어찌 짤 것인가에 대해 고민하느라 여념이 없을 터인데 오늘은 도무지 집중이 되지 않았다. 그것은 바둑이 시작되어도 마찬가지였다.
　"무슨 고민이라도 있는 것이냐?"
　연향은 고개를 젓는다.
　"오늘따라 집중이 잘 되지 않는 것뿐이니 심려 마세요."
　"혹시 오관지회 때문에 그러는 것이냐?"
　"……."
　"숨길 필요없느니. 나라고 왜 네 마음을 모르겠느냐. 하나 내외가 엄연하니."
　연향의 눈가가 촉촉이 젖어들었다.
　"소녀가 사내로 태어나지 못해 가문에 누를 끼치게 되었습니다."
　"쓸데없는 소리! 그것이 어찌 너의 탓이냐. 사내로 태어났어도 재주가 일천한 것들이 태반이거늘."
　박환의 깊이 파인 주름에 수심이 가득 고였다.

연향은 그런 조부를 보니 괴로운 마음을 참기 힘들었다.

"청룡무관의 조 관주님께서 그의 손자와 더불어 방문한다는 소식을 들었습니다."

"으음……."

연향은 무한을 곁눈질로 몰래 바라보았다. 무한은 무슨 생각을 하는지 무표정한 얼굴로 먹만 갈고 있었다. 그 모습에 연향은 한숨이 터졌다.

다음날 청학무관에 두 명의 손님이 찾아왔다. 청룡무관의 조영규와 그의 손자 조산이었다.

조영규는 매부리코에 얼굴이 기다란 말상이라 대체로 우스꽝스러운 모습이다. 다만 눈빛만은 먹이를 노리는 승냥이처럼 날카롭다. 웬만한 배짱을 가진 자가 아니고서야 감히 그 앞에서 비웃을 사람은 없을 것 같았다.

조산은 십대 후반의 청년으로, 긴 얼굴과 째진 눈이 영락없이 제 할아비다. 어디에 내놔도 둘이 조손지간임을 쉽게 짐작할 수 있을 정도였다.

박환의 독자(獨子) 박이염이 조영규를 맞아 한껏 허리를 숙였다.

"어르신, 그간 별고 없으셨습니까."

조영규가 목을 뻣뻣이 세우고 거만하게 시선을 내리간다.

"별고는 무슨……. 그래, 수경(守境)은 내가 방문한 게 영

마뜩치 않은 모양이지?"

수경은 박환의 호다.

"그럴 리가 있겠습니까. 부친께서는 아이들의 바둑을 지도하시느라 어르신의 방문 시간을 잊으신 듯합니다."

"뭐, 그럴 수도 있겠군."

"이쪽으로 오시지요. 아버님께 모시겠습니다."

박이염이 몇 걸음 앞서 걸었을 때다.

"하압!"

"차아!"

연무장으로부터 터진 기합 소리가 청학무관을 쩌렁쩌렁 울렸다.

"열심들이군."

"며칠 후 오관지회에 참여할 자체 대표 선발전이 있습니다."

"선발전? 그럴 필요가 있을까? 딱히 재보지 않아도 특출난 아이들이 있을 터인데?"

"물론 그렇습니다만, 부친의 명이 계셔서 몇 년 전부터 그리 행하고 있습니다."

조영규의 얼굴에 비웃음이 걸린다.

"호오라, 경쟁심을 유발시켜 실력을 키운다? 하지만 그것 가지고 될까?"

조영규의 조롱에 박이염의 낯이 절로 일그러진다.

"조부님, 이럴 것이 아니라 연무장에 한번 들렀다 가시지
요?"

그 할아비에 그 손자 아니랄까 봐 조산이란 놈이 실례될 말
을 아무렇지도 않게 지껄인다.

다른 무관 사람이 자신들의 수련하는 모습을 보는 것을 내
켜하는 사람이 몇이나 있겠는가.

"험! 그럼 그래볼까? 이보게, 연무장으로 안내하게."

경우가 없기는 조손이 어찌 그리 똑같을까. 안 된다고 막으
면 오히려 속 좁은 위인 취급당하게 생겼으니 거절할 수도 없
다.

"끄응."

박이염이 앓는 소리와 함께 연무장 쪽으로 걸음을 옮긴다.

무한이 차를 들고 방에 들어갔을 때, 연무장을 돌아본 조영
규와 조산은 박환의 거처에 도착해 좌정해 있었다. 들어온 지
얼마 안 된 듯 조산이 방의 구조를 힐끔힐끔 살피고 있다.

"들어오면서 보니 아이들의 기량이 많이 발전했더군."

"자네가 그리 보았다면 그런 거겠지."

박환은 시큰둥하게 대답하고 무한이 따라 놓은 차를 한 모
금 마신다.

무한이 일어서서 나가려 하자 조영규가 무슨 일인지 불러
세운다.

"어린 종은 잠시 게 서서 기다리라."

무한을 불러 세운 조영규가 박환에게 은근한 투로 말했다.

"자네 손녀의 기예(棋藝)가 출중하다는 소리를 익히 들었는데… 한번 볼 수 없겠는가?"

무한이 보니 아니나 다를까, 박환의 얼굴에 대번에 노기가 어린다.

"내 손녀를 보겠다는 진짜 뜻이 무엇인가?"

"허허, 말 그대로 그 아이의 기예를 한번 보고자 하는 뜻일세."

박환의 입가에 비웃음이 걸린다.

손자를 데리고 와서는 남의 손녀를 보고 싶단다. 누가 봐도 그 저의가 명백하거늘 기예를 살피겠다니, 이런 능구렁이 같은 작자가 있는가.

박환이 조산이란 놈을 가만히 살핀다. 얼굴이 말상인데다 눈은 쫙 찢어져 뱁새 같다. 눈빛은 또 어떤가. 쉼없이 이리저리 굴려대는 것이 영 방정맞다. 조영규와의 악연을 떠나서 어느 한군데 마땅한 곳이 없다.

'쯧, 틀림없이 간신배 조조 같은 자렷다?'

박환은 단칼에 무 자르듯 말했다.

"어림없는 소리! 더 이상 분부할 것이 없을 것 같으니 무한은 그만 나가보아라."

무한이 돌아서자 이번에는 조영규의 불호령이 떨어진다.

"기다리라 하였다!"

무한은 잠시 움찔했지만 돌아보지 않고 박환의 명대로 문으로 향했다.

그 모습을 본 조산이 안절부절못한다. 그러자 얼굴이 벌겋게 변한 조영규가 부르르 떨며 말했다.

"좋아! 한 판의 바둑으로 결정하지."

"무슨 뜻인가?"

"만약 자네가 이기면 손녀를 부르지 않아도 상관하지 않겠네. 하지만 내가 이기면 당장 그 아이를 이 자리에 불러 앉히란 말일세."

억지도 이런 억지가 없다. 박환의 입장에서는 지면 손해요, 이겨도 본전인 내기다. 응할 이유가 전혀 없었다.

"말도 안 되는 소리!"

박환이 틈을 보이지 않자 조영규가 자리를 박차고 일어선다. 바람이 일어날 정도로 휙 돌아선 그가 저주를 토해냈다.

"좋아. 내 자네 손녀딸이 시집을 가는지 못 가는지 이 두 눈으로 똑똑히 보겠네!"

박환의 가슴이 철렁 내려앉았다. 시집을 가나 못 가나 보겠다니? 실로 끔찍한 협박이다.

두고 보자는 놈치고 무서운 놈 없다는 말은 조영규에게 해당되지 않는 말이다. 조영규는 한다면 반드시 하고야 마는 자. 협박에서 그치지 않고 필시 무슨 수작을 부릴 것이다.

외간 사내와 정을 통했다는 유언비어만 퍼뜨려도 연향에게는 치명타다. 평생 수절하며·혼자 살아야 하는 일이 벌어질지도 모른다. 상상만 해도 치가 떨리는 일이었다.

"평(評)이! 자네 정녕 이렇게 나올 텐가!"

평은 조영규의 어릴 적 이름이었다. 즉, 박환이 조영규에게 아이 같다고 조롱한 것이었다.

더욱 흥분한 조영규가 거칠게 쏘아붙인다.

"흥! 자네가 날 이렇듯 아이 취급하는데 유치한 짓을 해보는 것도 괜찮겠지."

박환은 이를 악물었다. 눈을 감으며 침음하듯 말했다.

"무한아, 바둑판을 가져오너라."

막 문을 열고 나가려던 무한은 굳은 얼굴로 돌아섰다. 장롱에서 바둑판을 꺼내 방 한가운데 놓자 조영규와 조산이 회심의 미소를 지으며 앉는다.

박환이 결의에 찬 음성으로 말했다.

"먹을 갈아라."

무한이 지필묵을 준비해 먹을 가는 사이 조영규가 작은 비단 주머니를 꺼내더니 흑과 백을 각각 하나씩 넣었다.

순간 무한의 눈이 예리하게 빛났다. 그는 정면에 있던 박환이 미처 보지 못한 것을 보았다, 조영규가 흑돌과 백돌을 집어 비단 주머니에 넣은 척하면서 돌 하나를 소매로 흘려 넣는 것을.

그렇다면 비단 주머니에 돌 하나만 들어갔다는 소리다. 박환이 손을 넣으면 대번에 들통날 테니 미리 비단 주머니에 돌 하나를 더 넣어두었을 것이다.

결국 주머니에는 흑이든 백이든 같은 색 돌 두 개가 들어 있는 셈이다.

"자네가 뽑겠는가?"

조영규가 주머니를 내민다. 무한은 그제야 주머니에 있는 돌이 둘 다 백돌임을 눈치 챘다. 그러지 않고서야 박환에게 선택권을 줄 리 만무했다.

박환이 사양하지 않고 손을 집어넣었다. 손을 가만히 빼내어 편다. 예상대로 백돌이 덩그러니 놓여 있었다.

무한은 박환에게 사실을 알리려다 그만두었다. 그가 아는 관주는 고수였다. 선수를 양보한다고 해서 절대로 질 것 같지 않았다.

한데 무한의 철석같은 믿음과는 달리 박환의 안색이 극도로 어두워졌다. 반면 조영규와 그의 손자는 희색이 만면하다.

선수(先手)를 취하는 것만으로 승리를 자신한다?

'관주님과 대등한 실력자란 말인가?'

가슴이 철렁 내려앉는다.

조영규가 누구인가. 그로 말할 것 같으면, 이성계를 도와 조선 개국(開國)에 혁혁한 공을 세워 조선개국공신록 순위 이등에 등재된 자다.

기골이 장대할 뿐만 아니라 힘이 장사라 천성이 무인이다. 하지만 속을 들여다보면 거만하고 편협하며 음흉한 구석이 있는 인물. 매사에 신중하고 생각이 깊은 박환과는 지극해 대조적이라 둘은 물과 기름처럼 섞이지 못하고 재임 시절부터 부딪치는 일이 잦았다.

거기다 무예까지 우열을 가리기 힘들었으니 가히 하늘이 낸 맞수라 해도 도가 지지치지 않을 정도였다.

젊은 날의 관계는 나이가 들어서까지 이어졌다.

그러던 차에 박환이 정계에서 은퇴해 청학무관을 세워 들어앉았다. 앙숙 관계가 청산되나 싶었다. 한데 조영규가 뒤따라 은퇴하더니 무관을 차리는 것이 아닌가. 그것도 보란 듯이 청룡무관(靑龍武官)이라고 쓴 현판을 딱 내걸었으니.

학보다 용이 센 것은 자명한 일.

박환은 조영규의 아이 같은 짓을 보며 내심 비웃었다. 한데 그 웃음이 지워지는 시간은 오래 걸리지 않았다. 오관지회가 생기고 단 한 번도 청룡무관을 누르지 못한 것이 그 이유였다.

속 모르는 자들은 먼저 생긴 청학무관을 청룡무관의 아류 쯤으로 여기고 있을 정도였다.

그러나 세상이 아는 견원지간인 그들에게도 단 한 가지 공통점이 있었다. 바로 바둑이었다. 둘 모두 바둑이라면 자다가고 벌떡 일어날 만큼 바둑을 좋아했다. 실력 또한 무예와 마찬가지로 우열을 가리기 힘든 지경이었다.

박환은 눈을 감고 신색을 가다듬었다. 그는 승리의 욕념을 떨치려 애썼다.

당나라 국수 왕적신(王積薪)이 이른 위기십결. 그 첫 번째가 부득탐승(不得貪勝)이 아니던가. 승리에 집착하면 오히려 얻어지는 것이 없다고 했다.

딱!

먼저 조영규의 거침없는 수가 반상(盤上)에 떨어졌다.

잡념을 완전히 떨쳐 낸 반환이 무난한 수로 응수했다. 오십여 수가 무리없이 진행되었다.

무한은 기보를 적으며 꼼꼼히 형세를 판단했다. 아직까지 흑, 선수의 위력이 살아 있는 형세였다. 칠, 팔십여 수가 진행되도 마찬가지였다.

조영규는 이대로 가면 필승이라 생각한 모양. 치열한 전투를 유도하기보다 안정적인 수를 위주로 두고 있었다. 괜히 변수를 주지 않겠다는 계산이다.

박환이 잔잔한 물이요 흐르는 구름이라면, 조영규의 바둑은 거대한 바위처럼 단단했다. 박환이 물살을 일으켜 부딪치고, 가랑비를 내려도 요지부동이었다.

무한이 시작 전에 품었던 불안이 서서히 현실이 되어가고 있었다.

관주는 이를 아는지 모르는지 묵묵히 바둑을 두어가고 있다.

살짝 미소 짓고 있는 조영규, 그에 비해 무표정한 관주.

'대체 무슨 생각을 하고 있는 것입니까.'

오히려 지켜보는 무한의 입이 바짝 마른다.

박환이라고 왜 애가 타지 않으랴. 하지만 박환은 때를 기다리고 있었다.

바둑은 어느새 백칠십 수를 향해 나아가고 있었다. 형세를 살펴보니 정확히 흑이 일곱 집 앞서 있다.

이제 손쓸 곳이 거의 없는 상황에서 일곱 집은 거의 극복하기 힘든 치수다. 무한의 속이 새까맣게 타 들어갔다.

어느새 해가 졌는가? 방 안이 어둠침침하다. 바둑판이 겨우 보일 정도였다.

무한은 서둘러 양초를 꺼내 불을 붙였다. 일렁이는 불빛에 조산의 희희낙락하는 모습이 비친다. 무한의 얼굴에 짙은 음영이 드리웠다.

'아! 내 잘못으로 아씨와 관주님이 욕을 당하고 마는구나.'

딱!

박환의 백칠십 번째 수가 반상 위로 떨어졌다.

별생각 없이 기보에 옮겨 적던 무한이 입을 딱 벌렸다.

이건 뭔가? 무리한 수다! 아무리 봐도 패착…….

무한의 눈이 무엇인가에 이끌리듯 바둑판 중앙으로 스르르 미끄러져 이동했다.

'으응?'

무한의 눈이 휘둥그레졌다.

'이건……?'

묘수(妙手)다!

언제부터였을까? 좌하귀에서 중앙을 잇는 흑이 완벽히 차단되어 있었다. 중앙은 흑이 완전히 잠식했다고 생각됐는데 한 수로 인해 흑집이 대폭 삭감될 위기에 처했다.

대체 어느새……!

자세히 살폈다. 단 한 수로 인한 결과가 아니다.

'관주님은 처음부터 이것을 노리고 있었어!'

숨이 턱 막혔다. 전율이 등줄기를 타고 머리 꼭대기까지 치고 올라왔다.

무한은 목구멍으로 치솟는 감격을 꿀꺽 삼켰다. 가슴이 먹먹하고 눈시울이 따끔했다. 주책없이 쏟아지려는 눈물을 참으려 허벅지를 쥐어뜯었다.

'관주님의 바둑은 잔잔하기만 것이 아니다. 겉으로는 잔잔한 듯 보여도 밑으로는 도도히 흐르는 강물이었구나.'

그 강물에 조영규라는 거대한 바위가 누구도 모르는 사이 닳고 닳아졌던 것이다.

조산은 아직 그 사실을 모르는지 이를 드러내고 웃고 있었다. 반면 조영규는 뭔가 이상하다는 생각이 드는지 반상을 뚫어져라 바라보고 있었다.

이내 흑이 처한 상황을 알아챈 모양. 놀라긴 놀랐는지 찢어진 눈을 부릅뜬다.

무한은 감격을 가라앉히고 계가했다. 흑이 여든다섯 집, 백이 여든네 집. 믿을 수 없게도 도저히 어찌해 볼 수 없었던 바둑이 한 집 차까지 접근해 있었다.

조영규는 손수건을 꺼내 식은땀을 닦아냈다. 손끝이 미미하게 떨리고 있었다.

바둑은 막바지로 치달았다.

기세를 탄 박환. 반면 다 이겨놓은 바둑을 턱밑까지 추격당한 조영규. 누가 봐도 박환이 심리적인 우위를 점하고 있었다.

결국 막판 끝내기에서 박환이 한 집을 득(得)해 바둑은 비기고 말았다.

명승부 끝에 바둑을 원점으로 돌린 박환은 피곤한지 눈을 감았다. 무한은 그런 그를 경이의 시선으로 바라본다.

조영규는 망연자실한 표정으로 반상을 바라본다. 다 이긴 바둑을 비겼으니 조영규에게는 진 바둑이나 다름없었다.

조산 또한 바둑이 끝나가고서야 형세를 깨닫고 죽을상을 하고 있었다.

무한이 박환에게서 시선을 돌려 조영규를 바라보았다.

'비겼다. 음흉한 조영규여, 이제 어떻게 할 것이냐!'

조영규가 정신을 차렸다. 어느새 허탈한 표정은 멀리 사라지고 없었다.

"승부는 가려야겠지. 다시 두세."

박환이 눈을 치켜떴다. 과하게 심기를 쏟은 탓인지 안색이 파리했지만 눈은 어느 때보다 혜안으로 반짝이고 있었다.

"오늘의 바둑은 최악이었네. 신성한 바둑에 그따위 더러운 내기를 걸다니, 그만 돌아가게!"

박환은 단호했다. 그러나 조영규는 미동도 하지 않는다.

"칼을 뽑았으면 마땅히 승부를 결해야 하는 법!"

조영규는 백돌을 하나 집어 비단 주머니에 넣었다. 박환이 백돌을 뺐으니 백을 다시 채워 넣고 고르는 것이 맞는 것 같았지만, 사실은 또다시 주머니에 백돌만 두 개 들어가 있었다.

"속히 고르게!"

조영규가 뻔뻔스럽게 주머니를 내밀며 종용했다.

"그만 하자고 하였네!"

조영규의 입꼬리가 천장을 향해 치솟는다.

"하나뿐인 손녀딸을 기어이 처녀귀신으로 늙혀 죽이겠다 이건가? 좋아, 내 그리 알고 가지."

박환의 안색에 체념의 빛이 어린다. 아까도 이 협박에 무릎을 꿇었지 않은가.

"흐흠."

박환이 침음하며 비단 주머니에 손을 넣으려 했다.

'더 이상은 참을 수 없다!'

무한은 벌떡 일어섰다.

"관주님, 안 됩니다. 지금 비단 주머니에는……."

그때였다.

"할아버님, 소녀 연향이옵니다."

무한을 향했던 사람들의 시선이 일제히 문밖으로 쏠렸다.

박환의 호통이 터진다.

"내 너를 부른 적이 없거늘, 연향이 네가 무슨 일이냐! 썩 물러가거라!"

"죄송합니다. 소녀 들어가겠습니다."

연향은 박환의 지엄한 명에도 불구하고 기어이 문을 열고 들어섰다.

第四章
무기명(無記名) 제자

무기명(無記名) 제자 1

연향은 사뿐히 걸어와 먼저 부들부들 떨고 있는 박환에게 날아갈 듯 절한다. 조영규에게 마저 절을 올린 연향이 고운 입을 열었다.

"시비에게서 황망한 소리를 들었습니다. 소녀를 놓고 두 분이 바둑을 두신다고……. 그것이 사실인지요?"

흐뭇한 미소를 짓고 있던 조영규가 뻔뻔스레 부인한다.

"허허, 그런 것이 아니다. 내 소문에 너의 기예가 남다르다는 말을 듣고 온 김에 한 번 보자고 하였더니라. 한데 너의 조부께서 한사코 거절해……."

연향이 고개를 저으며 말했다.

"남녀가 유별하니 조부께서 관주님 댁의 도령과 소녀가 동석함을 꺼리신 것은 당연합니다. 조부께서 합당한 이유로 거절하시는데도 소녀를 한사코 보고자 하신 연유가 무엇인지요?"

"하하하, 네가 그렇듯 단도직입적으로 물으니 솔직히 말하마. 근자에 소문을 들었느니라."

"무슨 소문인지요?"

"청학무관에 혼기 찬 처자가 하나 있는데 그 품행이 방정하고 미모가 출중할 뿐만 아니라 기예 또한 탁월하다 하였다. 그 소문을 들은 우리 산이가 너를 한번 보기를 청하기에 내 결례(缺禮)를 무릅쓰고 너를 청한 것이니라."

제 조부가 말하는 동안 조산은 진득한 눈으로 연향을 훑어보고 있었다. 뱀 같은 시선에 연향은 저도 모르게 몸을 부르르 떤다.

곁에서 지켜보던 박환은 심한 모욕감에 벌떡 일어섰다.

"연향이는 지금이라도 냉큼 물러가거라! 명을 듣지 않은 벌은 후에 있을 것인즉!"

연향은 또 고개를 젓는다.

"할아버님의 뜻은 알겠습니다. 하지만 이미 온 바에야 제 뜻을 밝히겠습니다."

무한은 평소 같지 않은 연향의 태도에 의아함을 품고, 박환은 분노에 떤다.

조영규는 득의만면이다. 자신의 집안이 어떤 가문인가.

공신 자격으로 받은 전답은 대대로 대물림될 뿐만 아니라, 정계에서도 그 입김이 닿지 않는 곳이 없는 세도가다. 소위 날던 새도 떨어뜨린다는 집안을 어느 여인네가 마다하리오.

조산은 연향이 제 것이라도 된 듯 연신 징그럽게 웃는다.

박환이 뭐라 하기 전에 조영규가 얼른 묻는다.

"듣던 대로 현명한지고. 그래, 너의 뜻이 무엇인고?"

연향이 또렷한 말투로 자신의 뜻을 밝혔다.

"소녀는 사내를 볼 때 결코 집안을 보지 않습니다."

"집안을 보지 않는다? 혼사에서 가장 중한 것이 집안인데 어찌 그러하냐?"

"간혹 호부(虎父)에 견자(犬子)가 나오는 일이 있기 때문이지요."

기분 나쁠 수 있는 말임에도 조영규는 크게 웃는다.

"하하하―! 네 말이 참으로 옳다. 간혹 그런 일이 있긴 하지. 그러니까 네 말인즉슨 지아비 될 자가 호랑이인지 개인지를 보고 판단하겠다는 뜻이렷다?"

"그렇습니다."

연향은 당당하고 시종일관 의연한 자세를 고수했다.

그 모습이 오히려 조영규의 마음에 쏙 든다. 호걸의 기상이다. 사내로 태어났으면 가히 한자리를 해먹고도 남을 아이가 아닌가. 흐뭇한 눈길로 바라보며 다짐한다.

'소문이 대개 열 중 아홉은 부풀려진 것이라 믿지 못하였거늘, 참으로 탐나는 아이다. 내 기필코 너를 손부(孫婦)로 맞이해야겠다.'

결심을 굳힌 조영규는 격앙된 표정의 박환을 쓸어본다.

'허허, 그리 뻣뻣하게 굴 날도 멀지 않았네.'

연향을 손부로 들일 경우 빼어난 처자를 얻는 것으로 끝나지 않는다. 오랜 세월 승부를 보지 못한 경쟁에 종지부를 찍게 된다. 물론 승자는 자신이 될 터이다.

손녀를 시집보낸 박환이니 자신에게 맥을 추지 못할 것이 분명하지 않은가.

"그래, 네가 보기에 우리 산이는 어떤 것 같으냐?"

"어찌 겉만 보고 판단할 수 있겠습니다. 외람되오나……."

"망설이지 말고 말해보거라."

"하오시면 말씀드리겠습니다. 소녀는 영손(令孫)의 바둑을 보고 싶습니다."

잔뜩 긴장해 있던 조산의 얼굴이 자신만만한 표정으로 바뀐다.

"허허, 그거라면 시험해 볼 것도 없겠구나."

"어인 말씀이신지?"

"우리 산이로 말할 것 같으면 이번에 있을 오관지회에 바둑 부문 대표로 출전해도 손색이 없는 바둑이다. 다만 검술 또한 청룡무관에서 손에 꼽히는지라 바둑을 포기하고 검술 부문에 참석하게 되었더니라."

조영규는 손자의 자랑을 늘어놓았다.

"그러시군요."

조영규가 연향의 시큰둥한 말투에 턱수염을 쓸어내리며
말했다.

"믿지 못하겠다면 직접 시험을 해도 무방할 것이야."

"이미 한방에 든 것만으로도 예의에서 크게 벗어난 일입니
다. 어찌 마주 앉아 바둑을 둘 수 있겠습니까."

"허허, 그도 그렇구나. 이를 어찌한다?"

"소녀에게 적당한 방도가 있습니다."

박환은 이제 될 대로 되라는 심정인지 눈을 감고 미동도 없
다.

"방도를 일러보거라."

"영손께서 소녀가 지적하는 사람을 이기면 어르신 뜻에 따
르겠습니다."

"허허, 그것이라면 좋다. 내친김에 바둑을 둘 자를 지금 부
르도록 해라."

"부를 것도 없습니다. 이 방 안에 있으니까요."

조영규는 의아한 눈으로 새삼스레 방을 훑는다. 기보를 그
리던 시종 하나와 박환뿐이다.

"설마, 네 조부를 두고 하는 말은 아니겠지?"

"그럴 리가 있겠습니까? 무한, 네가 조 도령께 한 수 지도

를 받도록 하여야겠다."

무한은 자신이 뭔가 잘못 들었을 거라고 확신했다. 그렇지 않고서야 청천에 날벼락도 유분수지 이런 일이 일어날 리가 없다.

"······?"

그런데 잘못 들은 것이 아닌 것 같다. 조영규와 그의 재수 없는 손자 놈, 심지어 눈을 감고 있던 박환까지 어이없다는 표정으로 자신을 바라보고 있지 않은가.

"아가씨, 어찌 저더러······."

연향은 단호히 고개를 젓는다.

"나의 미래가 걸린 일이다. 성심을 다해 대국에 임해야 할 것이야."

무한의 이마에 땀이 송골송골 맺힌다.

'말도 안 된다. 난 아직 단 한 번도 대국을 해본 적이 없는 데.'

머릿속으로야 수천, 수만 번도 넘는 대국을 치렀다. 하지만 실제로 돌을 반상 위에 놓아본 일조차 없다.

조영규가 연향이 들어오고 처음으로 언성을 높인다.

"허허, 이런. 어여쁘다, 어여쁘다 하였더니 장난이 심하구나. 저놈은 이곳의 하인이 아니냐!"

보다 못한 박환까지 불호령을 터뜨린다.

"허어! 연향아, 지금 무슨 일을 꾸미는 것이냐!"

"소녀 단 한 번이라도 할아버님을 실망시킨 적이 있었는지요?"

"하지만 이번에는 경우가 다르다. 아무리 당구풍월(堂狗風月)이라 한다지만 일 년여 동안 기보만 그려온 아이가 무슨 바둑을 두겠느냐?"

무한은 그러는 동안에도 미친 듯이 격동하는 심장을 타일렀다. 그러자 거짓말처럼 평안이 찾아왔다. 처한 상황도 잊고 마음이 명경지수(明鏡止水)와 같다.

아씨는 나를 믿어줬다. 그것이 자포자기든 모험이든 상관없다.

이제 내가 그 마음에 답례할 차례다. 예서 도망치는 것은 결코 장부의 할 도리가 아니다.

'따르리라. 그리고 반드시 이기리라!'

번쩍!

눈을 떴다. 이 순간 격정은 사라지고 무한의 이성은 얼음보다 차가웠다.

"아씨의 분부를 받들겠습니다."

벌떡 일어난 무한은 성큼 걸어 바둑판 앞에 좌정했다. 지체 높은 양반가의 자손 앞이다. 무릎을 꿇는 것이 마땅할진대, 무한은 너무도 당연하다는 듯 양반다리를 하고 앉는다. 그것을 본 조영규와 조산의 눈이 표독스럽게 변한다.

조영규의 추상같은 호통이 떨어졌다.

"너와의 대국을 허락지 않았다! 게다가 감히 어느 안전이라고 양반다리를 하는 것이냐!"

여느 종들 같았으면 벌벌 떨며 오줌을 지려도 이상치 않을 정도로 살기 넘치는 호통이다. 한데 무한은 오히려 어깨를 펴더니 고개까지 뻣뻣이 치켜든다.

"불민한 소인이 감히 한 말씀 올리겠습니다."

음성 또한 일말의 동요도 없다.

"터진 입이니 어디 지껄여 보아라!"

"대감께서는 이미 저희 아씨께 어떤 청이든 받아준다 하지 않으셨습니까. 소인 또한 급작스러운 일에 놀란 바 크오나 이미 약조하신 일이니 소인이 나선다 하여 책잡힐 것은 없다고 보옵니다."

틀림이 없다. 자신이 아무나 내세우라 했으니, 종놈에게 바둑을 시키든 잡종견에게 바둑을 맡기든 연향의 재량이 아닌가.

무한의 논리정연한 말에 조영규의 얼굴이 숫제 홍시가 된다.

"하면 네놈은 어찌 양반 앞에서 무릎을 꿇지 않았느냐? 이는 필시 우리 조손을 업신여김이 아니더냐! 내 너를 이 자리에서 참수하여도 법도에 어긋나지 않을 터!"

무한은 목을 벤다는데도 전혀 동요하지 않았다.

"소인 또한 무릎을 꿇는 것이 오히려 마음이 편하옵니다.

하나 그러지 아니한 것은 합당한 이유가 있어서 그리한 것이옵니다."

"놈! 무슨 궤변을 늘어놓으려는 것이냐!"

무한은 지금껏 살아오면서 말을 이토록 길게 한 적이 없었다. 하지만 반드시 해야 했다.

"대감, 소인의 신분이 비록 비천하다 하나, 이 자리에서만큼은 아씨의 대리 자격이옵니다. 제가 무릎을 꿇는 것은 곧 아씨께서 그리하심과 같은데 어찌 소인 내키는 대로만 할 수가 있겠습니까. 또한 대국이 시작되면 한 시진이 걸릴지 두 시진이 걸릴지 모르는 일. 그간 소인이 무릎을 꿇고 있는다면 다리가 저려 제 기량을 발휘할 수 없을 것 또한 명약관화한 일이 아니겠는지요. 만약 그리 된다면 사소한 실수로 신의를 배반한 꼴이 될 터, 소인이 무슨 낯으로 아씨와 관주님을 뵙겠습니까?"

방 안에 정적이 흐른다.

연향의 얼굴에는 놀람이 어렸고, 무한에 대해 어느 정도 알고 있었던 박환 또한 무한의 얼굴에서 눈을 떼지 못했다.

한참 만에야 조영규가 벌게진 얼굴로 말했다.

"끙! 이보시게, 수경! 이 아이가 정녕 종이 맞는가!"

"천출은 아니라네."

"천출이 아니다? 어느 몰락한 양반가의 아들이라도 된단 말인가?"

박환이 고개를 저어 부정했다.

"양인(良人)의 아이일세."

"양인이라면 농투성이의 아들이란 말함인가?"

박환이 말없이 끄덕인다.

조영규의 눈에 핏발이 곤두선다. 양인이나 노비나 그에게 있어 발가락에 때만도 못하기는 피차일반이다. 천한 것에게 이런 창피를 당하다니!

분노가 하늘을 찌른다.

움찔!

벌떡 일어서려던 조영규는 번개처럼 스치는 생각에 골똘히 생각한다.

저 어린 녀석이 예사롭지 않은 것은 분명하다. 하지만 천한 피는 어쩔 수 없는 법. 어찌 우리 산이를 이길 기예를 익혔겠는가.

'오호라, 천한 것에게 바둑을 시킴으로써 내가 노하여 자리를 털고 일어나길 바라고 있었구나. 쯧, 얕은 수작질이렷다?

참으로 앙큼한 계집이 아닌가. 하마터면 넘어갈 뻔했다. 하지만 당하는 것은 네가 될 터.

"내 네놈이 입심만큼이나 바둑을 잘 두는지 지켜보겠다."

승낙이 떨어졌다. 그러나 조산은 불만이 많은 모양이다.

"조부님, 정말 소손에게 이자와 바둑을 두라는 말씀이십니까?"

"그럼 이제 와서 자리를 털고 일어설 작정이더냐?"

조산은 조부의 말에 곁눈질로 연향을 힐끔 본다. 연지를 바르지 않아도 적당히 붉은 입술하며 혜지 가득한 눈동자, 뽀얀 귀밑머리, 은은한 방향, 애간장이 녹을 지경이다.

욕념이 들끓어 생각 같아서는 와락 끌어안고 입을 맞추고 뒹굴고 싶었다.

'저 계집을 품을 수 있다면 종놈이 아니라 개하고라도 두지 못할까 보냐.'

"조부께서 분부하시는데 무엇인들 못하겠습니까."

무한과 조산 사이에 바둑판이 놓여졌다.

촛불이 일렁이는 봄날 밤, 무한은 이렇게 일생일대의 고비를 맞았다.

둘은 각각 여덟 개의 돌로 화점을 채웠다. 순장바둑의 시작이다.

박환이 그리했듯이 무한도 바둑판 앞에서 눈을 감았다. 막상 대국에 임하니 겉잡을 수 없이 떨린다. 어깨 위에 지워진 짐이 너무나 무겁다.

지면 어찌 되는가. 연향은 음흉한 놈의 손에 쥐어지고 관주님은 치욕을 당하리라.

등판에서 식은땀이 줄줄 흐른다.

그 모습을 연향과 박환이 걱정스런 시선으로 바라본다.

'반드시 이기리라!'

무한은 굳게 다짐하고 눈을 떴다. 그의 눈은 쇠라도 녹일 듯 활활 타오르고 있었다. 잠시 박환을 스쳐보았다. 마침 그를 보고 있던 침중한 안색의 박환과 눈이 정면으로 마주쳤다.

'왜 그런 표정을……?'

분명 박환의 입은 꽉 다물렸는데 가르침이 귀에 쟁쟁하게 들리는 듯했다.

'멍청한 놈!'

'무슨 말씀이십니까?'

'이기려 들지 말라 하였느니!'

'바둑에서 승부에 대한 집념은 첫째가는 덕목이 아닌지요.'

'내 뭐라 하였더냐! 승리에 집착하면 오히려 얻어지는 것이 없다 하였거늘!'

부르르 떨던 무한이 이내 눈을 감는다. 잠시 후 다시 눈을 떴을 때 동공의 불길은 사라지고 없었다. 그제야 박환의 얼굴에 혈색이 돈다.

"그래, 몇 점을 놓을 건지 맘대로 해보아라. 넉 점? 다섯 점?"

조산이 거만한 표정으로 객기를 부린다.

무한은 고개를 저었다.

"호선(互先:실력이 대등한 자들끼리 두는 맞바둑)으로 하겠습니다.”

“네놈이 한 선택이니 후회는 없으리라 본다.”

“물론입니다.”

조산이 박환과 조영규의 바둑에서 쓰였던 비단 주머니를 내민다.

“먼저 골라라.”

무한은 내심 실소하고 말았다. 백돌만 두 개 있는 주머니에서 고르라니. 이로써 일말의 부담감이나 긴장마저 사라졌다.

바둑은 도(道)이거늘, 얕은 수작이나 일삼는 자에게 어찌 질 수가 있겠는가.

“소인이 백을 잡겠습니다.”

“건방진 놈! 잠시 후 네놈의 우는 모습을 기필코 지켜보리라!”

딱!

조산이 신경질적으로 먼저 흑을 놓았다. 조산의 손이 반상에서 떨어지자마자 무한이 응수한다.

“후훗……”

조산의 입에서 비웃음이 터진다. 곁에서 보고 있던 조영규도 웃음을 금치 못했다. 수가 놓고 낮음을 떠나서 무한의 바둑돌 쥐는 자세 때문이었다.

바둑돌은 검지 손톱 위에 살짝 얹은 상태에서 중지로 가볍게 누르는 형태로 놓는 것이 상례다. 한데 무한은 무슨 떨어진 물건 줍듯 엄지와 검지로 돌을 잡았다.

그것을 아는지 모르는지 연향은 오히려 얕은 미소를 짓고 있다. 무한은 아예 무표정이다.

조산은 바둑판 앞에서 웃는 것이 예의가 아니라는 것은 생각지 못하고 그저 무한의 바둑돌 잡는 것만 비웃는다.

바둑은 물 흐르듯 사십 수가 넘어갔다. 한데 그때부터 약간의 문제가 생겼다. 조산의 흑 다섯 개가 어느새 백돌에 교묘히 압박당하고 있는 것이 아닌가.

시종일관 조산의 얼굴에서 떠나지 않던 비웃음이 순간 사라진다. 반상을 뚫어져라 응시한다. 그럴수록 눈이 더욱 보기 싫게 찢어진다.

돌 다섯 개. 크게 집착할 만한 개수는 아니다. 물론 초반인 것을 감안하면 돌 다섯 개가 차지하는 비중은 상당하다. 하지만 다섯 개의 돌을 포기함으로써 얼마든지 실리를 취할 만한 공간이 많았다. 경우에 따라서는 작은 것을 버리고 큰 것을 취할 수도 있다.

하지만 조산의 생각은 달랐다. 천한 놈에게 어찌 초반에 돌을 다섯 개나 내준단 말인가? 버리는 것은 아예 생각도 않고 살리기로 마음을 굳혔다.

일다경을 장고하던 조산이 마침내 길을 텄다.

딱!

무한은 기다렸다는 듯 묵묵히 응수한다.

딱!

길목을 좁혀오는 수에 다시 조산이 살길을 개척한다. 그렇게 쫓고 쫓기는 바둑이 한 식경 가까이 이어졌다.

그러느라 돌 다섯 개는 어느새 서른 개, 마흔 개로 점점 불어났다. 이제는 발을 빼려 해도 그럴 수 없는 지경에 이르렀다.

딱!

장고 끝에 간신히 활로를 연 조산은 마른침을 꿀걱 삼켰다. 목이 바짝바짝 말랐다.

이건 뭔가. 귀신도 이런 물귀신이 없다. 수가 늘어갈수록 형체없는 괴물이 비수를 들고 등을 찌르러 오는 오싹함이 느껴졌다.

딱!

바둑 놓는 소리가 귓가에 쟁쟁하다. 간신히 뚫어놓은 길이 백돌에 틀어막혀 있었다. 목에 서슬 퍼런 칼을 들이밀며 어찌할 것이냐고 추궁당하는 기분이다.

'살 수 있다! 아직 생로(生路)는 있다.'

흐르는 땀을 연신 닦으며 생각에 생각을 거듭했다.

딱!

간신히 활로를 텄다. 그런데…….

딱!

숨 돌릴 겨를도 없이 곧바로 백돌이 턱밑까지 추격한다.

마치 조산이 먼 길을 돌아서 죽기 살기로 달아나면 무한은 지름길로 손쉽게 쫓아오는 형국이었다.

조산은 무한이 무서워지기 시작했다. 검지와 엄지로 어쭙잖게 쥔 백돌. 좀 전까지만 해도 실소를 금치 못했는데 이제 반상 위로 올라오는 그 손만 보면 심장이 덜컥 내려앉는다.

'놈! 대체 뭐냐! 한 식경 동안 생각해 만든 생로를 어찌… 단 몇 호흡 만에 간파하는 것이냐!'

조산은 수를 내랴, 연신 흐르는 땀을 닦으랴 정신이 하나도 없다. 식은땀을 줄줄 흘리며 장고에 장고를 거듭했다.

똑, 똑.

이마에 맺힌 땀이 기다란 얼굴을 지나 반상 위에 방울방울 떨어진다.

정작 본인은 땀이 나는지 어쩐지도 모른다.

잡힐 듯 잡히지 않는다. 그러나 사실은 죽일 듯 죽이지 않는 바둑이었다. 그렇게 바둑은 중반으로 치달았다.

처음 다섯 개에 불과했던 돌은 이제 육십 개에 육박했다. 이제 승부의 추는 간단명료해졌다. 대마가 살면 흑이 이기고 잡히면 백이 이긴다.

옆에서 보고 있던 조영규는 얼굴이 빨갛게 달아올라 있었다.

'이 멍청한 녀석아, 놈은 일부러 네 돌을 살려주고 있다. 키워서 잡아먹겠단 심산이란 말이다!'

이 바둑은 졌다. 분패요, 완패다.

조영규는 이루 말할 수 없이 참담한 심정이었다. 저잣거리에서 똥물을 한 바가지 뒤집어써도 이보다 덜 분하고 덜 창피할 것 같았다.

애초에 다섯 개를 과감히 포기하고 다른 곳의 세력을 키웠어야 했다. 하지만 손자놈은 돌에 집착했다. 하긴 조영규 자신도 그때까지 상황이 이렇게 되리라고는 상상도 못했으니 무슨 할 말이 있겠는가.

그렇다면 조산이 단순히 돌에 집착했기 때문에 진 것일까?

그것은 아니었다. 무한이 치밀한 형세 판단과 수읽기에 자신이 없었다면 애초에 대마를 잡을 생각도 못했을 것이고, 간 크게 숨통을 틔워주며 뒤쫓지도 못했을 것이다.

어차피 조산은 무한을 이길 수 없었다. 수읽기, 형세 판단, 판 전체를 보는 안목, 모든 면에서 조산은 무한의 상대가 아니었던 것이다.

딱!

드디어 백돌이 흑을 발 디딜 곳 하나 없는 만 길 낭떠러지까지 밀어붙였다. 전후좌우, 사방팔방, 아무리 살펴도 도망칠 구석이라고는 없다.

이제 조산이 할 수 있는 것은 돌을 던지고 깨끗이 패배를 인정하는 일뿐이었다.

백의 승리가 굳어지자 연향의 얼굴에 동백꽃이 흐드러지

게 피어났다. 박환은 입을 반쯤 벌리고 무한의 얼굴을 보고 있었다. 경이를 넘어 경악스러운 표정이었다.

'이런… 아이였더냐? 내가 이런 너에게 기보나 그리라고 시켰더란 말이냐?

무한은 눈을 감고 첫 승리의 짜릿한 여운을 즐겼다. 그러나 곧 해이해진 마음을 다잡았다.

'상대의 방심에 편승한 승리였을 뿐이다. 나는 아직 멀었다.'

으드득!

"바보 같은 놈! 끝난 것을 가지고 뭘 생각하고 있는 것이냐!"

조영규가 넋 나간 표정으로 바둑판을 보고 있는 조산의 뒷덜미를 거칠게 잡아채 일어났다. 그 서슬에 반상의 바둑돌이 사방으로 튄다. 반상에 못 박힌 듯 고정돼 있던 조산이 맥없이 끌려 일어선다.

도망치듯 방을 나서는 조영규의 등에 대고 박환이 말했다.

"밤이 깊었네. 쉬고 내일 가시게."

주인으로서 객을 대하는 사심없는 말이었다. 그러나 수치심과 분노로 제정신이 아닌 조영규에게는 조롱으로밖에 들리지 않는다.

"이익! 누굴 놀리는 것인가! 내 이 원수는 기필코 갚고 말겠다!"

조영규는 조산을 질질 끌다시피 도망치듯 청학무관을 떠났다.

박환은 두 조손이 떠난 후 연향과 무한을 번갈아보며 말했다.

"이게 어찌 된 일이냐? 무한이 바둑을 잘 둔다는 것을 너는 또 어찌 알았고?"

연향이 빙긋이 웃는다.

"소녀 또한 얼마 전 우연히 알게 된 일입니다. 그의 말로는 기보를 그리면서 바둑을 터득했다고……."

"기보를 그리면서? 대체 그게 말이 되는 소리냐?"

눈을 돌려 이번에는 무한에게 추궁한다.

"네가 어찌 된 일인지 설명해 보아라."

무한은 사실 그대로를 말했다. 전후 사정을 모두 들은 박환은 도무지 믿지 못하겠다는 표정이다.

박환은 바둑판에 남아 있던 바둑돌을 쓸어 담고 새로 백돌 여덟 개와 흑돌 여덟 개를 얹고 무한에게 말했다.

"돌 세 개를 올려놓아 보아라."

석 점 바둑이다. 무한은 박환이 자신의 바둑을 시험하려는 것인 줄 알고 두말없이 응했다.

바둑돌 떨어지는 소리만 이따금씩 정적을 깨운다.

연향은 다소곳한 자세로 기보를 적기 시작했다. 처음부터 흑이 맹위를 떨친다. 채 칠십 수도 놓기 전, 박환은 돌연 바둑

돌을 거두고 쓸어 담았다. 애초에 백이 판 자체를 형성하지
못한 것이다.

"두 개를 올려놓아라."

이번에는 두 점 바둑이다.

연향은 그리던 기보를 접고 다시 시작했다. 백이십 수가 넘
어갔다. 흑 두 점의 위력은 여전했다. 아니, 그 두 점을 발판
으로 무한은 중앙까지 서서히 기세를 뻗치고 있었다. 아무리
봐도 백이 이기기는 버거워 보였다.

박환은 다시 바둑돌을 쓸어 담았다. 이번에는 백오십 수만
이었다. 다시 반상에 바둑돌이 올려졌다. 백이 여덟, 흑도 여
덟 개다.

"두어라."

연향은 놀람을 금치 못한다. 놀람 정도가 아니라 경악이었
다.

"정선(定先:약간 처지는 자가 한 수 위의 고수와 수를 나눌 때
두는 방식으로, 흑을 들고 한 수 먼저 두는 것을 뜻함)……!"

정선 바둑. 이제 무한에게 선수(先手), 즉 먼저 놓는다는 이
점밖에 없게 된 것이다.

사십 수, 오십 수, 육십 수…… 수가 진행될수록 방 안의 공
기가 무거워졌다.

무한을 시험하는 것이 목적이었던 박환은 승부를 떠나 무
한을 이리저리 흔들어댔다. 사방을 찔러대며 신출귀몰한 수

로 연이어 포화를 터뜨렸다. 곧 그의 의도대로 바둑판 곳곳에서 난전이 벌어졌다.

무한은 그럴수록 마음을 진정시키려 애쓰며 묵묵히 공격을 받아냈다. 그는 이따금씩 눈을 감고 있다가 눈을 뜨자마자 돌을 놓곤 했다. 바둑판 없이 머릿속으로 수를 읽는 습관 때문이었다. 그것을 알지 못하는 박환과 연향은 기이한 기분에 휩싸였다.

연향은 기보를 적으며 꾸준히 형세를 판단했다. 중반을 넘어간 시점임에도 승부는 한 치 앞을 내다볼 수 없었다. 무한에게 좋아 보인다 싶으면 어느새 조부가 앞서 있고, 그런가 싶으면 또 무한의 세가 좋아 보였다.

앞선 것 또한 극히 미세해 누가 앞섰든지 가장 큰 차이가 나도 두 집 이상을 넘지 않았다.

네 귀퉁이와 변에서 벌어졌던 치열한 싸움이 한 시진 만에 끝이 났다. 누가 이기고 누가 졌다고도 볼 수 없는 싸움. 놀랍게도 거의 비세였다.

전장은 다시 중앙으로 옮겨갔다. 물고 물리고, 치고받는 난타전이 끝없이 펼쳐진다. 연향은 이런 바둑이 있을 것이라고는 생각조차 해보지 못했다. 그 정도로 일대 혼전이었다.

딱!

쉽게 짐작하기 힘든 박환의 수가 묘수로 떨어진다.

딱!

무한은 일반적인 상리를 벗어난 수로 응수한다.

연향이 보기에 무리하다고 판단되었던 무한의 수는 열 수 정도가 넘어가면 어김없이 그 위력을 발휘했다. 이미 무한의 바둑은 연향과는 격이 다른 바둑이었던 것이다.

한편 박환의 바둑은 신비롭기까지 하다. 안개 속에서 급작스럽게 잘 벼려진 칼날을 들이밀어 번번이 무한을 놀라게 하는가 하면 어느새 철옹성을 구축한다. 이리저리 공격해 오는 무한의 칼끝을 무디게 만들었다.

자정을 넘어 시간은 살같이 흐른다. 바둑은 어느새 종반으로 치달았다.

연향은 이쯤해서 다시 형세를 판단해 본다.

'이럴 수가!

백이 육십 집, 흑이 육십이 집! 놀랍게도 흑이 두 집 앞서고 있었다. 워낙에 치열했던 바둑이라 집이 많지 않았으니 두 집도 상당히 크게 느껴졌다.

연향은 경이의 시선으로 무한을 바라보았다. 일렁이는 촛불이 굳게 다문 입술을 비추고, 코 언저리에 음영을 만든다. 언뜻언뜻 비치는 모습이 연향의 방심을 흔들기에 충분했다.

'무한, 너는 대체……'

바둑은 막바지에 접어들었다. 큰 끝내기 자리가 두세 곳 남아 있었지만 지금까지 보여준 무한의 기력이라면 흑의 무난한 승리가 예상되었다.

하지만 마지막 두 번의 끝내기에서 무한이 연이어 흔들림을 보였다. 박환이 두 집씩 득을 취해 결국 바둑은 박환의 한 집 승리로 끝이 났다. 박환의 입장에서는 진땀나는 승리였고, 무한의 입장에서는 두고두고 아쉬움이 남을 석패(惜敗)였다.

무한은 경험 미숙으로 인해 끝내기에서 집중력을 잃었다. 장시간에 걸친 대국으로 급감한 체력 또한 결정적인 패인이었다. 다르게 보면 박환의 노련함이 돋보인 한판이라고 할 수 있었다.

연향은 마지막 기보를 적고 계가를 마쳤다. 몇 번을 살펴봐도 무한의 한 집 패였다.

'아깝다. 그가 충분히 이길 수 있는 바둑이었는데……. 체력이 머리를 따르지 못했구나.'

연향은 자신이 무한의 패배에 아쉬워하고 있다는 것조차 깨닫지 못했다.

시험은 끝났다. 박환의 기운 빠진 음성으로 명했다.

"둘 다 그만 나가보아라."

2

다음날 무한은 여느 때와 마찬가지로 차를 들고 박환의 방을 향했다.

무기명(無記名) 제자 121

“어디 가니?”

양화다. 무시하고 지나치려는데 계집의 앙칼진 음성이 잡아챈다.

“바보야, 멈춰! 당분간 아무도 들이지 말라는 분부가 계셨다고!”

“누가?”

“당연히 관주님이지.”

“하지만……”

“하지만은 무슨 하지만이야? 우리 아씨도 문안 인사조차 드리지 못했는데.”

양화의 말은 사실이었다. 무슨 이유인지 몰라도 박환은 종일 식사도 거른 채 어젯밤부터 바깥출입을 하지 않았다. 다음날도, 그 다음날도 마찬가지였다.

박환의 아들, 손자, 며느리 할 것 없이 방문 앞에 엎드렸다. 그들은 이유를 모르니 무조건 잘못했다고 죄를 청했다. 하지만 박환은 여전히 묵묵부답이다. 심지어 울고불고 통사정을 해도 꿈쩍도 하지 않았다.

그렇게 해가 뉘엿뉘엿 저문 삼 일째 밤이었다.

“들어오너라.”

방문 앞에서 꾸벅꾸벅 졸고 있던 식구들이 박환의 부름에 냉큼 뛰어들어 갔다. 누가 먼저랄 것도 없이 박환의 초췌한 모습에 울음을 터뜨린다.

"경거망동하지 말고 게 앉아라."

식구들이 자리하자 박환이 연향에게 분부를 내린다.

"연향아, 사람을 시켜 그 아이를 데려오도록 해라."

무한은 관주가 자신을 찾는다는 소식을 듣고 단걸음에 달려왔다.

툇마루에 이르러 호흡을 정리한 무한은 짚신을 가지런히 벗어놓고 안으로 들어갔다. 방 안은 사람들로 가득 차 있었다.

박환은 장시간 단식으로 얼굴색이 어둡고 기력이 없어 보였다. 다만 눈이 퀭하게 수척한데도 눈동자만은 형형한 것이 오히려 삼 일 전 밤보다 더욱 힘이 들어가 있었다.

"게 앉아라."

무한이 박환 앞에 무릎 꿇어 앉았다.

"너를 부른 연유를 아느냐?"

"소인은 알지 못합니다."

박환의 깡마른 얼굴에 웃음이 피어오른다.

"허허, 오늘은 네게 있어 기념할 만한 날이 될 것이니……."

궁금증 가득한 시선이 사방에서 쏟아진다.

"내 너를 청학무관에 입관시킴과 동시에 정식 제자로 들일 생각이니라."

쿠쿵!

무한의 입이 떡 벌어진다. 결례인 줄도 모르고 관주의 얼굴을 뚫어져라 바라본다. 장난기라고는 어디에도 없는 모습. 관주는 진심이다.

'이것이었습니까? 지난 삼 일간의 장고가 이 때문이었습니까?'

가슴에서 뜨거운 것이 치고 올라온다. 드디어 한없는 웅크림에서 벗어나 나래를 펼칠 수 있게 된 것인가?

무한의 기대를 무너뜨리려는 듯 박이염 부자가 합세해 부당함을 외친다.

"안 됩니다, 아버님. 그 아이는 종입니다."

"조부님, 그럴 수는 없습니다. 조부께서는 지금 기진하셔서 정신이 혼미……."

"닥쳐라! 내가 노망이라도 났단 말이냐!"

박환이 불을 뿜는다. 박영이 얼른 말을 주워 담는다.

"소손이 실언했습니다. 하지만 종을 관원으로 들이고 조부님의 제자로 맞는다는 것은 아무리 생각해도 있을 수 없는 일입니다."

"시끄럽다! 내 이미 결정한 일! 너희들을 부른 이유는 통보하기 위함이지 의견을 듣자고 한 것이 아니니라!"

쿵!

박영이 방바닥에 이마를 찧는다.

쿵! 쿵!

어찌나 사정없이 부딪쳤는지 금세 이마가 터져 피가 흐

른다.

"조부님, 소손은 저놈의 어디가 훌륭한지는 알 수 없사옵
니다. 그러나 백 번을 고쳐 생각해도 있을 수 없는 일입니다.
만약 저 아이를 입관시킨다면 다른 사대부가의 관원들이 어
찌 나오겠습니까. 저들은 필시 단체로 퇴관할 것입니다. 어찌
하찮은 종복 하나 때문에 무관을 존폐의 위기로 몰아넣으시
려는 것입니까!"

박영의 반대는 괜한 고집이 아니었다.

본시 양반이란 자들이 어떤 자들인가. 가진 건 쥐뿔도 없는
몰락한 양반들마저도 자존심만은 천하에 다시없이 드센 종자
들이다. 하물며 날고 기는 세도가의 자손들임에야.

박환 또한 그 점을 염두에 두지 않은 바는 아니다. 그렇지
않았다면 사흘이라는 긴 시간 동안 고민할 이유도 없었을 것
이다.

박환은 막무가내로 밀어붙이기보다 이들을 납득시키기로
마음먹었다.

"무한의 바둑은 정선으로 나와 호각지세(互角之勢)다."

조부의 바둑을 잘 아는 박영은 입을 다물지 못했다.

"정선!"

"정선으로! 그것이 사실입니까?"

"그렇지 않았다면 왜 그 조가(趙家) 놈이 밤중에 도망치듯
달아났겠느냐?"

"할아버님 말씀이 사실이에요. 무한은……."

연향이 나서서 그날 밤에 있었던 일을 낱낱이 밝혔다.

"하지만 그것이 사실이라 해도 역시 조부님의 가르침이 훌륭하셨기에……."

"나의 가르침이 훌륭했다? 허! 난 저 아이를 가르친 적이 없다."

"예에? 그게 무슨……?"

"네 동생들과 관원들의 잔심부름 따위를 하며 어깨너머로 배운 바둑이란 말이다."

박영의 아우들, 특히 박위는 조부의 말을 믿을 수가 없었다. 그도 무한을 알고 있었다. 자신이 바둑을 배울 때 기보나 그리던 노비 놈이 아닌가.

"믿을 수 없습니다. 어찌 기보나 그리는 놈이!"

박환이 박위의 말을 끊었다.

"이제 열넷이다. 재대로 배운다면 올해가 가기 전에 나와 맞바둑[互先]을 둬도 손색이 없을 것이다. 이 년, 길게 잡아 삼 년 후를 생각해 보아라. 내 장담한다. 이 나라에서 바둑으로 저 아이를 상대할 자가 없을 것이라는 것을."

연향은 저도 몰래 소리친다.

"국수(國手:나라를 대표하는 기사)!"

"옳다. 이 아이는 국수의 재목이다."

방 안에 싸한 정적이 흐른다.

크다, 크다. 국수의 재목이라니.

"아버님, 정녕 그 정도입니까?"

박환이 말없이 끄덕인다.

박이염이 한층 진지한 표정으로 말했다.

"저 아이를 국수로 키워 어쩌실 작정이십니까?"

"어찌하다니? 무엇을 어찌한단 말이냐?"

"정말 모르서서 하는 말씀입니까, 아니면 모든 것을 감수하시겠다는 뜻입니까?"

"알아듣게 말을 해보아라!"

박이염이 부르르 떨며 말했다.

"저 아이가 아버님 말씀대로 성장해 사대부들의 바둑을 모조리 꺾는다고 생각해 보십시오. 그건 생각만 해도 끔찍한 일입니다."

"기예가 부족하여 지는 것이 어찌 문제가 된단 말이냐?"

"아버님, 그렇지가 않습니다. 패배를 자신의 부족으로 겸허히 받아들이고 노력할 소양을 갖춘 사람이 얼마나 있겠습니까. 저 아이가 조산이란 녀석을 패퇴시켰을 때 그들 조손의 태도가 어떠했습니까?"

박환은 조산이 패했을 당시를 상기했다. 조산은 혼이 빠진 사람같이 멍해 있었고, 조영규는 수치심에 벌벌 떨었었다.

내색은 하지 않았지만 그날 얼마나 통쾌했던가. 연향이나 다른 손자들이 조산을 이겼다면 그처럼 속이 시원하지는 않왔을 터. 자신이 통쾌했던 만큼 조영규 조손에게는 큰 충격이었을 것은 불 보듯 뻔했다.

박환은 그제야 자신이 생각했던 것보다 상황이 훨씬 심각하다는 것을 깨달았다.

신진 사대부. 그들은 체면과 권위를 지키기 위해서라면 무슨 짓이든 할 수 있는 사람들. 한탄을 금치 못했다. 기재를 키우려는데 이리도 암초가 많을 줄이야.

'그래, 암초를 넘어주마. 내가 넘지 못하면 이 아이가 능히 부숴줄 것이다.'

"무한은 고개를 들어라."

박환의 명에 무한이 고개를 들었다.

"자칫 너의 신변에 문제가 생길 수도 있다. 그래도 내게 바둑을 배울 생각이 있느냐?"

무한은 결의에 찬 얼굴로 고개를 끄덕였다.

"무관의 관원이 될 수만 있다면 그 어떤 것도 감수하겠습니다. 설사 그로 인해 목숨이 다한다 해도 배우다 죽겠습니다."

"좋다, 네 뜻이 이리도 확고하니……."

박환은 잠시 말을 끊고 주위를 둘러보며 선언했다.

"무한은 이 시간 이후로 청학무관의 관원이다."

"아버님! 관원들의 반발은 정녕 어찌하실 작정이십니까!"

"관원 명부에 무한의 이름을 올리지 않겠다. 다만 모든 예우는 다른 관원들과 동일할 것이다.”

박환은 무기명 관원을 말하고 있었다.

“설마 저 아이에게 무예도 가르칠 작정이십니까?”

“물론이다!”

가슴을 졸이고 있던 무한은 눈물을 쏟지 않으려 허벅지를
쥐어뜯었다.

입관이란 말이 박환의 입에서 처음 나왔을 때 무한이 가슴
벅차했던 이유는 무예를 습득할 수 있다는 희망에서였다. 그
토록 청학무관에 들어오고자 했던 이유도, 지금껏 허드렛일
을 묵묵히 했던 것도 한가닥 기대 때문이었다.

이제 기회가 왔다.

관원 명부에 기록되지 못하는 무기명 제자라도 상관없다.
더욱 노력해 나중에라도 인정받으면 될 일. 중요한 것은 지위
가 아니라 배움, 그 자체가 아닌가.

무한은 온몸으로 쏟아지는 따가운 시선을 느끼고 격해진
감정을 추슬렀다. 고개를 살며시 들어보니 박환의 손자들이
하나같이 도끼눈을 뜨고 죽일 듯이 노려보고 있다.

그들의 살기 서린 눈빛은 앞으로의 나날이 순탄치 않을 것
임을 예고하고 있었지만 무한은 그 무엇도 두렵지 않았다.

第五章
잠룡의 비가(悲歌)

棋劍神俠

기검
신협

잠룡의 비가(悲歌) 1

입관 첫날.

무한의 거처가 관원들의 합숙소인 관사로 옮겨졌다.

예상대로 관원들은 거세게 반발했다. 무한이 무기명(無記名) 관원이라는 것을 알렸지만 관원들은 절대 함께 수련할 수 없다고 버텼다. 다른 무관에 이 사실이 알려지면 체면이 떨어진다는 것이 가장 큰 이유였다.

결국 무한이 오관지회를 비롯해 다른 무관과의 교류에 일절 참석할 수 없고, 관원이라는 사실을 함구한다는 조건을 수락한 후에야 소란은 일단락되었다.

그러나 그들의 무한을 향한 차가운 시선만은 여전했다.

"네 녀석이 잔머리가 제법 돌아간다는 말은 들었다. 어디, 무예도 잔머리로 되나 두고 보겠다."

"하하, 낙마하여 허리가 부러지는 것을 보는 것도 재미있겠지."

다들 서늘한 눈으로 악담을 한마디씩 토해냈다.

그중 양철한의 눈빛은 받아내기 힘들 정도였다. 양철한은 관원 중 집안의 세력이 가장 처지는 종육품 종사관 양정문의 장자였다. 그렇지 않아도 따돌림을 당하기 일쑤인데다, 스스로도 자격지심 때문에 고심하던 그인데 재수없게 무한과 한방을 쓰게 되었으니 나름 불만이 클 수밖에 없었다.

방에 들어 짐을 정리하는데 양철한이 분해 죽겠다는 표정으로 말했다.

"내 살다 살다 별꼴을 다 당하는구나. 천한 놈과 한방을 쓰게 될 줄이야!"

무한은 뉘 집 개가 짖느냐는 태도로 몇 벌 없는 옷가지를 정리했다.

혼자서 씩씩대던 양철한이 서슬 퍼런 눈으로 경고했다.

"관주의 명이 있어 어쩔 수 없다만 만약 눈 밖에 난 행동을 했다간 경을 치게 될 것이다!"

"내 비록 신분이 비천하나 분명히 관주께서 인정하신 관원입니다."

양철한의 눈썹이 바늘에 찔린 송충이처럼 꿈틀한다.

"호오, 그래? 그래서 어쨌다는 말이냐?"

무한은 지지 않고 응수했다.

"이곳은 엄연한 관내입니다. 관주께서 말씀하셨듯이 동등한 입장이란 말이지요."

"이런 넋 빠진 놈을 보았나! 오냐, 어디 주먹까지 동등한지 봐야겠다."

양철한은 다짜고짜 무한의 안면에 주먹을 내질렀다.

무한은 둔중한 일격에 방 한구석으로 날아갔다.

무한이 이제 열네 살인 것에 비해 양철한은 올해 열여덟. 게다가 양철한은 칠 척에 육박하는 신장에 체격 또한 보통 장정을 능가할 정도였으니 주먹에 실린 힘이 장난이 아니었다.

무한은 일격을 허용하자 머리가 몽롱해졌다. 정신을 놓지 않은 것만도 대단한 일인데, 코피를 소매로 훔치며 비틀 일어나기까지 한다.

양철한이 저놈 봐라 하는 눈빛으로 바라본다.

"다시 한 번 말해보거라. 그래도 이 도령께서 네 녀석과 동등하다고 생각하느냐?"

"물론입니다. 청학무관에 있는 이상 당신과 나는……."

"다, 당신?"

퍽! 퍼퍽!

모진 구타가 채 여물지 않은 몸 위로 쏟아진다. 입관 첫날의 해는 그렇게 기울었다.

양철한뿐만 아니라 거의 모든 이가 하루도 빠짐없이 노골적으로 시비를 걸고 구타를 일삼았다. 제풀에 지쳐 포기하라는 암묵적인 시위였다.

그러나 무한은 그들의 바람대로 쉽게 굴복하지 않았다. 그럴 때마다 이를 악물었다.

무한이 수련에 임하는 자세는 타 관원들과 차원이 달랐다. 무엇을 배우든 죽기 살기로 매달렸다. 관원들뿐 아니라 사범들까지 공공연하게 차별했지만 무한의 강철 같은 의지를 꺾기에는 역부족이었다.

입관한 지 한 달이 지났다.

"다음 오조!"

키가 작달막하고 인상이 표독스러운 사십대 장한. 승마(乘馬)를 가르치는 장승일 사범의 호령이 승마장을 쩌렁 울렸다.

명령이 떨어지자 무한을 비롯한 열 명의 조원들이 일사불란하게 달려나가 훈련을 마친 사조에게서 고삐를 건네받았다.

"전원 승마!"

무한은 발걸이에 발을 슬쩍 끼워 넣고 훌쩍 뛰어 올라탔다. 상당히 능숙한 모습이다.

"전립(前立)!"

무한은 고삐를 적당한 힘으로 당기고 발로 말의 배를 가볍게 두드렸다.

히히힝!

말이 앞발을 번쩍 치켜든다. 전립 자세다. 다른 아홉 마리 말도 각자 주인이 명하는 대로 따랐다.

"좌보(左步)! 우보(右步)! 후보(後步)!"

사범의 구령이 연이어 터진다. 그에 따라 말들은 술 취한 듯 좌로 걸었다 우로 걸었다, 마지막에는 뒤로 비틀비틀 걸어갔다.

장승일은 예리한 눈으로 관원들의 모습을 살핀다. 무한을 바라보는 장승일의 눈빛이 몇 마디 말로 표현하기 힘들 만큼 이상야릇하다. 오조 전원이 마술(馬術)의 중급 과정을 무사히 해냈다. 특히 무한의 그것은 완벽, 그 자체였다.

관원들은 무한의 모습에 입을 떡 벌렸다. 모두들 무한의 진전에 놀라움을 금치 못했다. 불과 한 달 전까지만 해도 말에 올라타지도 못하던 녀석이 아닌가.

사람들은 다만 놀라기만 할 뿐, 모르고 있었다. 이 같은 결과가 거저 얻어진 것이 아님을.

무한은 처음 며칠 동안 말을 타는 것은 고사하고 낙마만 수차례 거듭했다. 덕분에 관원들과 사범의 비웃음을 한 몸에 샀다.

온몸에 멍이 들고 쑤시지 않는 곳이 없었다. 무한은 그럴수록 말에 올라타려 악착같이 달려들었다. 말이 이기나 내가 이

기나 해보자는 심산이었다. 오기를 넘어 독기까지 뿜어댔지
만 말은 도무지 그를 허락하지 않았다.

애초에 말을 힘으로 제압하려 했던 무한이 어리석었다.

몸이 다치는 것도 괴로웠지만 창피를 톡톡히 당한 무한은
여러 날을 끙끙 앓았다. 결국 하룻밤을 고심 끝에 방향을 선
회했다.

무한은 노비들도 꺼려하는 마사(馬舍)의 청소를 자청했다.
그리고 틈만 나면 오십여 마리의 말들과 시간을 같이했다.

세고취화(勢孤取和).

박환이 일러준 위기십결의 마지막 열 번째. 고립되어 적을
제압할 수 없으면 화친하라는 조언에 따라 말과 친해져 보기
로 마음먹은 것이다.

무한은 말의 대소변을 치우는 것을 마다하지 않았다. 최대
한 가까이서 말들의 습성을 익히고 친근감을 쌓아나갔다. 평
생 마구간지기를 해온 장 영감의 아낌없는 조언도 말을 알아
가는 데 큰 힘이 되었다.

뜻이 있는 곳에 길이 있다고 했던가?

무한은 무슨 일을 하든, 심지어 목검을 한 번 휘두를 때도
허투루 하지 않았다. 매사에 온 정성을 쏟았으며 박환으로부
터 배운 삶의 진리를 생활에 융화시키려 노력했다.

그로부터 꼬박 삼 년.

인내와 끈기, 부단한 노력은 무한의 모습을 서서히 바꾸어 놓았다.

무한의 나이 열일곱, 몸 곳곳에서 헌헌장부의 기상이 드러나 보였고, 맑은 눈동자는 진지한 삶의 자세가 그대로 투영되었다.

몸이 자란 것 이상으로 무한의 진전은 눈부셨다. 바둑은 박환과 호선으로 겨루어도 손색이 없는 경지에 올라 있었고, 검술, 창술, 기마 등 무예의 각 부문에서도 괄목할 만한 성장을 이루었다.

그러나 그것은 무한이 내보인 본모습의 오 할 이상에 불과했다.

실제로 바둑은 박환을 두세 수 이상 내려다보고 있었고, 무예 또한 관원 중 최고수인 박영과 견줄 만한 경지에 올라 있었다.

그렇듯 진전이 눈부시건만 무한은 가슴 한구석이 맷돌을 얹은 듯 무겁다

무한의 마음을 무겁게 하는 것은 관원들이 무한을 대하는 태도였다.

어찌 그리 한결같은지 조금도 변하지 않는다. 면전에 침을 뱉고 주먹질도 서슴지 않았다. 오히려 무한의 기량이 발전할수록 그 정도가 심해졌다. 단순히 업신여김에서 날로 발전하는 무한의 기량에 질시와 시기의 감정까지 더해 날로 악랄해

저만 갔다.

검술 수련이 끝난 후 이충원 사범이 관원들을 돌아보며 말했다.

"자세가 바르지 못하면 제아무리 백 년을 수련한다 해도 제자리걸음을 면치 못한다. 그런 면에서 무한의 자세는 매우 훌륭했다. 오늘 지적당한 관원들은 반성해야 할 것이다."

무한을 칭찬하자 관원들의 얼굴이 와락 일그러졌다.

수련 시간이 끝난 후 관사로 향할 때였다.

"무지렁이는 게 서라."

무지렁이는 관원들이 무한을 낮잡아 부르는 말이다.

돌아보니 박영의 아우들인 박위, 박한 형제와 그를 따르는 오충권, 한명인 등 사범에게 지적당한 여섯 명이 무리 지어 오고 있었다. 빠른 걸음으로 다가온 그들이 무한을 빙 둘러쌌다.

"무슨 일이십니까?"

무한의 모습에서 긴장이라고는 찾아볼 수 없었다. 그 모습이 고깝게 보였는지 박위가 오만상을 찌푸리며 명치에 발길질을 가해왔다.

퍼퍽!

"이런 건방진 놈을 보았나. 주인이 종놈을 부르는데 그 무슨 태도냐?"

쓰러졌던 무한이 비틀거리며 일어났다.

"저는 종이 아닙니다. 엄연한 관원……"

"닥쳐라! 조부께서 네 녀석을 총애하신다 하여 그분의 손
자라도 된 줄 아느냐?"
"형님, 무슨 말이 필요하겠습니까. 당장 놈의 버릇을 고쳐
놓읍시다."
무한에게 무수한 발길질과 주먹질이 쏟아진다.

무한은 밤늦게 마구간을 찾았다. 낮에 있었던 폭력은 무한
에게 적다고는 할 수 없었지만 그렇다고 큰 타격이랄 것도 없
었다. 맞는 데 이골이 난 터라 맷집도 맷집이지만 요령이 생
겨서 충격을 교묘히 흘릴 정도가 되었던 것이다.
그러나 몸이 아프지 않다고 해서 마음까지 그런 것은 아니
다.
푸후우!
선잠을 자던 말들이 깨어 반긴다. 사람들 틈에 끼어 있을
때는 가시지 않던 서글픔이 말 못하는 말을 보니 풀리는 듯했
다.
"후, 그래, 네 녀석들은 사람을 차별하지 않지."
무한은 쌓아놓은 짚단 위에 벌렁 드러누웠다. 처마 위로 보
이는 하늘이 서늘하다. 초봄의 싱그러움을 품은 별빛이 눈에
사르르 녹아든다. 아련히 잠이 들려 할 때였다.
"이놈아, 소 돼지도 아닌 녀석이 왜 예서 자?"
마사지기 장 영감이었다. 무한은 장 영감이 종종 잠이 오지

않을 때 짚 더미 위에서 말과 밤을 새곤 하는 것을 알고 있었다. 장 영감은 말이 자식들보다도 편하고 건초 더미가 이불보다 포근하다고 했다. 처음에는 그 말을 이해하지 못했던 무한인데, 요즘 들어 장 영감의 마음을 알 것 같았다.

장 영감이 다가와 앉아 등을 두드린다.

"참고 견디다 보면 언젠가는 좋은 날이 있을 게다."

"예, 어르신."

무한의 대답에 왠지 기운이 빠져 있다.

"늙은이 말이라고 흘려듣지 마라. 세상은 자기 하기 나름이다. 그건 장 사범만 봐도 알 수 있지 않느냐?"

"기마 사범님을 말씀하시는 것입니까?"

장 영감이 끄덕였다.

"허허, 왜 아니겠느냐. 말똥이나 치우던 그 아이가 청학무관의 사범이 될 줄 누가 알았겠느냐."

장 사범이 장 영감 밑에서 일하던 마사의 일꾼이었다니, 비록 어릴 때 일이라지만 무한은 신선한 충격을 받았다.

이런저런 얘기를 나누다 보니 어느새 시간이 물처럼 흘렀다. 기울어진 달을 보고 시간을 짐작해 본다. 축시를 향해 달리고 있었다. 박영이 수련을 마치고 들어갈 시간이었다.

무한은 손때가 까맣게 묻은 검을 들고 짚 더미 위에서 몸을 일으켰다.

"어르신, 좋은 말씀 새기겠습니다. 그러면 저는 이만 들어가 보겠습니다.”

장 영감이 웃음으로 대답한다.

마사를 떠난 무한은 숙소에 들기 전 연무장을 찾았다. 박영은 수련을 마치고 들어갔는지 그림자도 보이지 않았다.

박영은 그간 떨어지는 꽃잎을 일순간에 열 장을 연달아 가르는 수준에 도달해 있었다. 그러나 그는 열 장이라는 벽에 부딪쳐 벌써 일 년째 제자리걸음이었다.

무한은 전날 보았던 박영의 수련 장면을 상기했다.

박영의 검무는 힘과 속도 그 어느 것도 부족하지 않았다. 그럼에도 불구하고 여전히 열 장을 쪼개는 것이 한계였다.

열 번, 백 번, 수천 번을 반복해도 열한 번째 꽃잎은 박영의 땀을 철저히 배신했다. 꽃잎은 박영을 놀리듯 팔랑팔랑 검날을 피해 유유히 떨어졌다.

“그토록 수련하고도 아직 바람을 베려고만 하다니…….”

무한은 수십 년 수령의 벚나무가 즐비하게 늘어선 정중앙에 섰다.

스르릉!

검이 간지러운 소리를 내며 검집을 벗어난다.

기껏 고철 검에 불과한 녀석인데 달빛을 머금더니 명검인 양 으스댄다.

“후우우!”

눈을 감고 길게 호흡을 가다듬는다. 양발을 어깨 넓이로 벌

린다. 호흡이 가늘고 길다. 들숨과 날숨이 더없이 안정적으로
이어졌다. 심장 박동이 길게 늘어지자 스르르 눈을 뜬다. 흑
요석 같은 눈동자가 별빛을 받아 반짝인다.

휙! 휙―!

미세한 파공음을 내며 검이 공기 중에 유영한다. 걸음을 옮
겨가며 찌르고 벤다.

사사삭!

허리를 단단히 받친 하체는 딱딱함보다 유연함이 앞선다.
걸음걸음이 경쾌하다. 한없이 자유롭고 쾌활하다.

쐐애액! 쏴아아!

살갑게 굴던 검이 급작스레 성질을 부린다. 단숨에 봄 향기
를 풍기던 검이 배는 빨라지고 추상(秋霜)같이 살벌해진다.

검끝에 살기보다도 짙은 한(恨)이 서리서리 맺힐 즈음,

휘이잉!

담벼락을 돌아 나온 심술궂은 바람이 벚나무를 한바탕 휘
젓는다. 황소 뒷걸음질에 집을 밟힌 벌 떼처럼 수백, 수천 장
의 벚꽃이 일제히 비산한다. 높이 치솟았던 꽃잎들이 은은한
향을 피우며 갈지자로 떨어져 내린다.

파팟―!

땅을 힘차게 박찬 무한이 검을 뿌렸다. 눈부신 은색 선이
공중을 수놓았다.

검광이 지날 때마다 어김없이 하나의 꽃잎이 꿰뚫린다.

팔랑팔랑.

삭, 삭.

처척!

무한이 두 발로 땅에 내려섰을 때 수십 장의 꽃잎이 정확히 반으로 양분되어 바닥에 몸을 누였다.

"열아홉. 나도 아직 멀었구나."

박영이 알았다면 거품을 물 일이었지만 무한 또한 벽에 부딪친 상태였다. 그것이 벌써 일 년째. 꽃잎 스무 장은 거대한 벽, 난공불락이었다.

단순히 바람의 결대로 검을 휘두르는 것만으로는 결코 깨지지 않는 벽이었다.

'무엇이 문제일까.'

무한은 밤이 늦어서야 방에 들었다.

"냄새 나는 놈아, 지옥으로 꺼져라!"

문을 열고 문턱에 들어서자마자 양철한이 솥뚜껑만 한 주먹을 날려왔다. 급작스러운 공격에 안면을 맞은 무한은 비틀 쓰러졌다.

정말이지, 생각지도 못한 공격이다. 그럴 수밖에 없는 것이, 누가 자기 방에 들어가면서 경계를 하겠는가.

턱뼈가 다 얼얼했다. 마지막 순간 반사적으로 틀었기에 망정이지 이가 몽땅 나갈 뻔했다. 아픈 것보다 그가 참을 수 없는 것은 양철한의 다음 말이었다.

“이 더러운 종자 놈아! 말이랑 잘 것이지 여기가 어디라고 또 기어들어 와.”

더러운 종자라니? 무한은 입술을 짓씹었다.

양철한은 붉어진 눈으로 일어서는 무한을 보며 흠칫 놀랐다. 무한이 말없이 방문을 향해 돌아섰다.

철컥!

무한의 뒤통수에 일격을 먹이려던 양철한은 이마를 찡그렸다.

“썩 꺼지기나 할 것이지 왜 문은 걸어 잠그느냐!”

입을 꾹 다문 무한은 살기 가득한 얼굴로 양철한에게 한 걸음씩 다가섰다. 양철한은 섬뜩한 느낌에 저도 모르게 주춤 물러섰다.

‘내가 왜 물러서지?

양철한은 자신 몸집의 반도 안 되는 녀석에게 지레 겁먹은 사실에 분노가 인다.

“이, 이 개종자가 미쳤나?”

양철한은 다짜고짜 주먹을 질렀다. 무한은 날아오는 주먹을 피해 재빨리 주저앉았다. 두 손바닥으로 땅을 받치고 눈에 들어온 양철한의 양 무릎을 쓸어 차버렸다.

녀석이 중심을 잃고 비틀거렸다. 완전한 무방비 상태.

무한은 튕겨지듯 솟구쳐 턱을 세차게 들이받았다.

빠각!

“헉!”

녀석이 헛바람을 뱉으며 기우뚱 쓰러진다.

무한은 전광석화같이 달려들어 놈의 사타구니를 걷어차
버렸다.

퍽!

“끄응!”

칠 척 장신의 양철한이 김빠지는 소리와 함께 맥없이 침상
위로 쓰러진다. 끔찍한 고통에 신음조차 뱉지 못한다.

미리 짜놓은 각본을 실행에 옮기듯 한 동작 한 동작이 군더
더기없이 깔끔하고 과감했다.

무한은 놈이 벗어놓은 고의를 찾아 입에 쑤셔 박았다. 신음
이 나오지 않게 입을 단단히 틀어막고 이불을 덮어씌웠다. 그
리고는 삼 년 동안 쌓인 울분을 담아 인정사정없이 밟아댔다.

컥컥대던 양철한은 고통을 견디지 못하고 사지를 쭉 뻗었다.

“후우우!”

그제야 한숨을 돌린다. 정신을 잃은 양철한을 차가운 시선
으로 내려다본다. 결코 감정을 제어하지 못해 생긴 우발적인
행동이 아니었음을 보여주는 냉철한 시선이었다.

양철한은 다음날 이른 새벽녘에 깨어났다. 그러나 눈만 떴
다 뿐이지 마음대로 움직이지 못한다. 심지어 말도 할 수 없
었다. 사지가 결박되어 있고 입도 찝찌름한 뭔가로 단단히 틀

어막힌 탓이었다.

"저런, 어디가 아프십니까?"

끙끙대던 양철한은 무한의 천연덕스러운 물음에 부르르 떨었다.

"우우……."

"감히 네놈이… 라고 말씀하시는 겁니까?"

양철한은 깜짝 놀랐다. 정말 그랬던 것이다. 무한의 눈빛이 돌연 서늘해진다.

"지금 말할 수 있게 해드리죠."

"쿨럭, 이런 미친 개종자……."

양철한은 욕설을 퍼부으려다가 입을 다물었다. 무한의 살기에 찬 눈 때문이었다. 아직 자유로운 것은 입뿐이란 것을 깜빡 잊었던 것이다.

"양 도련님의 얼굴에는 아무런 상처가 없습니다."

"무슨 뜻이냐?"

"입 다물고 있으면 어제 일을 아무도 모른다는 뜻입니다."

양철한은 무한의 의도를 알아채고 도끼눈을 떴다.

"으윽, 내가 어제 일을 그냥 넘어갈 것 같으냐?"

"이 무지렁이에게 얻어맞은 것이 부끄럽지도 않습니까? 양반은 체면을 목숨보다 중히 여기는 것으로 알고 있었는데, 그것도 아닌가 보군요."

"미친놈. 설사 내 체면이 똥통에 처박히는 한이 있더라도

네놈의 행실을 관주께 낱낱이 고하고야 말겠다. 기필코 네놈
이 죽어 넘어가는 것을 보고야 말리라."

양철한의 말대로다. 양반을 능멸한 무한의 행동은 알려진
다면 죽음을 면치 못할 대죄였다. 그러나 무한은 협박에도 별
로 두려워하는 기색이 아니었다.

"그렇군요."

무한의 태연자약한 태도에 양철한은 오히려 불안을 느낀
다.

"놈, 무슨 일을 꾸미는 것이냐!"

무한은 대꾸 대신 방 귀퉁이에 걸린 양철한의 검을 뽑아 들
었다. 목검이 아니라 진검이었다.

스르릉!

창살로 어슴푸레 스미는 새벽빛. 검신(劍身)이 새벽빛을 머
금고 새파랗게 빛난다. 양철한은 눈을 휘둥그렇게 뜨고 검과
딱딱하게 굳은 무한의 얼굴을 번갈아 바라보았다.

양철한의 음성이 덜덜 떨려 나온다.

"네, 네놈이 정녕 미쳤구나."

"네가 발설하면 난 죽게 되겠지. 혼자 황천길을 가자면 얼
마나 심심할까 벌써부터 걱정이 되는군. 나랑 같이 가주겠
나?"

무한이 검을 천천히 치켜들었다. 소리치려던 양철한은 입
을 다물었다.

지금 이 순간, 소리 지르는 것이야말로 명을 재촉하는 짓임을 깨달은 것이다.

무한이 검을 머리끝까지 치켜들어 내리찍으려는 찰나,

"그, 그만! 이번 일은 없었던 일로 할 것이니 제발 살려다오."

"내 어찌 너를 믿을 수 있겠느냐?"

"믿어다오. 절대로 오늘 일은 발설치 않겠다."

무한은 양철한의 말을 믿지 않았다. 양반의 체면과 명예조차 모르는 자인데 어찌 믿을 수 있으랴. 더욱이 목숨이 걸린 일이라 섣불리 믿을 수도 없었다.

무한은 검을 내렸다. 양철한은 이제 그만두려는 줄 알고 안도한다. 그러나 그만의 착각이었다. 다시 입에 고린내 나는 속옷이 틀어박힘과 동시에 무지막지한 구타가 이어졌다.

무한은 기절한 양철한을 내려다보며 앞날을 가늠했다.

이것으로 분은 충분히 풀었다. 하지만 이미 내친걸음. 자비를 베푼답시고 여기서 양철한을 풀어주면 어찌 될까.

양철한은 필시 자신이 당한 일을 고해바칠 것이다. 만약 그리 된다면 자신의 목숨은 그날로 끝이다.

오늘 일은 반드시 없던 것으로 해야 한다. 그러려면 발설치 못하도록 양철한의 입을 틀어막아야 했다.

이제부터 살얼음판이다. 바둑으로 치면 판 전체의 향방이 걸린 수상전이다. 한 수의 패착이 판을 그르친다. 바둑이야

한 판 지면 실수를 반성하고 다시 두면 되는 거지만 인생은 그렇지가 않다.

행동 하나하나에 혹여 실수가 가미된다면 즉시 죽음으로 연결된다. 생사의 갈림길. 신중을 기울여야 한다.

타개책은 둘뿐이다. 죽이고 도망치거나 아니면…….

'이자를 굴복시켜야 해. 그 방법밖에 없다.'

그러려면 철저히 독해지는 수밖에 없었다.

그날 아침 수련 전에 인원 점검이 있었다. 양철한의 부재는 금방 표가 났다.

"양 도련님은 고뿔이 심하여 하루 쉬겠답니다."

"곰 같은 녀석도 고뿔에 걸리네. 주방에 부탁해 죽이나 챙겨 들고 가거라."

사범들의 한결같은 반응이었다.

양철한이 깨어났을 땐 방에 아무도 없었다. 통증 때문에 손가락 하나도 까딱할 수 없었고, 입에는 더러운 고의가 물려 있어 말조차 할 수 없었다.

'이놈! 기필코 죽인다! 내가 굴복할 줄 알았더냐!'

이렇게 맥없이 당하다니. 정식으로 붙는다면 단칼에 벨 자신이 있었다. 양철한은 방심했던 자신이 한스러워 피눈물을 흘렸다.

괴로움에 몸부림치고 있을 때 무한이 들어왔다. 양철한은 재갈을 풀어주자마자 소리쳤다.

"미친 녀석아! 발설치 않겠다고 약속했는데 어째서……!"

거기까지 했을 때 다시 입에 고의가 쑤셔 박혔다. 또다시 기절할 때까지 무자비한 구타가 행해졌다.

찬물을 뒤집어쓴 양철한은 화들짝 정신을 차렸다. 이미 사위는 어둠에 잠겨 있었다. 어두워서 무한의 얼굴도 제대로 보이지 않았다. 시커먼 그림자가 그를 향해 냉소했다.

"이 짓도 하다 보니 재미있구나. 너희들이 왜 나를 괴롭혔는지 이해가 간다."

"우우!"

퍼퍽!

양철한은 끔찍한 고통에 정신을 놓았다. 그날 하룻밤 사이 양철한은 대여섯 번이 넘게 깨어나고 맞고 기절하기를 반복했다.

일곱 번째 깨어났을 땐 방 안에 아무도 없었다. 뼈마디가 녹신할 정도로 맞아 끔찍한 통증이 엄습했다. 그러나 입이 틀어막혀 숨만 간신히 쉴 뿐, 비명조차 지르지 못한다.

정작 그를 두렵게 한 것은 고통이 아니었다.

'식사도, 수련도 모두 빼먹었는데 왜 아무도 찾아오지 않는단 말인가.'

기절했다 깨어나기를 반복해서 대체 시간이 얼마나 흐른 건지도 알 수 없었다. 사흘? 나흘? 모르겠다. 그저 막연히 오랜 시간이 흐른 것 같은 기분이었다.

'참는다. 참아주마. 누구라도 방 안에 들어오면 그날로 네 놈은 죽은 목숨이다!'

공포를 떨치고 마지막까지 독기를 뿜어대며 이를 갈았다.

오후에 무한이 김이 모락모락 나는 죽을 들고 들어왔다.

꼬르륵!

양철한의 배에서 천둥이 친다.

'네 녀석이 주는 것은 죽어도 먹지 않으리라!'

이를 악물고 다짐한다.

"줘도 먹지 않겠지?"

"……?"

양철한의 굳은 다짐이 무색하게 무한은 먹으라는 소리 한 마디 없이 혼자서 죽을 먹기 시작했다. 눈을 감았지만 먹는 소리에 침이 절로 삼켜진다. 침이 돌자 고의의 찝찔하고 불쾌한 맛이 우러나와 죽을 지경이었다.

죽을 모두 먹어치운 무한이 벌렁 드러눕는다.

"왜 아무도 안 오는지 궁금할 거다. 하지만 기대하지 않는 편이 좋을 거다. 당분간 방을 치우는 하인들도 이 방에는 얼씬도 하지 않을 테니 말이다."

"우우……!"

"궁금하냐?"

“우우……!”

“네 녀석이 지독한 고뿔에 걸렸다고 했다. 혹시나 해서 몸에 붉은 반점이 보인다고 했더니 몸서리치며 나까지 피하더구나. 그런데 감히 누가 찾아오겠느냐.”

양철한은 절망했다. 그 후로도 물 한 모금 마시지 못했다. 물은커녕 눈만 뜨면 끼니 챙겨 먹듯 무한에게 두드려 맞기에 바빴다.

설마했는데 무한의 장담대로 시간이 흘러도 개미 새끼 한 마리 얼씬하지 않는다. 게다가 무한은 끼니마다 죽과 탕약을 들여와 그가 보는 앞에서 맛있게 먹어치웠다.

‘저 악마 같은 놈은 필시 나를 먹인다고 하고서 들여왔겠지?’

백여 명의 관원이 지척에 있음에도 자신을 완벽히 고립시키다니. 속이 부글부글 끓는다. 다른 한편으로는 그런 무한이 치가 떨리게 두려웠다.

“오늘로 닷새가 지났다. 이제 사람들은 너라는 존재조차 잊고 있다.”

물론 거짓말이었다. 실제로는 고작 이틀째였다. 하지만 하룻밤에 예닐곱 차례씩 맞고 기절하기를 반복했던 양철한은 열흘이 지났다고 해도 믿을 판이었다.

짧은 시간이 억겁과도 같이 흘렀다. 독기는 차츰 사라지고, 언제 죽을지 모른다는 공포가 정신을 황폐하게 만들었다.

그날 밤,

무한이 방에 들어왔을 때 양철한은 눈물을 줄줄 흘리고 있었다. 물린 재갈을 풀어주자 양철한이 꺼이꺼이 울었다.

"허엉! 살려… 주십시오. 제발 목숨만……."

무한은 양철한의 진심을 살피기 위해 눈을 유심히 들여다보았다. 이글이글 불타오르던 독기는 한 점도 찾아볼 수 없다. 다만 절망과 비탄으로 가득했다.

무한은 그 모습에 내심 안도의 한숨을 내쉬었다.

정말이지, 위험할 뻔했다. 감기라고 둘러댔지만 그것도 하루 이틀이지, 양철한이 하루만 더 참고 버텼다면 무한은 죽은 목숨이나 진배없었던 것이다.

무한은 그런 사실을 전혀 내색하지 않고 날을 세워 경고했다.

"향후 이 일로 인해 불상사가 생긴다면 모든 책임은 너에게 묻겠다."

양철한은 죽어라 고개를 끄덕인다.

"한 가지만 알아둬라. 죽더라도 반드시 너만은 데리고 간다."

양철한은 창백하게 질린 얼굴로 목이 떨어져라 끄덕인다.

이로써 일장 활극은 무한의 승리로 끝이 났다. 관원들의 이기주의를 교묘히 이용해 탈없이 넘어갔지만 다시 생각해도 위험천만한 모험이었다.

죽음의 공포를 톡톡히 체험한 양철한은 사람이 달라졌다. 몸이 완전히 회복되고 나서도 무한을 슬슬 피해 다녔고, 충격이 컸던지 누가 부르면 깜짝깜짝 놀라기도 했다.

양철한의 기가 완전히 꺾이면서 생활이 편해했다. 하지만 그런 생활은 오래가지 않았다.

그간 양철한이 전염병에 걸린 줄 알고 무한에게조차 접근하지 않던 자들이 슬슬 제 버릇을 되찾아가고 있었다.

놈들의 주먹질 한 번에 무한의 강철 같은 인내력이 조금씩 허물어져 갔다. 저도 모르게 불쑥불쑥 주먹이 나가려 했고, 검을 뽑아 단숨에 베고 싶은 충동이 인 적이 한두 번이 아니었다.

힘이 없어서 당할 때는 이를 악물고 참을 수 있었다. 그런데 힘이 있는데도 당해야만 하니 갈수록 끓어오르는 화를 제어하기 벅찼다.

이래서야 언제 사고를 칠지 모른다. 그래서는 안 된다. 한순간의 실수로 인생이 끝날 수도 있다.

상민이 양반의 자제를 때리는 것은 감히 상상할 수도 없는 일이다. 약하면 멍석말이요, 심하면 그 자리에서 목을 벤다고 해도 할 말이 없는 것이다. 멍석말이를 당하고도 살아난 사람이 있다는 말은 들어보지 못했다.

무한은 고심했다.

'양철한처럼 하나하나 불러 손을 봐?

그러나 위험부담이 너무나 컸다. 그럴 만한 공간도 없고 당한 자 중에 하나만 발설해도 끝이다.

2

답을 찾지 못해 괴로운 날을 보내고 있는데 뜻밖에도 기회는 바로 찾아왔다.

오관지회를 한 달여 앞둔 시점에서 참가 대표를 뽑는 자체 평가전이 그것이었다.

무한은 입관 약정에 따라 무관지회 나갈 자격이 박탈된 상태였다. 하지만 박환이 특별 지시를 내려 자체 평가전만은 참석하도록 했던 것이다.

평가전은 아침 식사를 마치자마자 검술 대련부터 시작되었다.

"다들 알겠지만 한쪽이 기권하거나 전투 불능 상태가 되면 대련은 끝난다. 만약 상대가 기권을 했음에도 고의적으로 부상을 입히는 자가 있다면 엄벌에 처할 것이다."

일조는 이조와, 삼조는 사조와 겨루는 방식으로 검술 대련이 본격적으로 막이 올랐다.

먼저 일, 이조와 삼, 사조의 대결이 끝나 승자 스무 명이 가려졌다.

"오조, 육조는 앞으로 나서라!"

이충원의 지시에 따라 오조 열 명과 육조 열 명이 상대를 마주하고 횡대로 도열했다.

무한의 앞에 선 자는 한명인이었다. 박위 등과 더불어 무한을 무척이나 애먹이던 녀석이다.

무표정한 무한에 비해 한명인은 비릿한 미소를 짓고 있었다. 무한이 이날을 손꼽아 기다린 만큼 놈도 나름대로 벼르고 있었던 모양이다.

한명인은 무한의 검술 실력이 보통이 넘는다는 것을 알고 있었다. 사범이 여러 차례 칭찬한 것은 결코 우연이 아닐 테니 말이다. 하지만 그는 무한에게 진다는 생각은 하지 않았다.

사서오경만 달달 왼다고 진정한 선비가 되는가? 아니다. 천만의 말씀이다.

그렇다면 검을 쓰는 자세가 좋다고 해서 싸움을 잘할까? 한명인은 턱도 없다고 생각했다.

막상 싸움에 돌입하면 검술 이론이나 자세는 필요없다. 오로지 경험과 힘, 그리고 감각이다. 그리고 사철마다 챙겨 먹는 산삼 등 값비싼 보약이 힘이 되어줄 터이다.

"흐흐, 이놈아, 각오해야 할 것이다."

한명인이 목검을 방정맞게 흔들며 을러댄다.

"준비!"

처척!

관원들이 목검을 상대에게 겨누자 이충원의 명령이 떨어

졌다.

"대결 시작!"

"차하앗!"

사범의 명이 떨어지기가 무섭게 한명인은 목검을 세차게 내뻗었다. 목검 끝을 한명인의 정수리가 향하도록 중단 자세를 취하고 있던 무한은 늦지 않게 막아냈다.

탁! 탁!

첫 부딪침. 한명인은 깜짝 놀랐다. 녀석의 힘이 보통이 아니다. 손목이 찌르르 울리지 않는가. 바짝 긴장하며 이번에는 옆구리를 베어갔다. 성공하면 적어도 갈비 서너 대는 우습게 부러질 만한 공격이었다.

휘익!

목검이 무한의 옆구리에 한 자 정도까지 이르렀을 즈음, 무한의 반응은 한명인의 짐작과는 판이했다. 막거나 물러설 것으로 생각했는데 오히려 반보 앞으로 치고 들어왔다. 성공하리라 믿어 의심치 않았던 공격은 그 간단한 수로 인해 물거품으로 돌아갔다.

그뿐 아니다. 목검을 거둬들이는 짧은 순간 무한이 전광석화같이 옆구리를 찔러왔다. 공교롭게도 한명인이 노렸던 부위와 일치했다.

"헉!"

한명인은 몸을 뒤틀며 급히 목검을 갖다 댔다. 그러나 시기적절한 무한의 공격을 어쭙잖은 자세로 막을 수는 없었다.

퍽!

수박 깨지는 소리가 짧고 경쾌하게 울린다. 물러서는데 또 다시 똑같은 부위로 목검이 날아든다.

퍼억!

아까보다 훨씬 둔탁한 소리가 울린다.

"크윽!"

같은 곳을 연달아 얻어맞은 한명인은 간신히 신음을 집어삼켰다. 극통이 밀려왔지만 체면을 유지하는 것이 먼저라고 생각했다.

그러나 아픔까지 삼킬 수는 없었다. 대번에 이마에 푸른 힘줄이 툭툭 불거진다. 힘줄이 만들어낸 깊은 골마다 콩알 같은 땀이 송송 솟는다.

통증이 어느 정도 물러가자 퍼뜩 정신이 든다. 이 무슨 망신인가.

홍시 같은 얼굴로 무한을 보니 두어 발자국 떨어진 곳에 목검을 내려뜨리고 서 있다.

둘의 눈이 정면으로 마주쳤다. 무한의 눈에서 조롱의 빛을 읽은 한명인은 분개했다.

으드득!

이를 갈아붙인 한명인은 펄쩍 뛰어 단숨에 무한의 면전에 이르렀다.

부웅!

목검이 분노의 힘을 고스란히 싣고 무한의 머리를 쪼개온다. 모든 힘을 공세로 쏟아낸 한명인은 수많은 허점을 노출하고 있었다.

전신에 퍼진 허점들이 무한에게는 나풀거리는 꽃잎으로 보였다.

우선 한명인의 공격을 비켜 막고 허점을 귀신같이 찾아 공격해 들어갔다.

탁!

무한의 목검이 한명인의 몸 위를 수차례 오갔다.

퍽퍽! 파파팍!

간결한 소리가 연이어 울린다. 언뜻 들으면 콩 볶는 소리 같기도 하다. 그러나 간결하고 작은 소리 속에 감추어진 힘은 무시무시했다.

하루에도 수천, 수만 번 휘둘러 단련한 검인데 오죽할까.

한명인은 시야가 까맣게 물들었다. 뼈가 부서지는 고통에 머릿속이 하얗게 변한다. 들리지도, 보이지도, 아무런 생각도 나지 않았다. 다리에 힘이 풀려 쓰러지려는데 그때마다 생살을 찢는 고통이 찾아온다.

퍽! 퍽!

전신의 신경이 나 죽는다고 벌떡벌떡 들고 일어난다.

체면도 뭣도 없다. 우선 살아야 했다. 얼른 패배를 선언해야 이 고통이 사라진다.

"아, 헉! 내가 져… 컥……."

웬일인지 말이 나오나 싶더니 금세 잦아든다. 때마침 목검 끝에 명치를 찔린 탓이다. 항복 선언은커녕 숨도 쉴 수가 없다.

한명인은 무한을 향해 허리를 구십도 각도로 접고 컥컥댔다. 그럴 때마다 어깨가 들썩이니 마치 절을 하는 것 같았다. 그런 그의 등 위로 무한의 목검이 쉼없이 떨어진다.

순식간에 모든 이의 시선이 둘에게 집중됐다. 대결을 끝낸 오, 육조의 나머지 여덟 명도 목검을 늘어뜨리고 황당한 표정으로 지켜보고 있었다.

관원들은 눈살을 찌푸렸다. 하나같이 이해할 수 없는 표정이다.

대체 왜 천한 놈에게 절을 할까.

처음부터 둘의 싸움에 관심을 두지 않았던 이충원도 이해할 수 없기는 마찬가지다. 그가 상황을 이해해 보려고 애쓰고 있을 때였다.

"웩! 우웩!"

철퍼덕!

뱃속에 있는 것을 모두 게워낸 한명인은 정신을 잃고 토사물 위로 얼굴을 처박았다. 바지춤에서도 누런 물이 줄줄 흐른다. 한명인과 평소 절친하게 지내던 오충권이 깜짝 놀라 달려온다.

"헉! 이보게, 명인이!"

정신을 놓은 한명인을 하늘을 보게 뒤집어놓으니 목불인 견이다.

얼굴이 온통 아침에 먹은 음식물로 뒤덮였고, 입가는 흰 게 거품이 물려 있다. 더욱 괴기스러운 것은 웬일인지 얼굴만은 웃는 상이라는 것이다.

관원들은 그 모습에 섬뜩한 모양이었다. 그러나 매일 구타에 시달려 온 무한은 알고 있었다, 통증이 극에 이르면 오히려 간질간질한 느낌에 웃음이 나온다는 것을.

"이놈! 대체 명인에게 무슨 짓을 한 것이냐!"

오충권이 무한의 멱살을 잡고 흔든다. 무한은 모르겠다는 표정으로 고개를 내저었다.

"보셨겠지만 저는 별로 한 것이 없습니다. 아마 속이 좋지 않으셨던 모양이지요."

오충권은 정신이 나가서도 헤실헤실 웃고 있는 한명인을 내려다본다. 확실히 속이 좋지 않았던 것 같다. 그것도 아주 많이.

으드득!

"어쨌거나 네 녀석은 나에게 걸리면 죽는다!"

구조와 십조가 겨루는 것을 마지막으로 일회전이 끝났다. 점심 식사 후, 이회전에 오른 오십 명의 대련이 이어졌다.

열 쌍씩 두 번의 대결이 끝나 삼회전 진출자 스무 명이 가려졌다. 이제 남은 열 명, 다섯 쌍의 대결을 남겨두고 있었다.

무한은 목검을 단단히 쥐고 대련 상대의 전신을 훑었다. 그의 면전에서 목검을 겨누고 있는 상대는 오충권이었다. 그가 비릿하게 웃으며 말했다.

“피해가길 바랐겠지만 안타깝게도 하늘은 네놈을 버렸다. 네놈의 운은 여기서 끝이라는 얘기다!”

오충권이 마치 자신과 무한이 붙은 것을 하늘의 뜻인 양 떠들어댄다.

“하늘에 뜻이라……. 식사까지 거르고 사범님께 부탁한 것이 하늘의 뜻입니까?”

무한은 오충권이 식사 시간에 보이지 않던 것을 상기하고 넘겨짚었는데 오충원의 안색이 불그죽죽하게 변했다.

“크윽, 약은 놈! 어차피 나에게 걸린 이상 네 녀석의 운명은 변하지 않는다!”

“상당히 순진하군요. 단순한 심리전에 넘어가다니.”

오충권은 그제야 속았다는 것을 깨닫고 눈에 불길이 솟았다.

“대결 시작!”

이충원 사범의 명이 떨어졌다. 뜨거운 콧김을 뿜어대던 오충권은 성난 사자처럼 달려들었다.

부아앙!

오충권의 목검이 지나는 곳의 공기가 두려움에 파르르 떨었다. 무한은 오충권의 기세가 보통이 아님을 느끼고 곧장 수비 자세를 취했다.

탁! 탁! 탁!

비켜 막기로 삼 연격을 무리없이 막아낸 무한. 오충권이 순간적으로 빈틈을 노출시키자 목검을 들이밀었다. 아무리 목검이라 해도 맞으면 치명적인 목젖 부근이었다.

움찔!

오충권이 커다랗게 다가오는 무한의 목검을 보고 파랗게 질렸다. 이를 악다문 그는 피하기에는 늦었다고 계산하고 방어 대신 공격을 택했다. 노림수는 무한의 오른쪽 견갑골이다.

붕!

무한은 오충권의 의도를 눈치 챘다. 그가 보기에 오충권의 공격은 양패구상을 생각한 수였지만 무척이나 어리석어 보였다.

바둑에서 금기 중 하나가 선수(先手)를 내주지 말라는 것이다. 절대 이길 수 없기 때문이다. 이 싸움을 바둑에 견주어보면 무한이 공격하는 목젖이 선수다. 한발 늦은 오충권의 노림수는 목젖이 찔려 죽은 후에 수가 될 수밖에 없다.

사자(死者)의 손에 쥐어진 검에 무슨 힘이 실리겠는가.

이대로라면 오충권은 죽고, 무한은 어깨에 작은 생채기가 나는 것으로 그칠 터였다.

그런데 웬일인지 무한은 뻗었던 목검을 거두어들이고 오충권의 목검을 막아냈다. 진짜로 죽일 수는 없지 않은가.

둘의 대결을 유심히 살피던 이충원 사범과 박영의 얼굴에 미소가 감돈다. 두 사람의 눈에 비친 무한은 선수와 후수의 구분도 재대로 못하는 하수(下手)였다.

두 사람은 약속이나 한 듯이 다른 대련으로 시선을 이동시켰다.

오충권은 자신이 죽었다 살아난 것도 모르고 좌충우돌 미친 듯이 공격해 온다.

무한은 박영과 이충원이 자신에게서 시선을 거두는 것을 느꼈다. 마침 오충권이 종으로 내리찍는 큰 동작을 취했다. 순간 무한의 눈이 싸늘하게 빛난다.

사삭!

무한은 휘청하며 간발의 차로 목검을 피했다. 그리고 쓰러지듯 앞으로 달려들었다. 누가 봐도 다리가 꼬여 중심을 잃고 넘어지려는 자세다.

오충원은 눈을 번쩍 떴다. 상대의 실수로 찾아온 기회. 비웃음이 입꼬리에 걸린다. 결코 놓칠 마음이 없었다.

"하!"

호기 좋게 기합까지 질렀다. 모든 힘을 쥐어짜 무한의 턱을 냅다 걷어찼다. 아니, 걷어차려 했다.

"크악!"

통쾌한 웃음이 터져도 시원찮을 오충원의 입에서 때 아닌 비명이 터져 나왔다. 그의 두 발은 뿌리내린 듯 단단히 박혀 있었는데, 어찌 된 일인지 왼쪽 발등을 무한의 목검이 짓누르고 있었다.

무한이 목검을 부여잡고 사선으로 서서 쓰러지려는 몸을 지탱하고 있었다.

"햐! 억세게 운 좋은 놈이군."

박위의 중얼거림에 관원들은 무심코 끄덕였다. 그들에게는 무한이 엉겁결에 내뻗은 목검이 하필 오충원의 발등을 찍은 것으로 보인 것이다.

오충원 본인도 억세게 재수가 없다고 생각했다.

오른손잡이인 자신이 하필 그때 왼쪽 발로 차려 했단 말인가. 만약 오른발로 찼다면 무한의 턱은 산산이 부서졌을 것이다.

'아직 늦지 않았다.'

오충원은 이를 악물고 통증을 이겨냈다. 아직도 무한의 머리는 발을 뻗으면 닿을 거리다. 온갖 짜증과 분노를 실어 오른발을 내찼다.

"죽어라!"

동시에 두 손으로 목검을 잡고 버티던 무한이 목검을 거칠게 밀어내며 몸을 세워 버렸다. 덕분에 오충원의 회심의 발차기는 허망하게 허공을 가르고 말았다.

“으윽!”

무한의 목검이 짓누르고 떠난 자리가 딱 죽지 않을 만큼 아팠다. 뼈가 부서지는 고통, 아니, 정말로 발등 뼈가 부서졌다.

오충원이 땀을 뻘뻘 흘리며 절름발이처럼 껑충껑충 뛴다.

‘졌다.’

운이든 실력이든 어쨌든 진 것은 진 것이다. 더 해보았자 굴욕만 커질 뿐이다.

“내가…….”

오충원이 막 패배를 인정하려는 순간, 무한의 눈이 먹이를 만난 독수리같이 변했다. 무한이 순간적으로 오충원의 품으로 득달같이 쇄도했다.

‘난 이제 시작이다.’

목검에 딱 죽지 않을 만큼, 그러나 이성을 마비시키기에는 충분한 힘을 실었다.

퍽!

목검 끝이 명치 깊숙이 틀어박혔다.

하늘이 샛노랗고 눈이 튀어나올 듯 커진다. 맞으면 이렇게 아프구나. 오충원은 혼백이 통째로 뒤흔들리는 고통에 몸부림쳤다.

그는 알지 못했다, 자신이 한명인이 그랬던 것처럼 무한에게 절하고 있다는 것을.

“우웩!”

결국 오충원은 한명인이 그랬던 것처럼 모든 것을 토해내
고 그 위로 얼굴을 처박았다. 그나마 한명인보다 나은 것이라
면 점심을 굶은 탓에 토사물의 양이 적었다는 것 정도였다.

승승장구.

무한은 모든 이의 예상을 뒤엎고 연승 행진 끝에 육강에 올
랐다. 해가 저물어 육강 대결은 다음날로 미뤄졌다.

무한에 대한 관원들의 평가는 하나로 모아졌다.

'억세게 운 좋은 놈! 하지만 넌 내일 뒈졌다.'

그도 그럴 것이, 무한의 상대는 청학무관 최강자 박영이었
다.

第六章
달의 여인

棋劍神俠

기검
신협

달의 여인 1

무한은 달빛이 가득 들어찬 연무장에 서 있었다. 그는 깊은 생각에 잠겼다.

'왜 그때 하필 오충원의 왼 발등이 보였을까?

단순히 운이었을까?

무한은 고개를 내저었다. 그가 목검을 피한 직후 앞으로 쓰러진 것은 의도한 것이었다. 발등을 찍은 것도 우연을 가장한 치밀한 계획의 일환이었다. 다만 왼 발등을 찍은 것은 즉흥적인 선택이었다.

오충원이 오른손잡이라는 것을 알고 있었다. 원래대로라면 오른 발등을 봉쇄하는 것이 옳았다. 본능이란 속일 수 없는 것. 급박한 상황에 직면하면 오충원이 오른발을 내찰 것이 분명했다.

그런데 마지막 순간 무한은 부지불식간에 오른발을 향하던 목검을 왼발로 돌렸다.

단순한 선택 같았지만 생과 사를 가른 일생일대의 결정이었다. 만약 오충원이 오른발 차기를 했다면 어땠을까.

속절없이 턱에 일격을 허용하고 말았을 것이다. 그랬다면 최소 중상, 심하면 즉사했을 가능성도 배제할 수 없었다.

머릿속에 기보를 펼치듯 오충원과의 대결 장면을 떠올렸다. 오른 발등을 찍으려던 순간, 무한은 어떤 뜨거운 느낌에 사로잡혔다.

그 생소한 느낌은 머리 한쪽을 찌르르 울린 후, 목검을 든 팔뚝을 지나 거짓말처럼 사라졌다. 무한이 정신을 차렸을 때는 이미 목검이 오충원의 발등을 짓누르고 있었다.

찰나의 순간에 나타났다가 홀연히 정체를 감춘 감각. 감각이 아니라 힘일 수도 있었다.

무한은 그 감각의 정체를 밝히는 것이야말로 정체된 걸음을 힘차게 내디딜 수 있는 실마리임을 직감했다.

깊은 생각에 잠겨 있을 때였다. 문득 콧속으로 수련의 청초한 향기가 파고들었다. 상념에서 깨어난 무한은 이끌리듯 돌아보았다.

단정히 한 갈래로 땋아 내린 머리, 달빛을 머금은 백옥 같은 피부. 성숙한 모습인데도 어딘지 모르게 풋내를 머금은 연향이 그림같이 서 있었다.

"아!"

저도 모르게 터져 나오는 감탄사.

연향의 등장에 벚꽃향이 꼬리를 만다. 제법 냉랭했던 바람마저도 온기를 품고 그녀를 싸고도는 듯하다. 아름답다는 말로는 부족한 여자, 바라보는 것만으로도 가슴이 시린 여인.

달빛의 여인 연향이 고운 눈으로 무한을 바라보고 있다.

별이 총총히 박힌 연향의 촉촉한 눈동자가 무한으로 가득 찼다. 잠시 둘의 시선이 얽혀든다. 흔들리나 싶던 무한의 눈동자는 잠깐 사이 평정을 되찾는다.

"어쩐 일이십니까."

목소리가 목석을 대하는 사람처럼 뚝뚝하다.

"……."

"바람을 쐬러 나오신 길이라면 소인은 이만……."

무한이 돌아서자 연향이 가냘픈 음성으로 급히 붙잡는다.

"내일 정말 오라버니와 겨룰 거니?"

"어떻게 아셨습니까?"

"양화에게 들었어. 네가 죽을지도 모르니 말려 달라고……."

양화. 어느새 여인의 향기를 물씬 풍기는 아리따운 여자로 자라 있었다.

언젠가부터 무한을 대할 때면 얼굴을 붉히고 말없이 옷고름만 배배 꼬곤 했다. 성격이 변했느냐 하면 그것도 아니다. 무한이 아닌 다른 이들에게는 여전히 고래고래 악다구니를 쳤고 걸핏하면 주먹질을 해대는 괄괄한 처자였다.

그런 양화인데 자신 앞에만 서면 순한 꽃사슴으로 변한다. 무한이 바보가 아닌 이상 양화의 마음을 눈치 채지 못했을 리 없다. 하지만 무한은 애써 모른 척 지냈다.

사랑 타령이나 하고 있을 처지도 아닐뿐더러 마음이 다른 사람으로 가득 차서 바늘 하나 비집고 들어갈 틈이 없었기에.

"한낱 철없는 계집아이의 부탁 때문에 이 늦은 시각에 예까지 걸음을 하셨단 말씀이십니까?"

무한의 음성에 냉랭함이 깃든다.

"철없는 아이가 아니야. 그 애는 이미 어른이라 해도 될 만큼 다 자랐어. 그리고… 그리고… 그 애는 너를 좋아하고 있어."

"남의 애정사에 신경을 쓰실 만큼 한가하셨습니까! 아씨 앞가림부터 하시는 게……."

연향의 얼굴이 창백해진다.

무한은 아차 싶어 말을 멈췄다. 그러나 이미 연향의 눈가에 이슬이 방울방울 맺히기 시작했다. 그 모습을 보노라니 울컥 쓴물이 올라왔다.

연향은 무한보다 한 살 연상으로, 올해 열여덟이다. 혼인

적령기를 몇 해나 넘긴 나이. 그럼에도 불구하고 연향에게는 중매가 단 한 군데도 들어오지 않았다.

괴이한 소문 때문이었다.

조산이 무한에게 체면을 구긴 지 일 년 만에 조영규를 앞세워 청학무관에 찾아온 일이 있었다. 연향의 자태를 잊지 못한 조산이 연향에게 거듭 청혼을 하러 온 것이다.

그러나 조산은 연향에게 무안을 당한 반발 심리로 이미 유수의 가문 여인과 혼인을 한 뒤였다. 거기에 첩까지 들였다는 소문까지 파다한 상태였다.

총각일 때도 탐탁지 않았던 판에 첩으로 달라니, 애초에 말도 안 되는 요구였다.

박환이 코웃음 치며 일언지하에 거절한 것은 당연했다.

문전박대당한 조영규와 조산은 입술이 피가 나도록 씹으며 악담을 퍼붓고 돌아갔다. 그리고 얼마 후 일이 터지고 말았다.

연향이 외간 남자와 정을 통한다는 말도 안 되는 소문이 퍼지기 시작했다. 근원조차 모호한 소문은 입을 탈수록 눈덩이처럼 부풀려졌다. 정을 통한 상대가 몰락한 가문의 서얼(庶孽)이라는 소문도 있었고, 심지어 청학무관의 노비라는 자들도 있었다.

밑도 끝도 없는 소문은 연향의 삶을 송두리째 흔들어놓았다. 혼삿길이 영영 막히게 되었을 뿐 아니라, 세인의 입에 오르내리면서 가문의 죄인이 되고 만 것이다.

본의 아니게 연향의 아픈 곳을 건드린 무한은 어찌할 바를 몰랐다. 떠나지도 그렇다고 위로의 말도 못하고 엉거주춤하게 서 있다.

잠시 후 연향이 손수건을 꺼내 눈물을 닦으며 말했다.

"네 말이 맞아. 내가 주제도 모르고 참견했어."

연향은 기운없는 말을 남기고 돌아선다. 몇 걸음 걷던 그녀가 문득 멈춘다. 돌아보지도 않고 떨리는 음성으로 말했다.

"오라버니는 강해. 제발 싸우지 말아줘. 이건… 양화 때문이 아니라 내 부탁이야."

마음 끝을 살짝 내보인 연향, 그리고 그 말의 의미를 곱씹는 무한.

멀어지던 연향에게서 뭔가가 펄럭이며 떨어진다. 다가가 조심스럽게 집어 들었다. 눈물에 젖어 촉촉해진 손수건이었다.

연향을 부르려다가 그만둔다. 어쩌면 일부러 떨어뜨리고 간 것이 아닐까? 괜히 그런 생각을 해본다. 아니, 그렇게 생각하고 싶다.

손수건을 가만히 펴본다. 한가운데 함초롬히 핀 연꽃 자수가 눈에 들어온다. 그 밑에 조그맣게 연향이란 이름이 수놓아져 있었다. 수줍은 새색시 같은 수련(睡蓮)이 정말 연향을 꼭 닮았다.

고이 접어 가슴에 품었다. 가슴이 따뜻하다.

연향이 달그림자를 이끌고 사라진 뒤에도 무한은 그렇게 한참을 서 있었다.

연무장이 사람들로 가득 찼다. 관원들 외에도 박환과 연향, 다섯 명의 사범, 무관에서 잡일을 하는 사람들까지 보인다. 모두 박영의 검을 보기 위해 연무장을 찾은 것이다.

무한은 박영과 정면으로 마주했다. 결국 연향의 부탁을 외면했다. 이만한 기회가 쉽게 오는 것도 아니었고, 어제 대련 중에 느낀 기이한 감응을 다시 체험해 보고 싶었기 때문이다.

아니, 박영에게 질 것을 기정사실화하고 있는 연향에게 자신의 힘을 보여주고 싶었는지도 몰랐다. 어쩌면 그게 진짜 이유인지도 몰랐다.

"준비!"

백여 쌍의 시선이 일제히 둘에게 쏠린다. 그중에는 기대에 찬 박환의 눈도 있었고, 쉼없이 떨리는 연향의 시선도 있다.

연향의 애처로운 시선에 얼굴이 따끔거린다. 애써 외면하며 앞에 선 박영에게 집중하려 노력했다.

승패의 향방에 대한 관심은 이미 사람들에게서 떠나 있었다. 초점은 과연 무한이 얼마를 견딜 수 있을 것인가와 어디가 몇 군데 부러질 것인가에 맞춰졌다.

연향마저도 무한이 덜 다치기만을 바라고 있다.

　무한은 속으로 모두를 비웃는다. 처음부터 박영에게 지리라는 생각은 있지도 않았다.

　"시작!"

　박영이 새파란 눈으로 전신을 샅샅이 훑는다. 미세하게 떨리는 검끝이 수많은 변화를 예고한다. 박영, 확실히 지금까지 상대했던 자들과는 격이 다르다.

　감탄했다. 하지만 여전히 자신보다 하수라는 생각에는 변화가 없다.

　'오라! 모든 공격을 본 후에 천천히 눕혀주리라.'

　"타앗!"

　박영이 진득한 살기를 동반하며 전신을 찔러온다. 눈부신 출수. 생각보다 빠르다.

　부웅!

　귓가를 스치는 바람에 등골이 서늘해진다. 생각보다 강하다!

　목검이라 하나 일검이라도 허용하면 즉시 피가 튈 것이다. 긴장의 고삐를 바짝 당긴다.

　탁, 타다닥!

　마찰음이 연무장을 요란하게 울려댄다.

　서넛은 막고 하나를 피하는 식으로 방어하던 무한은 갈수록 거세지는 공격에 주춤주춤 뒷걸음친다. 한 번 약점을 보이자 박영의 검이 성난 파도처럼 거세게 밀려든다.

무한의 발걸음이 갈수록 가쁘다. 격도 식도 없는 보법이 어지럽게 연무장 바닥을 쓸어댄다.

"헉헉!"

무한은 잠깐 만에 자신의 호흡이 거칠어졌음을 깨닫고는 놀라고 말았다. 자신이 박영보다 배나 많은 꽃잎을 가를 수 있었기에 경시하는 마음이 있었다.

그러나 꽃잎을 베는 것과 사람을 상대하는 것은 완전히 달랐다. 앞선 상대들을 어렵지 않게 이길 수 있었던 것은 그의 수준이 월등했기 때문에 가능한 일이었다.

그들에게 꽃잎을 베라 시켰으면 단 한 장이나 벨까 말까 한 자들이 아닌가.

판단 착오다.

박영은 오관지회에서 두 차례나 우승한 경험이 있음을 간과했다. 검 자체에 대한 이해는 자신이 높았지만, 그 골은 전투 경험이라는 놈이 단숨에 메워 버렸다.

일방적으로 밀리는 싸움이 일다경 가까이 지속되었다.

타다탁!

퍽!

단단한 박달나무 목검이 기어이 왼팔을 훑고 지나갔다. 무한은 팔이 떨어져 나가는 고통에 이마를 찡그렸다. 만약 진검이었다면 고통뿐 아니라 진짜 한 팔을 잃었을 일격이다.

무한은 꽉 짜인 박영의 공세를 근근이 막을 뿐, 좀처럼 반전의 기회를 엿보지 못했다.

날카롭고 무서운 공격이다.

'이것이 경험이 만들어낸 감각이라는 것인가.'

무한은 이기겠다는 생각을 머리에서 지웠다. 경시하는 마음도 버렸다. 오로지 상대의 장점을 배우고 모자란 경험을 쌓겠다는 자세로 전투에 임했다. 마음을 달리 먹었을 뿐인데 눈에 독기가 빠지고 맑게 빛난다.

탁! 탁! 탁!

연무장은 콩 볶는 소리로 요란했다. 흡사 오관지회의 결승전을 방불케 하는 대련에 관중은 숨을 죽였다.

일다경이 유수와 같이 흘렀다. 그간 두어 번의 공격을 허용해 옆구리 옷이 뜯어지고 핏기가 비쳤다. 그러나 무한의 방어는 한층 능숙해져 있었다.

'이것이 싸움이구나.'

승부에 빠져들수록 막고 때리는 것이 재미있다. 어깨춤이 절로 춰지려는 걸 간신히 참는다.

반면 시종일관 여유롭던 박영의 얼굴이 굳어져 간다. 이제 비장미마저 엿보인다.

"대… 대단하다!"

무한의 선전에 관원 중 누군가의 입에서 탄성이 터진다. 곁에 있던 자들이 그 말을 듣고 무심결에 끄덕인다.

"하아, 하아!"

심장이라도 토해낼 듯 무한의 호흡은 갈수록 거칠어졌다. 하지만 대련에 몰입한 무한은 자신의 거친 호흡마저도 느껴지지 않았다. 머리에서 잡념이 하나씩 지워진다.

호흡을 따라 목검이 맹렬하게 춤을 추고 목검 안에 무한의 마음이 고스란히 녹아든다.

의식이 말끔히 사라져 버린 그때,

찌릿!

흡사 전류와 같은 기운이 배꼽을 두드린다. 등골에 스미더니 찌르르 척추를 차고 올라왔다. 단숨에 머리까지 이른 기운은 뇌 한구석에 벼락을 토해냈다.

쿵!

심장이 뜨겁게 약동한다. 팔뚝의 힘줄이 펄떡 뛰어오른다. 환히 보여도 막기에 급급해 찔러 넣을 엄두가 나지 않던 약점들.

이제는 할 수 있을 것 같다는 생각이 강하게 들었다.

짜자자작!

사 검을 연달아 막아낸 무한은 허점을 향해 목검을 세차게 휘둘렀다. 순간을 반으로 쪼갠 목검. 놀란 토끼 눈을 한 박영의 뒤늦은 방어를 비집고 들어가 통쾌하게 작렬했다.

휘잉!

퍽!

"크윽!"

무한은 박영의 신음에 퍼뜩 정신을 차렸다. 그제야 사라졌던 잡념들이 하나둘 되살아난다.

박영이 목검을 든 오른쪽 어깨를 쥐고 있었다. 어깨를 감싼 손이 붉게 물드는가 싶더니 빨간 핏줄기가 손등을 지나 목검 끝에 방울방울 맺혔다.

똑, 똑…….

철커덕!

박영의 목검이 주인의 손을 벗어나 피로 붉게 물든 연무장 바닥을 처량하게 뒹군다. 무한의 시선이 잠시 그것에 머문다.

'내가 무슨 짓을 한 거지? 대체 그 힘의 정체는……!'

연무장은 경악에 휩싸였다.

"무, 무한… 승!"

검술 사범의 승리 선언이 방금 무슨 일이 일어난 건지 말해 준다.

결국 무한이 박영을 꺾는 파란 속에 검술 선발전은 끝이 났다. 검술 대표로 육강전의 승자 세 명이 추려졌다. 무한과 광성대부(光成大夫)를 아비로 둔 최진호, 동첨절제사(同僉節制使) 서정후의 아들 서찬이 그들이었다.

무한은 대표 자리 중 하나를 당당히 차지하고도 오관지회에 참가할 수 없었다. 무한의 자리는 패자전에서 승리하고 올라온 순무어사(巡撫御使)를 아비로 둔 권필의 차지가 되었다.

박영의 상세는 상상외로 중했다. 근육이 끊어져 적어도 달포가량은 팔을 쓰지 못할 거라는 의원의 진단을 받았다.

청학무관에게 있어 청천벽력과도 같은 소식이었다. 오관지회 때문에 무과(武科) 시험까지 미룬 박영이다. 우승이 거의 확실시되던 박영이 참가 자체를 하지 못하게 되었으니 그 손실이 이만저만이 아니었다.

이제 우승은 고사하고 이위 수성마저 불투명하게 되어버렸다. 사고 아닌 사고를 치게 된 무한은 궁술 등 나머지 평가전에서 제외되었다.

무한은 죄 지은 얼굴로 박환과 반상을 앞에 두고 마주 앉았다. 연향이 한쪽에 다소곳이 앉아 둘의 바둑을 옮겨 적는다.

연향은 무한의 옆모습을 보며 이따금씩 넋을 놓곤 했다. 화들짝 놀라 정신을 차려보면 어느새 반상 위에 돌이 두세 개 늘어 있었다.

연향이 심란한 것처럼 오늘따라 무한의 바둑도 중심을 잃고 흔들린다.

"무한아."

"예, 관주님."

"자책할 것 없다."

박환은 반가의 자제들 틈에 끼인 무한의 고충이 어떠했을

지 짐작이 갔다.

"…송구합니다."

관주의 말을 듣고 보니 참지 못해 일을 벌인 것이 슬며시 후회가 된다.

"영이에게는 과한 면이 있었으나 잘못은 부족한 자에게 있는 것이지 네게 있는 것이 아니다. 내가 왜 너를 선발전에 참가토록 했겠느냐?"

"설마……."

박환이 알 듯 모를 듯 미소를 짓는다.

"그렇게라도 울분을 풀었으니 된 것이다."

콧날이 시큰해진다. 세상천지에 고통을 알아주는 이 하나 없다고 생각했는데 관주는 자신을 잊지 않고 있었다.

"제 생각이 짧았습니다."

"그만한 실력을 가지고도 뽐낼 자리가 없는 네 처지가 아쉽구나. 하나 실망할 것 없느니라. 오관지회 같은 작은 것에 미련을 두지 말고 멀리 보도록 해라."

박환은 희망을 말하면서도 무한을 대할 때면 내심 착잡함을 금치 못했다. 양인(良人)의 신분인 무한도 스무 살이 되면 무과에 응시할 수 있었다. 하지만 실력이 있어도 무한처럼 배경이 없는 경우 평생 미관말직(微官末職)에 머물 가능성이 컸다.

"명심하겠습니다."

꽁꽁 얼었던 가슴이 녹아서 따뜻해진다. 무한도 자신의 앞
날이 평탄치 않을 것임을 짐작했지만 그저 관주의 배려가 눈
물겹도록 감사할 뿐이었다. 앞으로는 어떠한 참기 힘든 일에
직면해도 기꺼이 참아 넘기자고 다짐한다.

박환이 돌을 놓으며 입을 열었다.

"무한아."

"예, 관주님."

"오관지회에 참여하고 싶더냐?"

"……."

물론 참가하고 싶었다. 쉬고 싶을 때 쉬고 잘 거 다 자가며
수련한 관원들도 나가는데, 밤잠 줄여가며 수련한 그가 왜 나
가고 싶지 않겠는가. 지금껏 피땀 흘려 익힌 기량을 세상에
보여주고 싶었다. 사람들 앞에 당당하게 내보이고 싶었다.

하지만 참아야 했다. 나가게 된다면 어떤 식으로든 관주에
게 피해가 갈 것이다. 다른 사대부들의 압박이 있을 수 있었
고, 당장 관원들의 성토가 빗발칠 것이 뻔했다.

"네 뜻을 숨김없이 말해보아라."

"아닙니다. 지금으로도 충분합니다."

오늘따라 관주가 작정을 했는지 무한의 마음을 뒤흔든다.
곁에서 무한을 바라보던 연향은 심장이 콕콕 아리다.

'허허, 내 어찌 너의 마음을 모르랴.'

한탄하며 잠시 생각에 잠겼던 박환이 입을 열었다.

"대회에 참가하지는 못해도 참석은 할 수 있도록 해주겠다. 보는 것도 많은 배움이 되지 않겠느냐?"

"하지만 무관의 다른 도령들은 원치 않을 것입니다."

"염려 말아라. 그 정도도 해결 못한데서야 어찌 관주라 하겠느냐."

"하오시면 뜻에 따르겠습니다."

오관지회가 이틀 앞으로 다가왔다.

청학무관이 이른 아침부터 떠들썩하다 싶더니, 한 무리의 사람들이 쏟아져 나온다. 오관지회가 열리는 한양무관으로 떠나는 무리였다. 박환을 비롯해 이십여 관원과 짐꾼으로 나선 노비까지 총 마흔이 넘는다.

말을 탄 관원들에 비해 무한은 박환의 말고삐를 잡았다. 박환과 관원들과의 마찰을 예상해 무한이 자청한 일이었다.

도성에 들어서자 수백 명이 넘는 한양 사람들이 대로로 나와 환영했다. 하나같이 들뜬 분위기다.

사람들 표정을 살피던 무한이 힐끗 무관들을 살폈다. 다들 얼굴이 붉게 상기된 것이 꽤나 긴장한 표정들이었다.

출전이 무산된 박영이 말을 몰아 관주와 나란히 섰다. 다소 복잡한 감정이 섞인 눈으로 무한을 한 번 바라보고는 박환에게 말한다.

"이런 환대라니, 예상외의 반응입니다."

"이번 대회부터 행사 전체를 민간에 개방하기로 했다고 들었다. 저들도 대회를 볼 수 있게 되었으니 적잖이 기대를 하고 있었겠지."

"그렇다 치더라도 이 정도라니, 언뜻 납득이 되지 않습니다."

박환의 말에 관원들이 모두 귀를 기울였다.

"나라 차원에서 행해지던 대규모 불교 행사들이 폐지된 때문이다. 백성들이 보고 즐길 거리가 없어진 게야. 얼마 전까지만 해도 팔관회다 연등회다 볼거리가 좀 많았느냐?"

"그렇군요."

"이제 오관지회는 우리 무관들뿐 아니라 민간에서도 관심받는 최대 행사로 자리 잡게 될 것이다. 이번 대회가 첫 시험 무대가 되겠지."

관원들 대다수의 안색이 어둡게 변했다. 사람들의 지대한 관심 속에 치러지는 대회인데, 사실상 우승이 불가능하게 되었으니.

자연적으로 관원들의 곱지 않은 시선이 무한에게 몰렸다. 그것을 감지한 박환이 언짢은 기색으로 관원들을 둘러보며 말했다.

"못난 것들! 어찌 부끄러운 줄도 모르고 문제를 무한의 탓만으로 돌리려 하느냐?"

박위가 승복하지 못하겠다는 얼굴로 말했다.

"조부님, 하지만 저 녀석만 아니었어도 영이 형님이 검술 우승은 맡아놓은 것이었습니다. 그리만 되어도 체면은 세우는 것인데……."

"닥쳐라!"

박환의 벼락같은 호통에 박위가 자라목을 한다.

"영이를 이겨낼 검술을 체득하고도 신분이 낮다는 이유로 대회 참가조차 하지 못하는 무한의 심정을 한 번이라도 헤아려 보았느냐? 또한 지난날 너희들 스스로 절차탁마하여 무예를 닦았다면 어찌 오늘 이러한 고민을 했겠느냐?"

박위가 입이 댓 발이나 나와서 말했다.

"조부님, 녀석이 형님을 이겨낼 실력을 체득했다니요? 그건 다들 알다시피 형님이 워낙 방심했고, 녀석이 운이 좋아서 벌어진 일입니다."

"방심하였다? 사람을 멸시한다고 어찌 그 실력마저 낮잡아 보는 것이냐? 하면, 무한에게 진 나머지 녀석들도 전부 방심을 한 탓이었더냐?"

관주의 신랄한 비판에 관원들이 저마다 고개를 숙였다. 일행은 무거운 분위기 속에 한양무관 앞에 도착했다. 소식을 들은 한양무관의 관주 오휘명과 몇몇 관원들이 나와 있다가 일행을 환대했다.

"박 관주님, 먼 길 오시느라 노고가 많으셨습니다."

박환이 말에서 내려 오휘명의 손을 맞잡는다.

"허허, 그간 멀다는 핑계로 격조하였소이다."

"하하, 이리 뵈었으니 된 것이지요."

"다른 무관에서는……."

"이미 다들 도착해 있습니다. 어서 드시지요."

몇 마디 의례적인 인사말이 오간 후, 오휘명의 안내를 받아 무관 안으로 들었다. 청학무관보다 규모가 큰 것을 빼면 내부 구조는 비슷했다.

청학무관에 배정된 숙소는 무관 동편에 위치한 해심원이라는 건물이었다. 인원이 많은 만큼 한 채를 통째로 배정받아 사용하게 되었다.

"관주님, 여장을 풀고 잠시 쉬고 계십시오. 저녁 준비가 되는 대로 사람을 보내겠습니다."

"그럼, 그리하겠소이다."

무한이 박환의 짐을 정리하고 있을 때, 한양무관의 시비가 방문을 두드렸다.

"관주님, 잠시 후 본관에서 만찬이 있으니 참석해 달라고 하십니다."

"알았다고 전해라."

"예, 어르신. 그리고……."

"무엇이냐?"

"오실 때 자제 한두 분 정도는 대동해도 좋다고 하셨습니다."

“알았다고 전해라.”

시비가 물러간 후, 박환이 마침 짐 정리를 마친 무한에게 분부했다.

“건너가서 영이를 불러오거라.”

무한이 박영을 데리고 오자마자 박환이 자리를 털고 일어서며 말했다.

“무한이도 따라나서라.”

박영의 안색이 살짝 굳어진다. 무한 또한 적잖이 당황하고 말았다.

“관주님?”

“무슨 문제라도 있느냐?”

“하지만 저는…….”

곁에 있던 박영이 사뭇 성난 얼굴로 무한의 말을 잘랐다.

“무한! 네가 언제부터 조부님 명에 토를 달았느냐!”

무한은 박영이 성난 이유를 알았다. 조부에 대한 불만을 자신에게 푸는 것이다. 무한은 한숨을 푹 쉬며 끄덕였다.

“알겠습니다.”

“잠시 기다리고 있어라.”

나갔던 박영이 잠시 후 돌아와 작은 보따리를 내밀었다.

“이것은?”

“옷이다. 입어라.”

보자기를 풀어보니 하늘빛 나는 비단 단삼(單衫)이 곱게 개어져 있었다.

"제가 이것을 어찌……?"

"누가 널 위해서 주는 것인 줄 아느냐?"

무한은 큰도령의 뜻을 이해했다. 관주는 한 번 뜻을 잡으면 좀처럼 꺾이지 않는 사람이다. 한 번 자신을 대동하기로 마음먹은 이상 생각을 바꿀 리 없었다. 그것을 잘 아는 박영은 무한에게 옷이라도 좋은 것으로 입혀 조부의 체면을 살리려는 것이다.

"입겠습니다."

박환이 만찬회장에 도착하자 착석해 있던 이십여 명이 모두 자리에서 일어났다. 관주들 중 가장 연장자인 동시에 박환과 친분이 두터운 평양 비천무관의 관주 사익기가 버선발로 나와 박환의 손을 붙들었다.

"하하! 박 관주, 어째 지난번보다 혈색이 좋아진 것 같소이다?"

"허허, 사 관주님이야말로 센머리가 오히려 검어지셨군요. 숨기지 마시고 회춘의 비결을 좀 알려주지 그러십니까."

"하하, 욕심없고 걱정없이 사니 그런 게지 비결이랄 것까지야 있겠소이까. 현악아, 무엇을 하고 있는 게냐. 청학무관의 박 관주님이시다. 어서 인사 올려라."

사익기의 뒤에 서 있던 훤칠한 청년이 앞으로 나와 허리를 접었다.

"관주님, 그간 안녕하셨습니까."

"오호라, 네가 사 관주님의 장손 현악이로구나."

머리를 쓰다듬으려던 박환이 손을 거두어들이며 말했다.

"허허, 이런, 장부가 다 된 걸 잊고 실수를 할 뻔하였다."

박환이 일품무관의 관주 이환인 등과 차례로 인사를 나누고 있을 때, 뒤쪽에서 한껏 뒤틀린 음성이 들려왔다.

"커험! 적당히들 하지. 거참, 인사하다 날 새겠군."

박환의 안색이 눈에 띄게 굳어진다. 무한과 박영도 다르지 않았다.

분위기를 한순간에 냉각시킨 사람은 조영규였다. 조영규가 느릿느릿 일어나 거만한 몸짓으로 빈자리를 가리켰다.

"후후, 수경, 오랜만이군. 거기 앉게."

연향의 일로 조영규만 생각해도 살기가 치솟는 박환이다. 하지만 박환은 초인적인 인내력으로 화를 억눌렀다. 덕분에 탈 없이 식사가 끝나고 술이 한 순배 돌았다.

잠잠하다 싶던 조영규가 붕대로 감싼 박영의 팔을 발견하고 야릇한 표정을 지었다.

"쯧쯧! 팔을 다친 것이냐?"

사람들의 시선이 모두 박영에게 몰린다. 박영은 지난 두 번의 대회에서 모습을 보인데다, 오관지회의 꽃이라 할 수 있는 검술대전에서 연이어 우승을 한 바 있었기에 모두들 그를 알고 있었다.

시선을 느낀 박영은 최대한 감정을 절제하고 고개를 약간 숙이며 말했다.

"수련 중에 부주의하여 그리되었습니다."

조영규가 빈정대는 투로 말했다.

"저런, 그것참, 안됐구나."

박영이 마지못해 대답했다.

"걱정해 주셔서 감사합니다."

조영규는 박영의 말을 듣는 둥 마는 둥하더니 곁에 앉은 조산에게 말했다.

"허허, 산아, 이번에는 영이와 검을 맞대지 못할 것 같구나."

조산이 비실비실 웃으며 대답했다.

"아쉽지만 어쩔 수 없는 일이지요."

조영규가 혀를 차며 중얼거리듯 말했다.

"쯧, 혹시 누구의 검이 무서워서 다친 척하는지도 모르지."

조영규의 말을 듣지 못한 사람이 없었다. 박영을 한순간에 겁쟁이로 만든 조영규가 이번에는 박환의 속을 긁는다.

"이보게, 수경이. 어떤가, 이번에는 준우승이라도 하겠는가?"

박환이 수염을 쓸어내리며 말했다.

"으음! 오관지회는 승부를 떠나서 서로 간의 우의를 다지는 화합의 장일세. 승패가 무에 대수일까."

보고 있기 민망했던 사익기가 박환을 거든다.

"허허, 박 관주의 말이 옳네. 오관지회의 취지는 본래 그런 것이지."

조영규가 입꼬리를 비틀었다.

"승패에 연연하지 않는다? 좋은 말이지. 수경이, 내 하나만 묻지."

"말하게."

"장부는 행실과 말이 일치해야 한다는 말이 있지, 아마?"

시종일관 빈정대는 조영규다. 박환이 인상을 구기며 묻는다.

"무슨 말을 하고 싶은 건가?"

"승패에 연연하지 않는 사람이 어찌 장손의 무과 응시를 뒤로 미뤄가면서까지 오관지회에 참가하게 하려고 했나?"

조영규가 박환의 정곡을 찔렀다. 이제 박환이 구석으로 내몰렸다. 박환도 박영도 할 말을 찾지 못하고 있는 그 순간, 무한이 참다못해 나섰다.

"외람되오나 그것은 소인이 말씀드리겠습니다. 저희 도련님께서는 오관지회 검술 부분에서 두 번이나 우승하셨지만 항상 자신을 부족하다 여기셨습니다. 무과 응시를 미룬 것은 오관지회에 참석하기 위해서가 아닙니다. 오히려 더 높은 무학(武學)을 쌓은 연후에 나랏일을 하고자 하신 것입니다. 때문에 밤을 잊고 수련에 몰두하다가 그만 팔을 다치신 것이지요."

무한의 말에 관주들이 감탄의 시선을 담아 박영을 바라본다. 다시 보니 박영의 기개가 전날보다 헌헌하고 눈빛에 정광이 어려 있다. 참으로 대장부의 기상이 아닌가.

"오오! 그런 일이 있었군."

비천무관 사익기의 감탄이다.

"허허! 과연 훌륭한 젊은이로다."

일품무관의 관주 이환인은 엄지를 치켜세웠다.

"이런, 자식놈 나이 스물이 되자마자 관에 진출시키지 못해 안달한 내가 다 부끄럽군."

오휘명은 얼굴을 붉히며 자책한다. 이렇듯 박영을 칭찬하지 않는 자가 없었다.

"과찬이십니다. 과하십니다."

박영은 사방에서 찬사가 쏟아지자 일어서서 일일이 겸양으로 답례한다. 그 모습에 오만상을 찡그리고 있던 조영규가 무한을 쏘아보았다.

"네 녀석은 누구관데 감히 어른들의 말에 나선 것이냐!"

"소인은……."

무한은 잠시 망설였다. 관원이라고 말하자니 밝히지 않겠다는 약조가 걸렸고, 시종이라 말하자니 자신은 괜찮았지만 관주께 누가 될까 염려스러웠다.

그때 박환이 대답을 대신했다.

"자네, 총기가 예전만 못하군. 정말 이 아이를 모르나?"

조영규가 인상을 구긴다.

"자네 피붙이도 아닌 것 같은데 내 어찌 자네 무관 사람을 알겠는가?"

"하긴 삼 년이란 세월이 지났으니 잊은 것도 무리는 아니지. 삼 년이면 아무리 아픈 상처라도 아물기에는 차고도 넘치는 시간이니."

"삼 년 전? 상처? 자네, 무슨 말을 하는 겐가?"

조영규가 전혀 모르겠다는 표정을 하고 있을 때, 그의 곁에 있던 조산은 무한을 바라보며 눈동자를 이리저리 굴리고 있었다. 굉장히 낯이 익었다. 한데 뭔가가 떠오를 듯 떠오를 듯 좀처럼 생각나지 않았다.

무한은 조산이 이해가 되지 않았다. 자신에게 일생일대의 굴욕을 안겨준 자신인데 어찌 알아보지 못한단 말인가? 하지만 무한의 의문과는 달리 조산이 그를 금방 알아보지 못하는 것은 당연했다.

조산에게 그날 일이 엄청난 치욕임에는 틀림없었다. 하지만 무한은 삼 년이라는 세월 동안 훌쩍 자라 외모가 많이 변한 상태였다. 단지 자란 것뿐이라면 얼굴에 남은 어릴 적 그림자로 알아볼 수도 있었을 것이다.

하지만 닳고 닳은 삼베옷을 입고 있던 그때의 무한과 하늘색 단삼을 갖춰 입은 현재의 무한은 하늘과 땅 차이였다.

무한은 조산이 끝내 자신을 기억해 내지 못하자 일부러 젓가락을 바닥에 떨어뜨렸다. 그리고 엄지와 검지로 주워서 상에 천천히 올려놓았다.

그 모습을 본 조산이 즉시 반응했다.

"헉! 너, 너는……!"

박환이 조산을 턱짓하며 말했다.

"자네 손자에게 물어보게. 이제야 알아본 것 같으니."

"산아, 아는 녀석이더냐?"

"……"

조산은 입이 있어도 말을 하지 못했다. 어찌 이 많은 사람들 앞에서 치욕스러운 과거를 얘기할 수 있겠는가.

"이 조부 말이 들리지 않는 것이냐?"

"……"

조산이 땀을 뻘뻘 흘리며 고개를 젓는다. 조영규는 조영규대로 얼굴이 달아올랐다. 사람들 앞에서 손자 녀석이 묻는 말에 대답을 하지 않으니 체면이 말이 아니다. 화가 치솟을 수밖에 없었다.

"썩 말하지 못할까!"

이쯤 되자 사람들의 관심이 두 조손에게 몰린다.

"이제 보니 자네 손자가 아직도 생각이 나지 않은 것 같군. 내가 말해주지."

박환의 말에 조산의 안색이 싯누렇게 변했다. 박환이 그 모습을 한 번 바라보고 말을 계속했다.

"삼 년 전, 오관지회를 며칠 앞둔 날이었던 것으로 기억하네. 아마 자네가 손자와 함께 본 관을 방문한 적이 있었지? 그때 자네 손자와 맞바둑을 둬서 대마를……."

"그만!"

조영규가 버럭 소리쳐 박환의 말을 막았다. 두 눈에 핏발이 곤두서 있었다.

"이제야 생각이 난 모양이군."

조영규가 이를 갈며 말했다.

"그 이야기를 지금 꺼내는 의도가 무엇인가?"

"내가 꺼낸 얘기가 아니라 자네가 저 아이에 대해 한사코 묻지 않았나?"

불이라도 토할 듯 화를 내던 조영규는 박환의 말에 할 말을 잃었다. 과연 방금 전까지 자신이 무한에 대해 캐묻지 않았던가. 이를 악물고 부르르 떨던 조영규는 돌연 잔인한 미소를 머금었다.

무한은 또 저자가 무슨 말을 할까 촉각을 곤두세웠다. 아니나 다를까, 조영규가 박환의 가슴에 비수를 꽂는 말을 한다.

"연향이었던가? 자네 손녀 말일세. 내 좋지 않은 기억에 말이야, 자네에게 말만 한 손녀가 있는 것으로 아는데 어째 시집갔다는 소식이 들리지 않는 것인가?"

박환의 얼굴이 극도로 어두워진다. 조영규가 그 모습을 즐

기듯 바라보며 가슴을 후벼 판다.

"설마 한간에 떠도는 소문이 사실인가?"

"네 이놈!"

반환이 분개해 떨쳐 일어서자 조영규가 비아냥댄다.

"그토록 화를 내는 걸 보니 사실인 듯도 싶군."

사익기가 점잖은 어조로 나무란다.

"허허! 조 관주, 말이 도를 넘어선 듯하오."

"하하, 그렇소이까? 전혀 나쁜 뜻은 없었는데, 저 친구 마음이 상했다니 어쨌든 미안하게 됐구려. 오늘은 피곤해서 이만 쉬러 가봐야겠소."

조영규가 분위기를 싸하게 얼려놓고 조산과 함께 사라진다.

밤늦게 숙소로 돌아왔다. 박환의 이부자리를 봐주고 나가는 박영을 불러 세웠다.

"영아."

"예, 조부님."

"오늘 네게 참으로 부끄러운 모습을 보였구나."

"무슨 말씀이신지……."

"본의 아니게 무한 그 아이를 이용해 조영규에게 면박을 주고 말았구나. 허허, 소인배의 짓이야. 내가 참아야 했을 것을……."

“아닙니다. 무한, 그 아이도 내심 통쾌해했을 것입니다.”

“아니다. 난 오늘 참으로 비겁했다. 내 생전 오늘처럼 낯부끄러운 날도 없었어.”

“조부님, 어찌 그런 말씀을 하시는 것입니까?”

“허허, 조영규에게 했던 승패에 연연하지 않는다는 말은 거짓이었다. 네가 무과를 뒤로 미룬 것도 오관지회에 참석하기 위함이 아니었더냐?”

“…….”

“오관지회의 취지가 무관들의 화합을 도모케 하기 위한 것이란 말로 위안을 삼으려 했다니, 그 또한 패자의 위선인 것을.”

사실이 그랬다. 오관지회는 무관 간의 정당한 겨룸을 유발해 기량을 높이자는 것이지 단순히 화합이나 도모하자는 것이 아니었다.

깊게 파인 얼굴 주름 주름마다 시름이 가득 맺힌다. 박영은 갑자기 십 년이나 늙어 보이는 조부의 모습에 가슴이 타 들어간다.

박영은 가만히 청룡무관과 청학무관의 전력을 헤아려 보았다.

한탄이 절로 나온다. 청학무관의 전력은 사상 최악이라 해도 과언이 아니다. 검술부터 시작해 바둑, 궁술, 기창, 격구 어느 한 종목도 우승을 자신할 수 있는 사람이 없었다.

반면 청룡무관은 검술 부문에 조산이 버티고 있다. 지난번 결승전에서 자신에게 반 수 차이로 꺾였던 조산이고 보면 이변이 없는 한 우승은 그의 차지라고 봐야 했다. 바둑 또한 지난 대회 우승자 이찬이라는 자가 있다.

설상가상 규정까지 바뀌면서 이번 대회부터는 복수 출전이 허용되었다. 검술 대표가 바둑 대표로도 출전할 수 있게 된 것이다. 복수 출전이 허용되는 만큼 조산이 바둑대회에도 모습을 드러낼 가능성이 컸다.

어쩌면 오관지회 자체가 조산 혼자만을 위한 대회가 될 수도 있었다.

격구 또한 청룡무관이 오관지회가 시작된 이후 우승을 놓쳐 본 적이 없는 종목이었다. 궁술과 기창에서 다른 무관이 선전한다고 해도 전체 우승은 세 부문에서 우승자를 배출한 청룡무관 차지다. 아무리 생각해 봐도 청룡무관의 우승으로 굳어질 대회였다.

조부의 처소를 나선 박영은 답답한 마음에 뜰을 서성였다. 달빛은 교교히 내리는데 시름은 겹겹이 쌓여만 간다.

"휴, 무슨 방도가 없단 말인가?"

쉭! 쉬쉬쉭!

어디선가 공기 가르는 날렵한 소리가 울려 나왔다. 청력을 집중해 듣자니 그다지 멀지 않은 곳이다. 잠시 고민을 끊어낸 박영은 소리를 따라 천천히 걸음을 옮겼다. 소리의 근원은 숙소 후원이었다.

쉭! 쉭!

일 검 일 검 진중한 자세로 검을 내친다. 연무 중인 사람은 다름 아닌 무한이었다. 박영은 미동도 않고 진검으로 펼쳐지는 무한의 연무를 지켜보았다.

쉭!

사뿐히 뛰어올라 일 검.

수각!

발이 닿기 직전에 다시 일 검.

쉭쉭!

돌아서서 연달아 비켜낸 이 검. 간결하면서도 부드럽던 검이 어느 순간 돌변한다.

쐐애액—!

종횡무진 뜰을 휩쓸고 다니는 무한의 보법이 어지럽다. 어지러움 속에 균형이 잡혔고, 내뻗는 검세 검세마다 생동감이 넘친다. 억지로 뽑아내는 것이 아니다. 보는 순간 깊이 매료된다. 참으로 자연스러운 검이다.

휘이잉!

놀란 공기가 비명을 지르며 저만치 물러났다가 느티나무 밑에 쌓여 있던 낙엽을 움큼 실어 와락 달려든다.

"후우!"

스스스—!

긴 날숨과 함께 기다렸다는 듯 바람을 향해 파고든다. 바람결에 스며든 검이 제멋대로 날리는 낙엽들을 벼락같이 꿰뚫는다.

'허!'

박영은 눈을 찢어질 듯 부릅떴다.

"후우우!"

무한이 긴 숨을 토하며 연무를 마친다. 퍼뜩 정신을 차린 박영이 건물 뒤로 몸을 숨긴다.

박영은 무한이 떠난 자리인 공터에 말없이 섰다. 수년 전, 꽃향기가 난무하는 어느 봄날 연무 중이던 박영을 본 무한이 그랬던 것처럼 박영은 무한의 검이 남긴 흔적에 넋을 잃었다.

발밑으로 굴러온 낙엽을 주워 들었다. 손이 바르르 떨린다. 정중앙이 여지없이 꿰뚫려 있다. 주위에 있는 것들이 전부 그랬다.

비로소 조부의 고집이 이해가 된다, 모든 사람의 반대를 무릅쓰고 기어이 제자로 거둔 이유를.

박영은 복잡한 심경을 달래고 방에 들었다. 탁자 위에 옷보자기가 놓여 있었다. 무한에게 건넸던 것인데 어느새 두고 간 모양이다.

박영은 탁자 앞에 앉아 밤을 뜬눈으로 지새웠다.

第七章
오관지회

　밤이 가고 어김없이 날이 밝았다. 오관지회가 하루 앞으로 다가왔다.

　무한은 밤새 고민했다. 관주가 조영규에게 모욕을 당한 것을 곁에서 똑똑히 지켜본 그다. 승패에 초연한 모습을 보인 관주였지만 속까지 그렇지는 않을 것이다. 성적이 형편없이 나온다면 조영규가 또다시 사람들 앞에서 청학무관과 관주를 조롱거리로 삼을 것이 뻔했다.

　'내가 할 수 있는 일이 무엇일까?'

　고민하던 무한은 밥 한술을 뜨는 둥 마는 둥하고 마사로 달려갔다. 청학무관에서 끌고 온 말을 돌보기 위해서였다. 말을 타고 창술을 겨루는 기창전과 격구 등에 있어서 가장 중요한 것이 바로 말이 아니던가.

마사에는 십여 명이 넘는 일꾼이 분주히 오가고 있었다. 건초를 나른다, 쌓인 두엄을 낸다, 저마다 눈코 뜰 새 없이 바쁘다. 그런데 일꾼들이 하나같이 이상하다. 다리를 절거나 팔에 붕대를 둘렀다. 그나마 멀쩡해 보이는 사람도 일하는 중간중간 허리를 매만진다.

마사의 일은 힘쓰는 일이 대부분인데 어찌 병자(病者)들만 있나 싶다.

일은 좀 많은가? 한양무관에 속한 말만 칠십여 필, 거기에 다섯 개의 무관에서 온 말이 백 필이 넘는다. 도합 이백여 필이나 되는 말들로 마사는 거의 포화 상태였다.

무한은 두말없이 소매를 걷어붙이고 그들 틈에 섞여 일을 도왔다. 산더미만 한 건초 더미를 가볍게 나르고, 두 명이서도 낑낑댈 만큼 무거운 분뇨 더미를 너끈히 져서 옮겼다. 일꾼들을 지휘하던 노인이 그런 무한을 유심히 지켜본다.

꼬박 한 시진 만에 모든 일이 끝났다. 한숨을 돌린 무한은 그제야 청학무관에 속한 말들에게 다가갔다.

히히힝! 푸후후!

말들이 무한을 알아보고 저마다 투레질로 인사한다. 친근하게 구는 말들을 일일이 쓰다듬고는 식사를 마친 말들을 한 마리씩 꺼내어 올라타 천천히 몰았다. 행여나 불편한 곳이 없는지, 말의 상태가 어떤지 꼼꼼히 살폈다.

발굽이 길다 싶으면 다듬어주고 가렵다 싶은 곳을 귀신같이 찾아내 시원하게 긁었다.

"자넨 누군가?"

노회한 목소리에 돌아보니 머리가 희끗희끗한 노인이 다가오고 있었다. 방금 전까지 일꾼들을 진두지휘하던 노인이다.

"안녕하십니까, 무한이라 합니다."

"처음 보는 얼굴이군. 우리 무관 사람이 아니지?"

"예, 청학무관에서 왔습니다."

청학무관에서 왔다는 말에 노인의 눈빛에 친근함이 깃든다.

"젊다고 하기에도 어린 나이 같은데 말을 꽤나 능숙하게 다루는군. 줄곧 유심히 지켜보았네만 마사 일이 손에 붙었어. 거기 마사에서 일했던 모양이지?"

"예, 마사에 딸린 정식 일꾼은 아니지만 틈나는 대로 돕고 있습니다."

노인이 약간 실망스러운 표정으로 말했다.

"정식 일꾼이 아니다? 장호 어르신의 제자인가 했더니 아닌 모양이군?"

"혹시 청학무관 마사지기 장 영감님을 말씀하시는 것입니까?"

“왜 아니야?”

“그분을 아십니까?”

“알다마다. 내 소싯적에 청학무관에 있었는데.”

“그러셨군요.”

“그분께 말에 대해 배웠지. 그 덕에 이렇게 입에 풀칠하고 있는 것이고. 아마 조선 팔도에 그분만큼 말에 대해 해박한 분도 없을 게야.”

장 노인은 무한이 말과 친해지기 위해 노력할 때 조언을 아끼지 않던 사람이다. 마사가 제자와 스승의 구분을 바로 하는 곳이 아니라서 그렇지 제자라 해도 과언이 아니었다.

어쨌든 청학무관에서 일했다는 사람을 만나니 반가운 마음이 들었다.

“그러셨군요. 저 또한 그분께 적잖은 가르침을 받았습니다.”

노인이 너털웃음을 터뜨린다.

“허허, 어쩐지 말을 대하는 모양이 남다르더라니.”

“웬걸요. 이제 조금 말과 친해진 정도인데요.”

반백(半白)이 된 턱수염을 쓸어내리던 노인이 어렵게 입을 열었다.

“그분께 말 다루는 기술을 배웠다니 하는 말인데, 자네, 내 부탁 하나만 들어주려나?”

“부탁이라니요? 제가 할 수 있는 일이라면 하겠습니다만⋯⋯.”

"자네라면 충분히 가능성이 있다고 보네."

"일단 말씀해 보십시오."

"오늘 저녁 무관에 귀한 손님이 오시네. 자네가 그분의 말을 책임져 주게."

"책임지라니요? 단순히 관리만 하는 것이라면 굳이 제가 하지 않아도……."

"허허, 자네 말대로 그리 간단한 일이었다면 이렇게 부탁하지도 않았지. 자네가 진짜 할 일은 그 말을 길들이는 것일세."

말을 길들이는 것은 그리 녹록한 일이 아니다. 하지만 아무나 못하는 그런 일도 아니었다.

"길들이는 일이라면 이곳에 그만한 실력을 가진 분이 꽤 계실 텐데요."

노인은 무한이 단박에 허락하지 않자 입맛을 다셨다.

"자네는 혈기 방장한 다른 젊은이들과는 다르군. 굉장히 신중한 친구야. 쩝, 얼렁뚱땅 허락을 받아낼 생각이었는데 어쩔 수 없이 다 말해줘야 할 것 같군. 실은 내일 오실 귀한 분이 세자 마마시네."

"세자 저하가 오신단 말입니까?"

"오관지회를 보기 위해 오시는 게지. 휴, 그런데 그분께서 며칠 전에 굉장한 놈을 먼저 보내오셨다네."

"굉장한 놈이라니요?"

"한 달 전쯤에 몽고마 한 마리를 얻으신 모양이야. 북방의 말이 뛰어난 것이야 세상이 아는 사실 아닌가. 그런데 그중에서도 특출한 놈이라니 얼마나 대단하겠느냔 말이야."

"한 달 전에 들여온 말을 아직도 길들이지 못했다는 것입니까?"

"그러니 성질이 얼마나 더럽겠어?"

"설마 아까 일하던 분들이……."

"맞아. 놈을 길들인답시고 나섰다가 그 꼴들이 됐지."

"그렇게 대단한 녀석이라면 저도 자신할 수 없겠는데요. 제게 맡길 것이 아니라 어르신이 하시는 게 나을 것 같습니다."

노인이 울상을 지었다.

"내가 할 수 있으면 벌써 했지. 하지만 어디 말을 길들이는 게 말에 대한 지식만으로 되나? 말에 대한 지식 못지않게 완력이 필요한데 보다시피 늙은 이 몸으로 뭘 할 수 있겠나? 게다가 녀석을 길들이려면 종일 붙어 있어도 모자랄 텐데 내가 한 녀석에게 매달려 있으면 다른 말들은 누가 돌보겠나?"

노인이 하도 간곡히 부탁하니 거절하기가 쉽지 않다. 세상에 보기 드문 말인데다 성질까지 더럽다니 어쨌든 한 번 보고 싶었다.

"녀석을 볼 수 있겠습니까?"

무한이 관심을 보이자 노인이 화색이 도는 얼굴로 잡아끌었다.

"따라오게. 성질이 보통 더러운 게 아니라 따로 분리해 놓았네."

노인을 따라 마사 뒤편으로 걸음을 옮겼다. 말은 사람이 오는 소리를 들었는지 벌써부터 성난 투레질을 한다.

푸후후!

노인이 목을 바짝 움츠린다.

"이런, 큰일이군. 오래 가두어놨더니 성질이 오를 대로 오른 모양이야."

사방이 두꺼운 판자로 막힌 비좁은 마사. 그 안에 잡털이라고는 한 올도 섞이지 않은 커다란 흑마(黑馬)가 콧김을 뿜어대고 있었다. 뭐가 그렇게 성질이 나는지 뒷발로 끊임없이 바닥을 긁어댄다.

크기부터 압도적이다. 칠흑 같은 갈기는 사람을 매료시킨다. 다리에 붙은 근육 또한 탄탄하면서도 쭉 뻗어 날렵하기 짝이 없다. 고개를 치켜들고 노인과 무한을 내려다보고 있는데, 그 도도함마저도 무척이나 어울리는 녀석이었다.

노인이 빙글빙글 웃으며 말했다.

"흐흐, 어떤가?"

말을 넋을 잃고 바라보고 있던 무한이 감탄을 연발했다.

"굉장하군요. 생각보다도 훨씬 엄청난 녀석입니다."

“엄청나지. 엄청나고말고. 이 녀석이 바로 한혈보마(汗血寶馬)란 녀석이야.”

“피와 같이 붉은 땀을 흘린다는 말을 말씀하시는 겁니까?”

“왜 아니야? 내 한혈을 직접 보지는 못했지만 바로 그놈이라네.”

말로만 듣던 한혈보마를 직접 대하고 보니 과연 명불허전(名不虛傳)이다.

“이름이 무엇입니까?”

“신풍(神風)이라나? 뭐, 우리는 광풍(狂風)이라 부르고 있네.”

“둘 다 어울리는 이름이군요. 언제까지 길을 들이면 되는 것입니까?”

“시간이 많지 않아. 모레 저녁까지 녀석을 길들여야 하네. 세자 저하께서 한양무관을 나설 때 타고 가고 싶으신 모양이야.”

“자신할 수는 없지만 한번 해보겠습니다.”

“잘 생각했네. 최선을 다해도 안 되면 별수 없지. 궐에 속한 마관들도 어쩌지 못한 녀석인데 실패했다고 누가 뭐라 하겠는가?”

무한이 뜻하지 않는 일을 떠맡은 사이, 박영은 관원들을 데리고 대회가 열릴 장소를 세세히 살펴보고 있었다.

검술 대결이 열릴 장소는 가로세로 육 장 정도의 크기로,

연무장 정중앙 반 장 높이에 마련돼 있었다. 주변에 설치된 천막이 대회가 코앞임을 상기시켰다.

일행은 궁술전이 열리는 곳에 이르러 지형지물을 익히는 한편, 과녁과의 거리를 가늠해 보고 바람의 방향과 세기 등을 점검했다.

"형님, 저기."

박위가 뒤쪽을 가리킨다. 조산이 청룡무관 대표 십여 명을 대동하고 큰 걸음으로 다가오고 있었다.

조산과 얼굴을 마주 대하는 것 자체가 내키지 않았던 박영은 관원들을 이끌고 격구장 쪽으로 걸음을 옮겼다.

"잠깐 서시지요."

박영이 싸늘한 얼굴로 돌아섰다.

"불렀는가?"

"왜 저를 보고도 그냥 가려 하십니까?"

"서둘러 둘러보고 일찍 들어가 쉴 참이야. 용건만 말하게."

"후후, 이상하군요?"

"뭐가 이상하다는 건가?"

"갑자기 어제 박 관주님께서 하신 말씀이 생각나서 말이지요."

"무슨 말인가?"

"어제 박환 관주님께서 오관지회는 승패를 떠나 무관 간의 화합의 장이라 하지 않으셨습니까?"

"그래서?"

조산이 비릿한 미소를 입가에 매달며 말했다.

"사실 어제 그 말씀을 듣고 무척이나 감동했습니다. 그래서 그저 우의나 다지고자 한 것인데 박 형은 저를 피하시는군요. 혹시 박 형은 박 관주님과는 생각이 다른 것입니까?"

빈정대는 모양새가 어찌 그리 제 할아비를 닮았는지 얄밉기 짝이 없다. 박영은 후려치고 싶은 것을 간신히 억누르며 말했다.

"내일 대회를 위해 관원들을 일찍 쉬게 하고 싶을 뿐, 나 또한 조부님의 뜻과 다르지 않네."

"훗, 그렇습니까? 뭐, 그렇다면 다행이지요."

시종일관 조산의 빈정대는 말투에 박위를 비롯한 관원들이 분기를 표출했다.

"아니, 이자가!"

조산 곁에 늘어서 있던 청룡무관 대표들도 지지 않고 맞섰다. 양자 간에 첨예한 신경전이 오간다. 금방이라도 폭발할 듯한 분위기였다.

"그만!"

박영과 조산이 팔을 들어 각자 관원들의 흥분을 자제시켰다.

"오늘은 이만 하는 것이 좋겠네."

박영이 냉랭한 어조로 말하자 조산이 끄덕여 동의했다.

“그러는 게 좋겠군요.”

멀어지는 청학무관 관원들을 조롱의 시선으로 바라보던 조산이 소리쳤다.

“그런데 말입니다!”

“또 뭔가?”

“일찍 들어가서 쉰다고 내일 결과가 달라질까요?”

박영의 눈썹이 꿈틀 하늘을 향한다. 다른 이들은 말할 것도 없다.

챙! 채챙!

박위가 눈이 벌겋게 변해서 기어이 검을 뽑아 든다. 그것을 시작으로 관원들 전부가 검을 빼 들었다. 달려나가는 그들에게 박영의 호통이 떨어졌다.

“경거망동하지 마라!”

한소리로 관원들을 휘어잡은 박영이 이를 바드득 갈았다.

“조산! 달라질지 아닐지는 내일 보면 알 것이다!”

“훗, 기대되는군요.”

“다들 돌아간다!”

등을 보이고 멀어지는 박영 일행을 보며 조산의 곁에 서 있던 자가 비웃었다. 이조판서 정종운의 삼남(三男) 정지완이다.

“하하, 실력도 없는 것들이 인내심 하나는 알아줄 만하군.”

“내일 보면 안다? 흠, 왠지 걸려.”

정지완이 피식 웃는다.

"자네답지 않게 별걱정을 다 하는군. 박영이 출전하지 못하는 청학무관이네. 대체 뭘 걱정하는 건가?"

"자네 말이 옳군. 그건 그렇고, 자네, 자신있겠지?"

"섭섭하군. 내 궁술 실력을 모르나?"

"알기에 하는 소리야. 실력만 믿고 행여나 방심이라도 할까 봐 걱정된단 말일세."

"하하, 그런 걱정은 하지 않아도 될 것 같네. 세자 저하께서도 관전하신다지 않는가? 최선을 다해도 시원찮을 판에 방심이 웬 말인가?"

조산이 씩 웃으며 말했다.

"자네 말대로 내가 괜한 걱정을 한 것 같군."

청룡무관 대표들의 득의에 찬 웃음소리가 연무장 구석구석으로 울려 퍼진다.

한편 숙소로 돌아온 청학무관 측 분위기는 정반대였다. 박위가 분해 죽겠다는 얼굴로 말했다.

"형님, 대체 왜 말리신 겁니까?"

"말리지 않으면?"

"놈을 천 갈래 만 갈래 찢어 죽였을 겁니다."

쾅!

박영이 동생의 철없는 소리에 탁자를 내려치며 말했다.

"어리석은 녀석! 조산 그놈의 검은 네가 어쩔 수 있는 것이 아니다. 말리지 않았다면 네 녀석만 웃음거리가 됐을 거란 말이다!"

"크윽!"

분하지만 형의 말이 옳다. 박위는 힘없이 주저앉아 분을 삼켰다. 주책없이 눈물이 흘러내린다. 박위뿐만 아니라 다들 비통에 젖었다.

한동안 눈을 감고 있던 박영이 분에 겨운 눈물을 흘리고 있는 관원들을 쓸어보았다. 이내 어떤 결심을 굳힌 그가 주먹을 굳게 말아 쥐며 말했다.

"부끄럽게도 우리 청학무관은 오관지회에서 번번히 청룡무관에 밀려왔다. 전에도 그랬고, 당장 내일도 다르지 않을 것이다."

침통한 분위기가 고조된다.

"……."

"냉정히 판단해 저들의 세는 우리보다 강하다. 검, 바둑, 궁술, 격구! 예상대로라면 저들은 다섯 종목 중 네 종목을 석권할 것이다. 우리는 내일 세자 저하를 비롯한 수천 명이 지켜보는 가운데 웃음거리가 된다."

박영의 가학적인 발언에 박위가 소리쳤다.

"형님!"

"닥치고 들어라!"

어느덧 박영의 눈시울까지 붉게 물들었다.

"우리는 또다시 관주님이 조영규에게 조롱당하는 꼴을 봐

야만 한다. 하지만 나는 말이다… 두 번 다시 그 꼴을 보지 않
겠다. 조산 따위에게 멸시받지도 않겠다!"

기창 대표 이문후가 울음 섞인 음성으로 말했다.

"저희들이라고 왜 그런 마음이 없겠습니까? 하지만 어쩔
수 없지 않습니까."

박영이 붉게 충혈된 눈으로 관원들을 하나하나 바라본다.

"다시 생각해 봐라. 정말 방법이 없는 것이냐?"

박영의 눈빛을 받은 박위가 부르르 떨었다.

"형님, 설마……."

"지난밤 내내 고심했다. 나는 무한 그 아이를 출전시키고
싶다."

무한의 출전. 그것은 관원들에게 청천벽력과도 같은 말이
었다.

"그건 안 됩니다!"

"절대로 안 됩니다! 차라리 놈들의 멸시를 받겠습니다!"

박영의 뜻을 안 관원들이 하나같이 소리 높여 반대했다. 박
영이 입술을 짓씹으며 떨쳐 일어섰다.

"다들 알고 있을 것이다. 우리 연향이가 왜 저리 됐는지.
그래도 반대만 할 것이냐?"

"……."

박영의 입에서 연향에 대한 애기가 나오자 질식할 것 같은
적막이 감돌았다.

한 떨기 수련을 연상시키는 빼어난 미모, 착하고 어진 성품, 관원들 누구도 따라올 수 없을 만큼 명석한 두뇌. 그런 여인에게 연정을 품지 않을 사내가 어디 있겠는가.

연향은 무한뿐만 아니라 관원들 모두에게 연모의 대상이었다. 하지만 그들이 마음에 품은 꽃다운 연향은 악랄한 소문에 피지도 못하고 시들어가고 있었다.

관원들은 연향이 저리 된 것이 두 조가 놈 때문이라는 것을 모르지 않았다. 하지만 아는 것으로 끝이었다. 자신들의 가문보다 한참이나 윗줄에 있는 조가 놈들을 어찌해 볼 힘도 없었고, 집안의 반대를 뿌리치고 연향을 처로 맞을 배짱은 더더욱 없었다.

그들에게 연향은 어쩔 수 없는, 그저 바라만 봐야 하는 아픔이었다.

박영이 최후의 물음을 던졌다.

"이제 어쩔 것이냐?"

박위가 입술을 잘근잘근 씹으며 묻는다.

"그놈이 출전하면 우리가 우승할 수 있는 것입니까?"

박영이 확신에 찬 어조로 말했다.

"무한의 바둑 실력은 너희들도 익히 알 것이다."

권필이 말했다.

"바둑 한 종목으로 우승을 차지할 수는 없지 않습니까?"

"무한은 검술 부문에서도 우승을 할 것이다."

관원들이 한목소리로 말했다.

"그건 인정할 수 없습니다."

"너희들은 내가 평가전에서 진 것이 운이 없어서였다고 생각하느냐?"

박위가 당연하다는 듯 말했다.

"형님은 그때 운이 없었을 뿐 아니라 방심까지 했지요."

박영은 고개를 가로저었다.

"틀렸다. 내가 진 것은 운이 없다거나 방심해서가 아니다. 지금에 와서야 하는 말이지만 그날 나의 몸 상태는 최상이었고, 방심 또한 하지 않았다."

"말도 안 됩니다! 설마 그놈이 형님보다 강하단 말입니까?"

박영이 간밤에 보았던 무한의 연무를 떠올리며 말했다.

"맞다. 그의 검은 나보다 우위에 있다. 그것은 부정할 수 없는 사실이다."

관원들은 저마다 계산을 했다.

박영의 말대로라면 무한은 바둑과 검술대전 두 부문에서 결승 진출이 확실하다. 조산의 결승 진출이 유력한 종목인만큼 무한이 만인이 보는 앞에서 녀석을 꺾는다면 그보다 통쾌한 일도 없을 터이다.

격구와 궁술은 포기한다 치더라도 지난 대회 기창 부문 준우승자 이문후가 분발해 우승이라도 거머쥔다면 대회 우승까지도 노려볼 수 있게 되는 것이다.

숨소리도 없는 침묵이 계속되었다. 이각이 넘게 흘렀을 때 박위가 가장 먼저 침묵을 깨뜨렸다.

"형님 뜻에 따르겠습니다."

이문후가 뒤를 이었다.

"저도 따르겠습니다."

이번에는 과묵하여 웬만해서는 입을 열지 않는 윤일중이 찬성했다.

"따르겠습니다."

격구에 출전할 이민한, 손재구 등이 차례로 찬성한다.

"연향을 위해서라면 까짓 체면 깎이는 것쯤은 감수하겠습니다."

"무한 대신 제가 검술대전에 출전하게 되었으니 제가 자리를 비우겠습니다."

마지막으로 권필이 돌려서 찬성의 뜻을 밝힘으로써 모두의 뜻이 하나로 모였다.

"좋다. 이제 본인의 뜻을 물을 차례인가?"

박영의 말에 박위가 조용히 일어서서 나간다.

2

무한은 말안장을 손보고 발굽을 뛰기 적당한 길이로 깎아 편자를 씌웠다. 대회에 쓰일 말이 열 필이 넘어 많은 시간이 소요되었다. 신풍이란 녀석을 길들이기 전에 일을 끝내야 했기에 마음이 급했다.

쪼그려 앉아 바쁘게 손을 놀리고 있던 무한은 문득 손놀림을 멈췄다. 은은한 향이 코에 스몄다. 분명 침향(枕向) 냄새였다. 침향은 용연향과 함께 향 중 최고봉이라 할 수 있을 정도로 진귀해 같은 무게의 금보다도 훨씬 비싸다.

무한이 그 귀한 것을 단박에 알아챈 것은 박위 때문이었다. 박위는 침향을 광적으로 좋아해 항상 몸에 지니고 다녔던 것이다.

돌아보니 과연 박위가 냉랭한 표정으로 서 있었다.

"작은도련님께서 여기는 어쩐 일이십니까?"

"종일 여기 있었던 것이냐?"

특유의 싸늘한 음성이다.

"……"

"창피도 모르는구나. 한양무관의 일꾼들이 할 일을 왜 네가 하는 것이냐?"

"말에 문제라도 생기면 내일 있을 대회에 차질이 있을 것 같아서 돌보고 있었습니다."

박위는 무한의 말을 들으며 말들을 힐끗 살폈다. 하나같이 눈빛에 생기가 넘치고 털에 윤기가 흐른다. 얼마나 정성을 들였는지 단박에 알아볼 수 있었다.

한데 괜스레 짜증이 난다. 이유없이 무한만 보면 그랬다.

"얼빠진 놈! 네놈은 배알도 없느냐?"

"무슨 말씀이신지?"

"네 녀석이 아무리 이래 봤자 대회에 출전하지 못한다는 것을 모르느냐?"

"알고 있습니다. 이렇게라도 해서 관주님의 은혜에 보답하려 한 것뿐입니다."

"흥, 겨우 이 정도로 조부님의 은혜를 갚겠다고?"

"물론 이것만으로 부족한 것은 알지만……."

"알면 따라와라. 은혜를 갚을 확실한 기회를 주겠다."

제 할 말만 하고 행하니 몸을 돌린다. 또 저 철없는 녀석이 무슨 골탕을 먹이려고 저러나 싶어 무거운 마음으로 뒤따른다.

박위를 따라 방에 들어선 무한은 그대로 굳어진다. 바늘 떨어지는 소리도 들릴 정도로 조용한 가운데 수십 쌍의 시선이 그를 향하고 있었다.

박영이 비어 있는 자신의 앞자리를 가리켰다.

"앉아라."

무한이 다가가자 관원들이 인상을 찌푸린다. 종일 마사에 있었으니 말똥 냄새가 몸에 밴 탓이다.

박영이 무표정한 얼굴로 말했다.

"마사에 있었던 게냐?"

"예."

관원들의 안색이 가일층 일그러진다.

“그렇게라도 보탬이 되고 싶었던 것이냐?”

박영이 단번에 무한의 의도를 짚는다.

“…….”

무한이 무언으로 긍정하자 관원들의 얼굴이 조금이나마 누그러진다.

“너를 부른 이유는 말을 돌보는 것보다 몇 배는 중요한 일을 맡기고자 함이다.”

“할 수 있는 일이라면 하겠습니다.”

박영이 준비해 두었던 옷보자기를 내민다.

“이것은 어제 제가 돌려준 것이 아닙니까?”

“풀어보아라.”

받아서 하늘색 단삼이겠거니 생각하며 매듭을 풀었다. 단삼이 아니다.

“……?”

흑갈색 무복(武服) 한 벌이 눈에 들어왔다. 가슴 어림에 창천으로 치솟는 청학(靑鶴)이 멋들어지게 수놓아진 무복. 청학 무관의 관원이면 누구나 입을 수 있는 관복(官服)이었다.

하지만 무한은 그 ‘누구나’ 에 속하지 않는 사람이었다. 관원이 된 지 삼 년이 넘은 오늘까지 단 한 번도 입어본 적이 없었다.

‘관원임을 노출시키지 않는다’ 라는 약속을 한 순간, 무한과는 상관없는 것이 되어버렸던 관복이다. 그런데 관내에서도 허락지 않았던 것을 하필 이곳에 와서 내미는 것일까.

"이건 무슨 뜻입니까?"

"넌 이제부터 우리 무관의 관원이다."

"전 이미 삼 년 전부터 청학무관의 관원이었습니다."

"그건 너와 조부님만의 생각이었다. 하지만 오늘로서 모두가 인정하는 진짜 청학무관의 관원이 되는 것이다."

"왜 갑자기 저를 인정하기로 하신 겁니까?"

"우리 무관을 대표해 오관지회에 출전해라."

잘못 들은 것이 분명하다.

"지금 뭐라고 하셨습니까?"

"청학무관을 대표해 대회에 출전하라고 했다."

연거푸 잘못 들은 것일까? 관원들을 둘러본다. 웬일인지 모두 고개를 돌려 시선을 피한다. 잘못 들은 것이 아니다.

잠시 생각하던 무한은 보자기를 묶어서 박영에게 내밀었다.

"무슨 뜻이냐?"

"그럴 수 없습니다."

웬 떡이냐 할 줄 알았던 무한이 거절의 뜻을 밝혔다. 그것은 박영을 비롯한 관원들에게 너무도 뜻밖이었다. 분노한 관원들이 벌떡 일어선다. 저마다 손가락질하며 소리쳤다.

"자존심이 상한다, 이거냐?"

"기라면 기고 하라면 하는 것이지, 네깟 것이 무슨 거절이냐!"

박위가 싸늘한 음성으로 말했다.

"형님, 그것 보십시오. 저 녀석은 대회에 나갈 자신이 없는 것입니다."

"그만들 하고 다들 앉아라."

"형님!"

"앉아, 이 자식들아!"

박영이 도끼눈을 떠 관원들을 주저앉힌다. 숨을 돌린 박영이 무한에게 이유를 물었다.

"왜 못하겠다는 것이냐?"

"제가 출전하면 청룡무관의 두 조손이 가만있지 않을 것입니다. 양반이 아닌 자를 관원으로 들였다는 구실로 어떻게든 청학무관에 박해를 가할 것입니다."

"내가 그 정도도 생각지 못했을 것 같으냐? 그런 건 상관 말고 출전해라. 그 정도는 조부께서 충분히 막아내실 것이다."

무한이 눈을 감고 생각에 잠기자 박위가 고래고래 소리쳤다.

"이 자식아, 뭘 고민해! 무조건 나가! 나가서 조산 그 개자식을 눌러라! 사람들이 보는 앞에서 아주 철저히 짓밟아서 연향이의 복수를 하란 말이다!"

무한은 연향이란 이름이 나오자 눈을 번쩍 떴다.

第八章
광풍(狂風)

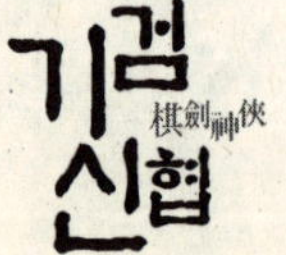

광풍(狂風) 1

길게 늘어진 그림자가 희미해지더니 이윽고 사라졌다. 무한은 다 늦어서 마사로 향했다. 벌써 해가 기울어진 지 오래라 어둑어둑하다.

히히힝!

쿵쿵!

신풍은 아침에 보았을 때보다 더욱 화가 나 있었다. 무한을 보더니 더욱 흥분해서 날뛴다. 콧김을 뿜어대는 것도 모자라 연신 마사 벽을 들이받았다.

한양무관에 도착한 사흘 전부터 물도 입에 대지 않았다는 말을 들었는데, 사흘 굶은 녀석이 맞나 싶을 정도로 힘이 넘친다.

내일은 시간이 없다.

"오늘 밤 안으로 네 녀석을 굴복시키든 내가 포기하든 결판을 내야겠다!"

최상의 방법은 조금씩 친해지면서 접근하는 것이다. 하지만 시간이 없는 만큼 정면 승부밖에는 도리가 없었다.

고삐는 걸려 있지만 안장은 없는 상태였다. 무한은 등에 올릴 안장과 올라타면 말과 자신을 이어줄 튼튼한 노끈까지 준비해 놓고 있었다.

결심을 굳힌 무한이 문에 바짝 다가섰다. 벽을 치받던 신풍이 무한이 다가오자 들이받으려고 달려들었다. 그 틈에 날쌔게 고삐를 잡아챘다. 놓칠 것을 염려해 손에 한 바퀴 빙글 틀어쥐었다.

고삐를 잡아당기자 신풍이 고개를 좌우로 흔들어대며 몸부림친다. 힘으로 버티며 호기 좋게 마사 문을 열어젖혔다.

삐걱!

문이 열리자마자 녀석이 기다렸다는 듯 튀어나왔다.

"헉!"

안장을 얹으려고 곁에 준비해 두고 있었는데, 손써볼 틈도 없이 주르륵 끌려갔다. 버텨보려고 했지만 역부족이었다. 신풍의 거대한 체구에서 뿜어지는 힘은 가히 폭발적이었다.

고삐 감긴 손목이 끊어질 것 같았다. 버티는 것을 포기하고 말이 달리는 방향으로 같이 뛰었다.

히히힝!

신풍이 광분에 찬 소리를 지르며 속도를 높였다. 무한이 죽어라 발을 놀렸지만 말의 속도를 따라잡기는 불가능했다. 급기야 균형을 잃고 넘어져 버렸다.

"큭!"

팔이 떨어지는 고통에 절로 신음이 터진다. 녀석과 연결된 고삐 때문에 질질 끌려가기 시작했다. 코앞에서 머리통만 한 발이 오락가락해 정신이 하나도 없었다.

'이건 실수다! 녀석을 너무 쉽게 봤어!'

고삐를 놓았는데 풀리지 않는다. 놓칠까 봐 한번 휘감아 쥔 것이 화근이었다.

절체절명의 위기다.

무한을 매단 신풍은 순식간에 마사를 빠져나왔다. 마사 주변에서 한바탕 소란을 피운 후, 건물 사이의 좁은 골목을 빠져나왔다. 한숨 돌리나 싶었더니 부질없이 품은 희망이었던 듯싶다. 설상가상이다. 너른 격구 경기장이 눈앞에 펼쳐졌다.

신풍의 분탕질에 놀란 사람들이 몰려나왔다.

사위가 어둠에 잠겨 사물을 제대로 분간할 수가 없던 사람들은 말이 마사를 뛰쳐나와 난동을 피우는 것이겠거니 짐작했다. 설마 미친 듯이 날뛰는 말에 사람이 매달려 있을 것이라고는 꿈에도 생각지 못하고 있었다.

눈 깜짝할 사이에 경기장 끝에 다다랐다. 경황 중에 생각해
봐도 놀라운 놈이다.

끌려 다니길 얼마쯤, 거의 절망에 빠져 있던 무한은 전방이
유난이 어둡다고 생각했다. 문득 한 가지 생각이 뇌리를 스친
다.

'저건 외벽이다!'

들어올 때 보았던 정문부터 시작해 무관 전체를 둘러싸고
있던 외벽임에 틀림없었다. 떠올려 보니 높이가 대략 일 장에
가까웠던 것이 기억난다.

이건 기회였다. 앞만 보고 달리던 녀석이었지만, 장애물을
만났으니 곧 멈춰 서든지 방향을 틀 것이 분명했다.

둘 중 어떤 것을 선택하더라도 속도가 느려질 것은 자명한
사실. 다시 올까 말까 한 기회다. 놓치면 목숨까지도 장담할
수 없다.

손에 땀을 쥐었다. 가까워지는 시커먼 담벼락을 직시하며
몸을 둥글게 말았다.

이윽고, 미쳐 날뛰던 녀석이 벽을 발견했는지 주춤 속도를
늦춘다. 앞서 달리던 속도 때문에 몸이 앞으로 기우뚱 쏠린
다.

'이때다!'

한껏 수축시켰던 근육을 폭발시키듯 이완시켰다.

파팟!

바닥에 쓸렸던 몸이 비명을 지른다. 지독한 고통이 오히려 정신을 바짝 차리는 계기가 되었다.

말 등에 간신히 올라탔다. 등에 엉덩이가 닿자마자 갈기를 움켜쥐고 납작 엎드렸다. 다행스럽게도 목 뒤에 솟은 갈기는 숱이 풍성한데다 잡기에 편한 위치였다.

히히힝! 히히힝!

녀석이 발버둥을 친다. 제자리에서 펄쩍펄쩍 뛰며 몸을 비정상적으로 비틀어댄다.

"놈, 어림없다!"

이를 악물고 버텼다. 철거머리같이 들러붙은 무한은 요지부동이다. 녀석이 광분하면 할수록 갈기를 쥐어뜯을 것처럼 움켜쥐었다. 일각이 천추(千秋)와 같이 더디게 흘렀다.

이제 소란에 놀라 모여든 사람이 백여 명을 헤아린다.

들려오는 소리만으로도 말이 얼마나 심하게 날뛰는지 짐작이 간다. 그 때문에 사람들은 구경만 할 뿐, 아무도 접근하려 들지 않았다.

"……!"

어느 순간 신풍이 모든 동작을 멈춘다. 거짓말 같은 일이었다. 무한은 지금까지 경험을 비추어 녀석을 길들이는 데 성공했다고 생각했다. 몸을 곧추세우고 갈기를 느슨하게 쥔 찰나,

지이익! 지이익!

섣부른 판단임을 경고하는 기분 나쁜 소리가 들려왔다.

말 뒤쪽에서 나는 소리에 돌아보았다. 보이지는 않았지만 녀석이 뒷발로 땅을 구르고 있다는 걸 짐작하는 건 어렵지 않았다. 또 무슨 짓을 하려는 것인가.

좋지 않은 생각이 번쩍 스친다. 설마하는 심정으로 정면으로 고개를 돌렸다. 때마침 구름에 가려졌던 달이 고개를 내민다. 그와 함께 정면에 위치한 담벼락이 모습을 드러냈다. 등골이 서늘해져 온다.

"그만둬!"

히히힝!

녀석은 무한의 경고를 비웃기라도 하듯 벽을 향해 쏘아져 나갔다. 백 근을 상회하는 무한을 고삐에 매달고도 엄청난 속도로 내달리던 녀석이다. 아무런 방해를 받지 않고 달리기 시작하니 숫제 난다. 신풍이다. 귀신이 일으킨 바람이었다.

눈 깜짝할 순간에 담이 부딪칠 듯 코앞으로 들이닥쳤다.

뛰어내리려던 무한은 마음을 고쳐먹고 갈기를 힘껏 틀어쥐고 눈을 질끈 감았다.

"어어! 사람이 탔다!"

"아! 사람이 있다!"

붕 뜨는 느낌이 들었다. 사람들이 질러대는 탄성이 귓불을 스치고 사라진다.

오휘명은 말이 난동을 피운다기에 설마 싶어 직접 마사로 달려갔다. 신풍이 있어야 할 마사가 텅 비었다. 혼비백산한 오휘명은 체면을 따질 계제도 없이 헐레벌떡 달려왔다.

"헉!"

격구장으로 달려오던 오휘명은 헛바람을 집어삼키며 멈춰 섰다.

누군가를 태운 신풍이 날개라도 돋친 듯 날고 있었다. 감탄할 틈도 없이 담을 훌쩍 넘어 사라져 버린다.

무한은 담을 넘은 후에야 눈을 떴다. 돌아보니 시커먼 담벼락이 삼십 장이나 뒤에 있었다. 놈이 기어이 일 장에 이르는 무관 외벽을 넘어버린 것이다.

휘이잉!

신풍이 떠난 자리에 한줄기 바람이 불어와 마른 먼지를 피워 올린다.

"쫓아! 쫓아라!"

오휘명이 부랴부랴 추적을 지시했다. 얼마 후, 무관 밖으로 수십 기의 말이 쏟아져 나왔다. 하지만 반 시진 만에 돌아온 이들은 하나같이 고개를 떨어뜨리고 있었다.

신풍에 비하면 제법 준마라 불리는 말도 당나귀 수준에 불과하다. 밤인데다 보통의 말로 신풍을 추적한다는 것 자체가 어불성설이었다.

"당장 마노(馬老)를 불러라!"

창백하게 질린 얼굴로 꿇어 엎드린 마사지기를 추궁했다.

"이게 어찌 된 일이냐! 대체 말을 어찌 관리했기에 이 밤중에 도적이 들어 말을 훔쳐 달아났느냔 말이다!"

"그, 그게 도적이 아니라……."

노인의 입에서 청학무관의 일꾼이라는 말이 나왔다. 도적이 아니라 무한이라는 아이란다.

오휘명은 버선발로 박환을 찾아가 경위를 물었다.

"무한이라는 아이가 누굽니까? 누군데 말을……."

이야기를 전해 들은 박환은 당황하는 빛 하나 없다. 당황은 커녕 그저 웃는 낯으로 말한다.

"허허, 오 관주, 믿고 기다리시오. 반드시 돌아올 터이니."

"박 관주님, 듣자니 무관의 일꾼이라던데, 대체 뭘 믿고 그리 말씀하시는 것입니까?"

"허허, 진정하시오. 그 아이는 겨우 말 한 마리 훔쳐서 달아날 녀석이 아니외다."

겨우 말 한 마리라니! 오휘명이 입에 거품을 물고 사태의 심각성을 알렸다.

"한혈보마입니다! 천하에 다시없는 명마란 말입니다. 뿐입니까? 장차 나라의 지존(至尊)이 되실 세자 저하의 말이란 말입니다. 겨우 말 한 마리일 수는 없지 않습니까?"

평소 존경하던 박환이었건만 오휘명은 전에 없이 흥분하여 언성까지 높였다. 하지만 열변을 토한 것이 무색하게 박환은 여전히 차분했다. 심각한 구석이라고는 약에 쓸려도 없었다.

"허허, 만약 문제가 생긴다면 제가 모든 책임을 지겠소."

"어찌 책임을 지시겠다는 것입니까?"

책임 추궁에도 오히려 너털웃음이다.

"허허, 무관을 팔아서라도 말 값을 변상하겠으니 심려 마시오."

오휘명은 박환의 호언장담에 근심을 누그러뜨리고 돌아갔다.

홀로 남은 박환은 창가에 섰다. 신선한 공기에 정신이 맑아진다. 소동이 있기 전 박영이 찾아와 무한을 경기에 참가시키고 싶다는 뜻을 전했다. 관원들 모두가 뜻을 같이했다는 말과 함께.

물론 흔쾌히 승낙했다.

무관 밖 어둠을 응시하며 조용히 중얼거렸다.

"무한아, 오관지회에서 네가 날개를 펴는 모습을 속히 보고 싶구나."

박환은 무한이 돌아올 것이라는 것을 믿어 의심치 않았다. 다만 그가 염려하는 것은 혹여 말을 길들이는 데 시간을 지체해 대회에 참가하지 못할까 하는 것이었다.

무한을 떠올리며 희미한 미소를 짓고 있던 박환이 갑자기 표정을 일그러뜨렸다.

"자네가 여긴 웬일인가?"

방에 들어선 조영규가 겸연쩍은 표정을 지으며 좌정했다.

"실례했군. 문이 열려 있기에 말없이 들어왔네. 무례한 객에게 차 한잔 주려나?"

"예의를 말하는 것이 아니야. 용건만 말하게."

조영규의 표정이 싸늘히 굳어진다.

"자네는 항상 나를 무시하는군. 끝까지 등을 보이고 말할 텐가?"

박환이 그제야 천천히 돌아섰다.

"얼굴을 대하고 싶지 않도록 만든 사람은 내가 아니라 자넬세. 내가 자네보다 전하께 총애받는다 하여 질투한 것도 자네고, 정계를 떠나서도……."

한소리 하려던 조영규가 웬일로 참는다.

"자네 손녀의 일을 말하는 것이라면 할 말이 없네."

연향 애기가 나오자 박환의 언성이 더욱 높아졌다.

"죄없는 아이에게까지 꼭 그래야만 했나? 앙숙이기는 했어도 자네를 친구로 여겨왔거늘!"

"모르겠나? 그 아이를 손부로 들이고 싶은 욕심 때문이었다는 것을?"

조영규의 이기적인 모습이 박환은 보기 드물게 흥분했다.

"연분은 사람이 정해주는 것이 아니라 천분일세! 인연이 아니라는데 기어이 욕심을 내서 그 아이 인생을 망가뜨리다니! 그러고도 자네가 사람인가!"

박환의 호통에도 조영규는 미소를 잃지 않았다.

"휴, 지난 일을 얘기해서 뭘 하겠나. 이제 우리 그만 하세."

"무슨 뜻인가?"

"악연을 예서 정리하자는 말일세."

"이미 이리 된 마당인데 그게 정리한다고 되는 문제던가?"

"세자 저하의 말에 대한 건이라면 내 자네에게 도움을 줄 수도 있네. 관원 전체를 풀겠네. 그도 안 되면 내 모든 인맥을 동원해서라도 녀석을 잡아들임세. 어떤가?"

"내게 원하는 것이 뭔가?"

"아직 늦지 않았네. 지금이라도 자네가 마음을 돌려먹고 연향을 내놓겠다면 난 기꺼이 손부로 맞아들일 용의가 있네."

능구렁이 같은 자가 참고 또 참는다 싶더니, 결국 이것이었던가?

박환이 입에서 불을 뿜었다.

"썩 꺼져라!"

조영규가 어리둥절한 표정으로 묻는다.

"자네, 지금 뭐라고 했나?"

"당장 내 방에서 꺼져!"

그제야 제대로 알아들은 조영규가 이를 부드득 갈아붙인다.

"박환! 내 이 수모는 반드시 갚겠다!"

동녘으로 향한 창문이 서서히 밝아온다. 밤잠을 설친 청학무관 관원들은 해가 미처 뜨기도 전에 박영의 방으로 속속 모여들었다.

시커먼 사내들이 침묵 속에 앉아 있는데, 소식을 알아보러 나갔던 권필이 돌아왔다. 썩 좋지 않은 안색이었다.

박영이 혹시나 하고 묻는다.

"어찌 됐느냐?"

권필이 힘없이 털썩 주저앉았다.

"아직 돌아오지 않았습니다. 다 틀린 것 같습니다."

박위가 이를 앙당그리며 떨었다.

"이익! 비겁한 자식! 이렇게 도망쳐 버릴 줄이야!"

"아직 속단하기에는 이르다. 너희들도 마사지기 노인의 말을 듣지 않았느냐?"

"저 또한 형님 말씀대로 도망친 것이 아니었으면 좋겠습니다. 녀석이 개회(開會) 시간까지 돌아오는 건 바라지도 않습니다. 어쨌든 돌아오기만이라도 한다면 녀석에게 절이라도 하고 싶은 심정이니까요."

박위의 말은 진심이었다. 오관지회에서 우승을 하지 못하는 건 작은 일이다. 설사 최하위를 차지한다고 해도 일순간 굴욕을 참으면 그만이었다.

하지만 무한이 영영 돌아오지 않는다면 그것은 정말 큰일이다. 그 자체로 재앙이다.

청학무관 관원들이 속을 태우며 초조한 시간을 보내고 있을 때, 청룡무관 관원들은 희색이 만면했다.

조영규와 조산은 마주 앉아 그에 대한 얘기를 하고 있었다.

"연향 그 아이는 이제 그만 포기해라."

조산이 입맛을 다시며 대답했다.

"예, 조부님."

"이제 박환은 끝이다. 감히 내 제안을 거절하다니! 세자 저하께서 오실 시간이 얼마나 남았더냐?"

한 시진 만에 벌써 열 번째 같은 질문이다. 지겨울 법도 한데 조산은 전혀 그렇지 않은가 보다. 얼른 창가로 달려가 해의 높이를 본다.

"정오가 되려면 이제 반 시진 정도 남았습니다. 개회 시간에 맞춰 오셔서 개회사(開會辭)를 하기로 하셨으니 늦어도 그 안에는 오실 것입니다."

"박환, 지금쯤 똥줄이 타겠지."

"어찌 아니 그렇겠습니까. 저하께서 도착하시면 대체 어떤 표정을 지으실지 벌써부터 기대가 됩니다."

조영규가 돌연 정색을 한다.

"산아, 오늘은 너의 날이 될 것이다. 그러려면 조그마한 실수도 없어야 할 것이다."

조산이 주먹을 불끈 쥐고 상기된 얼굴로 다짐한다.

"소손, 최선을 다해 기필코 조부님 기대에 부응할 것입니다."

조영규가 손자의 어깨를 두드리며 흡족한 미소를 짓는다.

"너만 믿는다."

두 조손이 시간 가는 줄도 모르고 시시덕거리고 있을 때, 드디어 세자가 무관 근처에 이르렀다는 소식이 전해졌다.

저기 멀리서부터 무관 앞까지 길옆으로 사람들이 겹겹이 늘어섰다.

다섯 명의 관주와 무관지회 참석차 방문한 고관들은 세자를 영접하기 위해 무관 앞에 모여 있었다. 생긴 것도 제각각이지만 하고 있는 표정도 각양각색이다.

오휘명은 별로 덥지도 않은데 혼자서 비지땀을 흘린다. 굉장히 초조한 모습이다. 그보다는 덜했지만 비천무관의 사익기와 일품무관의 이환인도 수심에 차 있기는 마찬가지였다.

다만 가장 압박을 느끼고 있을 박환은 무슨 생각을 하는지 표정이 없었고, 조영규는 터지려는 웃음을 간신히 참는 모습이었다.

멀리서 목청껏 외치는 소리가 들린다.

"세자 마마 납시오!"

그 소리에 맞춰 열 지어 섰던 사람들이 우수수 허물어지듯 꿇어 엎드린다.

"따각! 따각!

정적 속에 규칙적인 말발굽 소리만 들린다. 얼마 후, 정문 앞에 이르러 소리가 멈춘다. 관주들과 신료들이 일제히 외친다.

"세자 저하를 뵈옵니다!"

일반 사대부 차림의 세자가 말에서 내리며 말했다.

"일어들 나시오."

상석에 앉아 차를 마시던 세자가 오휘명의 파랗게 질린 안색을 보고 묻는다.

"어째, 오 대감의 안색이 썩 좋지 않구려. 어디 아프신 게요?"

"저, 그게, 저기, 그것이……."

"허허, 이제 식은땀까지. 대회를 주관해야 할 분이 아프니 큰일이 아니오?"

"그, 그게……."

오휘명이 차마 입을 열지 못하고 있는데, 조영규가 불쑥 끼어들었다.

"저하, 사실은 어제 한양무관에 큰일이 있었사옵니다."

"이, 이런, 조 관주!"

"허허! 오 관주, 곧 밝혀질 일이오. 또한 이게 어디 숨겨서 될 일이랍니까!"

조영규가 한소리 호통으로 오휘명을 물리치고 신풍에 대한 일을 낱낱이 고했다. 물론 조영규의 입에서 나온 말은 실제 사실과는 너무나도 거리가 멀었다.

신풍을 도둑맞았다는 소리에 세자의 안색이 딱딱하게 굳어졌다. 조영규가 익히 짐작한 반응이었다.

세자 양녕. 세인들은 그를 가리켜 삼광세자(三狂世子)라 했다. 삼광이라 함은 세 가지에 미쳤다는 뜻이니, 매와 말과 바둑이 그것이었다.

오죽하면 임금에게 진상된 매를 중간에 빼돌릴 정도였을까. 매에 대한 각별한 애정과 더불어 말과 바둑에 대한 사랑도 그에 못지않았다.

신풍을 얻게 된 것도 사연이 있었다.

조선 초기의 대외 정책은 명나라와 화친하고, 명나라에 밀려 북쪽으로 쫓겨난 북원(北元)과는 등을 돌리는, 일명 친명배원(親明排元)책이었다. 그런데 쇠락의 길을 걷고 있는 원나라에서 명마(名馬)라 불리기에 손색없는 말을 수십 필이나 보내왔다.

저들의 그 속이 훤히 들여다보였다. 세자가 말을 지극히 아끼는 것을 알고 환심을 사기 위해 나름 머리를 쓴 것이다. 쉽게 얘기해 다음 보위를 이을 세자에게 일종의 뇌물을 먹인 셈이었다.

그것을 모를 리 없는 왕은 즉각 말들을 되돌려 보낼 것을 명했다. 세자는 눈물을 머금고 말들을 돌려보냈는데, 그 와중에 말 한 마리를 빼돌렸다. 그 말이 바로 신풍이었다. 말에 광적으로 집착하는 세자라 명마 중에서도 단연 으뜸인 신풍을 차마 보내지 못했던 것이다.

그런 보물이 사라졌으니 세자의 심정이 오죽할까.

세자의 으스스한 음성이 낮게 깔렸다.

"신풍을 도둑맞았다? 그것도 박환 대감과 함께 온 자에게?"

"저하, 통탄스럽게도 사실이옵니다."

조영규가 자못 비통한 어조로 말했다.

"박환 대감, 그대가 한번 말씀해 보시오. 그게 정말 사실이오?"

세자를 포함한 모든 사람의 시선이 박환에게 몰린다. 질식할 것 같은 분위기. 그런데 박환은 도리어 웃는다. 눈물을 흘려도 부족할 판에 웃음이라니?

"저하, 경하드리옵니다."

박환의 뜬금없는 경하 타령에 조영규는 물론 좌중이 모두 어리둥절한 표정을 지었다.

"말을 잃은 나에게 경하라니? 지금 나를 놀리는 거요?"

"감히 저하를 놀리다니요? 당치 않습니다. 마땅히 경하를 드릴 만하기에 한 것입니다."

세자는 박환의 너무도 태연한 모습에 분노를 조금 누그러뜨렸다.

"나도 모르는 사이에 어떤 축하받을 만한 일이 있었는지 말해주시겠소?"

"사실 저하의 말은 도둑맞은 것이 아닙니다. 저하의 말을 타고 나간 아이는 올해 열일곱 살의 무한이라는 아인데, 소신의 무관에서 말을 가장 잘 다루는 아이입니다."

"호오, 그 나이에 말을 가장 잘 다룬다?"

"그렇습니다. 재주가 뛰어날 뿐 아니라 가진 품성 또한 선한 아이입니다. 결코 남의 말이나 훔쳐 달아날 아이가 아닙니다. 오늘 중으로 길 잘든 신마(神馬)를 저하 앞에 몰고 올 것이니 심려치 마십시오."

"과연 대감의 말대로라면 경하받을 만한 일이구려. 누구도 길들이지 못했던 녀석을 순한 놈으로 만들어온다면 까짓 하루 이틀 기다리지 못할까?"

끼어들 기회를 찾기 못하던 사익기가 얼른 나선다.

"그렇습니다, 저하. 박 관주가 절대 실언할 사람이 아닌 것은 저하도 아실 것이옵니다. 하오니 안심하고 기다리십시오."

"좋소이다. 내 두 분의 말씀을 믿고 내일까지 기다리도록 하겠소."

자신의 뜻대로 돌아가지 않자 조영규의 얼굴이 붉으락푸

르락해진다.

"저하, 박환 저 친구는 당장의 위기를 모면하기 위해 거짓을 말하고 있습니다. 오지 않을 녀석을 기다리는 것은 멀리 도망칠 시간을 주는 것밖에는 안 될 것이옵니다. 속히 사람을 풀어 수색케 하시옵소서."

조영규의 말에 세자는 고개를 젓는다.

"물론 조 대감의 말씀이 옳을 수도 있소. 하지만 나는 기다리겠소."

"저하, 어찌 그런 결정을……?"

"신풍은 하루에 천 리를 달리고도 남을 명마. 만약 무한이라는 아이가 말을 훔쳐 달아난 것이라면 지금쯤 천 리 밖에 있을 것이오. 이제 내 말 뜻을 아시겠소?"

어차피 이제 와서 급하게 수색해 봐야 소용없다는 뜻이다. 조영규는 아무리 생각해도 세자의 말이 옳은지라 딱히 반박할 말을 찾지 못했다.

"흐흠, 저하의 뜻이 그러시다면……."

자신의 뜻을 관철시키는 데 실패한 조영규가 박환을 노려보았다. 당장 죽이지 못해 안달하는 눈빛이다. 마침 박환의 무심한 시선도 그를 향한다.

'박환, 오늘까지만 기다려 주지. 어차피 자넨 내일 끝났어.'

'허허, 마음대로 하시게.'

조영규와 박환이 눈빛으로 뜻을 전하고 있을 때, 한숨 돌린 오휘명이 진땀을 닦으며 세자에게 말했다.

"저하, 사람들이 기다리고 있습니다. 속히 나가셔서 대회를 여시옵소서."

3

갈기를 부여잡은 손에 감각이 없다. 신풍이 아니라 광풍이라더니, 녀석은 완전히 미친바람이 되어버렸다. 달리고 달리고 또 달렸다.

녀석의 질주는 밤새도록 계속됐다. 길고 긴 밤이 지나고 해가 떠올랐다. 떠오르는 쪽이 왼쪽인 것을 보니 밤새 남쪽으로 달려온 모양이다.

대체 어디로 얼마나 온 걸까.

죽을 지경이었다. 신풍에 오르기 전 끌려 다닌데다가 안장도 없이 밤새 말을 달린 터라 전신이 아프지 않은 곳이 없었다. 게다가 녀석은 기수에 대한 배려는 눈곱만큼도 없었다. 배려는커녕 떨어뜨리지 못해 안달인 녀석이라 일부러 난폭하게 달렸다.

'이놈은 길들여지지 않는, 아니, 길들일 수 없는 야생마다.'

그만 포기하고 싶었다. 마음이 약해지려는데 그때,

푸후후! 후우우우!

놈의 거친 숨소리가 귓전을 때린다.

'네놈도 지쳤구나.'

천하에 보기 드문 명마가 겨우 하룻밤 달린 것으로 지치랴만, 녀석이 사흘 내내 물도 마시지 않은 상태였다는 것을 감안하면 이상하지 않은 일도 아니었다.

꺼져 가던 희망에 새로운 불씨가 돋는다.

'조금만, 조금만 더 버티자.'

마음을 다지고 얼마나 지났을까. 갑자기 말 등에 닿은 가슴어림이 뜨듯해진다. 깜짝 놀라 허리를 세웠다. 가슴팍이 온통 붉게 물들어 있었다. 질겁해서 가슴을 더듬었다. 뻐근했다. 하지만 그뿐, 피를 흘릴 만한 상처는 없었다.

갑자기 한 가지 생각이 떠올랐다. 손바닥으로 신풍의 목 언저리를 쓸었다. 붉은 피가 흥건히 묻어난다. 붉은 땀이다. 말로만 듣던 한혈(汗血)이었다.

운무가 자욱한 소나무 숲으로 접어들었다. 가시거리가 채 오십 장도 되지 않는다.

철썩, 처얼썩!

파도 소리, 찝찌름한 바다 냄새. 이건 바다다! 거친 파도가 절벽에 부딪치면서 나는 사나운 파도 소리가 마음을 심란케 했다. 소리가 점점 가까워진다 싶더니 사방으로 늘어섰던 소나무 숲이 사라지고 앞을 가렸던 운무도 한순간에 걷혔다.

쏴아아!

눈앞에 탁 트인 푸른 바다가 펼쳐졌다.

바다가 수평이 아니라 저 아래에 있다. 가슴이 철렁 내려앉았다. 앞은 절벽이다. 낭떠러지다.

신풍은 아무것도 모르는 것일까. 녀석은 죽을 줄도 모르고 계속 달린다.

무한은 짧은 순간 수를 짚었다. 이대로는 죽는다. 살길은 뛰어내리는 것뿐.

'정말 그럴까?

무한은 생각을 달리했다. 혹시 녀석이 목숨을 담보로 자신에게 내기를 걸고 있는 것이라면?

그랬다. 녀석은 그만 등에서 떨어져 나가라고 강요하고 있는 것이다. 녀석이 강수를 두고 있는 것이다.

무한은 과감히 선택했다. 녀석의 강수에 초강수로 맞서기로.

무한은 내심 소리치며 갈기를 세차게 거머쥐었다. 녀석은 절벽이 코앞인데도 속도를 줄이지 않았다.

으드득!

무한이 이를 갈며 오기에 찬 소리를 질렀다.

"어디, 네놈 마음대로 해봐라!"

오 장, 사, 삼……!

진짜 코앞이다. 수를 잘못 읽었다.

이런 속도라면 지금 당장 멈춘다 해도 추락을 면키 힘들다. 녀석은 내기를 건 것이 아니라 애초에 이곳이 절벽인지조차 모르고 있었단 말인가?

검술전이 열리는 연무장은 입추의 여지가 없었다.

연무장 한쪽이 술렁인다 싶더니 연무장을 메웠던 인파가 좌우로 갈라진다. 한양무관과 비천무관이 겨루는 세 번째 경기를 지켜보고 있던 박환과 조영규가 벌떡 일어났다. 대회 시작 이후 줄곧 바둑 예선전을 관전하던 세자가 호위를 거느리고 오고 있었다.

조영규가 세자를 맞으며 상석을 권했다.

"저하, 이리로 자리하시지요."

"바둑도 몇 판 보다 보니 갑갑하구려. 바람을 쏘일 겸 해서 나왔소."

박환이 웃으며 말했다.

"잘 오셨습니다. 저하의 수가 워낙 높으시니 아이들의 바둑에 흥이 나지 않는 것이 당연하지요."

마침 세 번째 경기가 마무리되고 경기 진행을 맡은 한양무관 검술 사범 이천호가 단 위로 올라왔다.

"다음 경기는 청학무관과 청룡무관의 대결이오. 속히 출전자 명단을 제출하시오."

조산과 박영이 단 위로 올라와 이천호에게 이름이 적힌 쪽지를 제출하고 내려갔다.

"청학무관의 구희명과 청룡무관 마형인의 대결입니다."

세자가 모습을 보이고부터 청학무관 진영은 긴장에 휩싸였다.

청학무관은 삼전 중 두 경기가 청룡무관, 나머지 한 경기는 일품무관과의 대전이었다. 하필 셋 중 둘이 막강한 청룡무관이라니, 청학무관 입장에서는 엎친 데 덮친 격이었다.

모두가 숨죽여 지켜보는 가운데 경기가 시작되었다.

딱딱딱―!

청룡무관의 마형인은 구희명의 목검에 밀려 뒷걸음치기에 바쁘다. 세자가 슬쩍 박환과 조영규의 표정을 보니 박환의 표정은 썩 밝지 않은 반면 조영규는 미소가 떠나지 않았다.

의아함을 느낀 세가가 조영규에게 물었다.

"내 보기에 청학무관의 아이가 이길 것 같은데 조 대감은 어찌 웃고 계시오?"

"허허, 그리 보셨습니까?"

"음, 그게 아니란 말씀이시오? 내 보기에는 구희명이라는 저 친구가 금방이라도 이길 것 같은데?"

"그건 그렇지가 않습니다. 박환, 어떤가? 자네가 저하의 궁금증을 풀어주려나?"

박환이 쓴웃음을 지으며 말했다.

"저하, 저 싸움의 승패는 눈에 보이는 것과는 정반대로 나

타날 것입니다. 구희명은 긴장한 나머지 초반에 너무나 많은
힘을 소진하고 있습니다. 공격이 성공하면 모르겠으되 번번
이 막히고 있으니.”

　세자는 박환의 설명을 들으며 둘의 표정을 살폈다. 과연 구
희명은 공격하면서도 초조해 보였고, 마형인은 공격보다 수
비의 횟수가 많은데도 오히려 여유가 있어 보였다.

　“그렇구려. 구희명이라는 젊은이가 한 수 딸리는군요.”

　박환이 고개를 젓는다.

　“실력은 비슷합니다.”

　“……?”

　“마음가짐의 차이입니다. 여유가 있고 없고의 차이지요.”

　그 차이는 나 아니면 안 된다는 생각으로 경기에 나선 구희
명과 자신이 아니어도 뒤를 받쳐 줄 사람이 있다는 여유를 가
진 마형인의 차이였다.

　“마음가짐만으로 승패가 좌우된단 말씀이시오?”

　“그렇습니다. 성급함은 시야를 좁힙니다. 시야가 좁아지면
허둥대게 되고 쓸데없이 동작만 커지게 되지요. 체력이 쉬이
고갈되는 것도 그 때문입니다.”

　박환의 분석은 정확했다. 얼마 안 있어 구희명은 제풀에 지
쳐 파탄을 드러냈다.

　조영규가 피식 웃으며 말했다.

　“후훗, 그렇게 잘 알면서 제자들은 왜 저리 가르쳤나?”

구희명이 숨 쉬는 소리가 세자의 귀에까지 들릴 정도로 거칠어졌다. 지친 구희명의 공세가 뜸해진 순간 수세에 치중했던 마형인은 대번에 공세로 전환했다.

휙휙!

퍽! 퍽!

“크윽!”

어깨를 연달아 강타당한 구희명이 신음을 삼키고 주춤 물러선다. 마형인은 쉴 틈을 주지 않고 그림자처럼 따라붙어 목검을 내친다.

퍽! 퍽!

둔탁한 타격 소리와 함께 옆구리를 훑어간다. 이번에는 방향을 돌려 구희명의 오른팔을 연달아 후려친다.

“아악!”

처절한 비명이 터진다. 목검은 이미 손에서 빠져나와 바닥을 구르고 있었다. 패색이 짙다. 아니, 이미 그것으로 패했다. 하지만 마형인은 그렇게 생각하지 않았던 모양이다. 마형인의 입가에 비릿한 웃음이 섞인다 싶더니,

빠각!

“어흑!”

김빠진 소리와 함께 구희명의 이마에서 선혈이 터졌다. 그러더니 그대로 기절해 쓰러졌다.

박환이 팔걸이를 으스러져라 움켜쥔다. 반면 조영규는 희

희낙락한 얼굴로 세자에게 말했다.

"저하, 어찌 보셨는지요?"

"역시 조 대감의 제자들이 두각을 나타내는구려. 다만 이번에는 약간 과했던 듯한데?"

"허허, 일부로야 그랬겠사옵니까? 싸움에 몰입하다 보면 종종 있는 일이옵니다."

세자가 이해한다는 듯 끄덕인다.

그사이 의원이 올라가 기절한 구희명의 응급처치를 마쳤다. 박영이 부축해 내려가자 검술대전의 심판을 맡은 한양무관 검술 사범 이천호가 승자를 선언했다.

"청룡무관 마형인 승!"

관중석에서 환호가 터진다.

"와! 대단하다!"

"역시 청룡무관이다!"

"와하하! 청학무관은 청룡무관에 안 되는구나!"

관중들의 외침이 박환의 속을 후빈다.

청학무관 선수 대기석으로 돌아온 박영이 구희명의 등을 두드려 주며 위로했다.

"수고했다. 좋은 경험이 됐을 테니 두 번 다시 이런 실수를 하지 않으면 되는 것이다."

구희명은 패잔병 몰골로 관원들 앞에 고개를 들지 못했다. 환호에 답하던 마형인은 청룡무관 대기석으로 가려다 말고 청학무관 쪽으로 고개를 돌렸다. 그의 얼굴에 진득한 비웃음이 걸려 있었다.

간신히 참고 있던 박위가 그 모양을 보고 발끈했다.

"저 자식이!"

박영이 뛰쳐나가려는 박위를 붙잡는다.

"그냥 둬라."

"형님, 형님도 저 자식 하는 꼴을 보셨잖습니까! 저도 이제 더 이상은 못 참습니다!"

"휴, 제발 생각을 하고 행동해라."

"……."

박영의 질책에 박위가 부르르 떤다. 형의 말이 옳다.

지금 뛰쳐나가 저 빌어먹을 녀석의 멱살이라도 잡게 된다면 사람들의 눈에는 패자의 치졸한 짓거리로밖에 비치지 않을 것이다. 실력없는 무관이란 소리를 듣고 있는 마당인데 졸렬하게까지 보일 수는 없었다.

박위가 분노를 간신히 삭이고 있을 때, 바둑 대표로 출전했던 박운과 박한이 어기적거리며 돌아왔다. 발걸음이 천근만근인데다 안색까지 어둡다. 묻지 않아도 결과를 알 수 있었다. 박영은 맏형답게 터져 나오는 한숨을 참으며 말했다.

"수고들 했다."

"죄송합니다."

막사는 더욱더 무거운 분위기에 휩싸였다. 결과는 예상했던 것보다 더욱 참담했다.

바둑은 일차전에서 박운과 박한이 탈락한 것을 비롯해, 검술대전에서는 역시 일차전에서 이정염과 구희명이 나란히 탈락했다. 이제 바둑과 검술 모두 무한의 자리로 남겨둔 한 자리뿐이었다. 무한이 제시간에 오지 못하면 바둑은 이문열이, 검술대전은 권필이 나갈 상황이었다.

하지만 그들은 앞서 떨어진 이들보다도 실력이 더욱 떨어져 상황은 비관적이었다.

기창 부문은 지난 대회 준우승자 이문후가 사강에 진출한 것으로 위안을 삼았을 뿐, 나머지 두 명은 일차전에서 일찌감치 탈락의 쓴잔을 마셨다.

궁술도 상황은 좋지 않았다. 청룡무관 대표 세 명이 모두 팔강에 오른 가운데, 청학무관에서는 박위만이 팔강에 합류해 희망의 불씨를 간신히 살려놓고 있었다. 그 또한 청룡무관에 정지완이라는 강력한 궁사(弓師)가 있어 우승 가능성은 매우 희박했다.

답답한 가운데 한 가지 희소식이라면 격구였다. 쉽지 않은 승부를 예상했던 한양무관과 일품무관을 차례로 눌렀다. 별 기대를 하지 않았는데 일찌감치 이승을 챙겨 청룡무관과의 결승을 남겨둔 상태였다.

반면 청룡무관은 격구를 결정전에 올려놓은 것을 비롯해 전 종목에서 승승장구했다. 이대로 가면 모든 종목을 석권할

태세였다.

박영이 관원들을 독려했다.

"아직 실망하기에는 이르다. 박위가 궁술 팔강에 진출해 있지 않느냐. 격구에서 예상 밖의 선전을 펼쳤으니 내일 있을 결승에서 청룡무관을 꺾지 못할 이유가 없다."

박영이 희망을 말할 때 박위가 절망을 생각했다.

격구에서 더 이상의 이변은 없을 것이다. 다들 눈치 채지 못하고 있었지만 그는 알고 있었다. 격구 결승 진출은 이변이 아니었다. 우연은 더더욱 아니었다. 무한이 종일 냄새 나는 마구간에서 말의 몸 상태를 최고로 유지시킨 덕분에 청학무관의 말들은 타 무관의 그것들보다 힘이 넘쳤다.

하지만 지난 두 경기를 치르면서 그런 이점은 사라져 버렸다.

박위는 한숨과 함께 눈을 감았다.

'무한……. 결국 열쇠는 네 녀석이다. 제발 빨리 와다오.'

그토록 경멸해 마지않던 무한을 이토록 기다리게 될 줄이야.

第九章
반격(反擊)

반격(反擊) 1

일품무관 홍명희와 한양무관 송창기의 다섯 번째 대결이 펼쳐졌다. 박영을 비롯한 관원들의 속이 까맣게 타 들어간다. 경기가 막바지에 접어들었다. 경기를 살피던 권필이 어두운 얼굴로 말했다.

"바로 다음이 제 차례입니다."

이미 이전을 치른 청학무관은 권필만 남은 상태였다. 반면 청룡무관은 이번 판이 둘째 판이다. 권필의 상대는 아직 출전하지 않은 조산이나 지난 대회 때 사강에 들었던 도절상이 될 것이다.

권필에게는 둘 다 어찌해 볼 수 없는 강적이었다. 하지만

권필이 걱정하는 것은 단순히 상대가 강하기 때문이 아니었
다.

자신이 경기에 출전해 버리면 마지막 자리가 사라진다. 무
한이 뒤늦게 도착한다 해도 경기에 참가할 수 없게 되는 것이
다.

박영이 한숨을 참으며 말했다.

"어쩔 수 없다. 준비해라."

"알겠습니다."

그때 관중들의 환호가 들려왔다. 단 위를 보니 송창기의 목
검이 바닥을 구르고 있었다. 일품무관 홍명희의 승리였다.

"일품무관 홍명희 승!"

승자를 선언을 마친 이천호가 소리쳤다.

"청룡무관과 청학무관은 선수 명단을 제출하시오!"

올 것이 왔다.

박영이 굳은 얼굴로 일어섰다. 주머니에서 두 장의 종이를
꺼냈는데 하나는 권필의 이름이, 나머지 하나는 무한의 이름
이 적혀 있었다.

박영은 무한의 이름이 적힌 종이를 주머니에 구겨 넣고 권
필의 이름이 적힌 명단을 손에 들었다. 가슴이 납덩이를 얹은
듯 무겁다. 이제 잠시 후면 아무렇게나 구겨진 무한의 이름처
럼 청학무관의 자존심도 짓뭉개질 판이었다.

도무지 발이 떨어지지 않는다. 세자가 망연히 서 있는 박영

을 보고 말했다.

"쯧, 기권이라도 하려는 모양이구려."

무안을 당한 박환이 얼굴을 시뻘겋게 붉혔다. 아닌 게 아니라 이천호는 이미 청룡무관 대표 조산에게서 명단을 건네받아 들고 있었다.

조영규가 박환을 보며 말했다.

"수경이, 어찌 된 것인가? 온다던 녀석도 오지 않고, 저하께서 기다리고 계신 것을 뻔히 알고 있으면서도 승부를 질질 끌고만 있으니."

박환은 감내할 수 없는 듯 아예 눈을 감아버렸다.

"청학무관은 서두르시오!"

굳어진 듯 서 있던 박영은 이천호의 재촉하는 말에 고개를 들었다. 조산이 이천호 옆에 서서 비릿한 미소를 지으며 자신을 내려다보고 있었다. 떨어지지 않는 걸음을 억지로 떼어 단위로 올랐다.

"하하, 두고 보자고 하기에 잔뜩 기대하고 있었는데, 어찌 된 겁니까?"

박영은 조산의 조롱에도 아무런 대꾸를 하지 못했다. 무한을 믿고 한 말인데 이제 허언이 되어버렸지 않은가. 조산이란 녀석에게 수차례 모욕을 당하다 보니 조영규에게 당하던 조부의 심정이 절절히 느껴진다.

'조부님, 자존심을 목숨보다 중히 여기시는 당신이신데 어

찌 견뎌내신 것입니까.'

가슴 한구석이 저미듯 아파왔다.

조부가 있는 막사로 시선을 돌렸다. 조부의 얼굴은 홍시처럼 붉어져 있었다. 조영규는 그런 조부의 모습에 진득한 조롱의 시선을 보내고 있었다.

박영은 주먹을 으스러져라 쥐었다.

달려가서 조영규의 면상에 주먹을 갈기고 싶었다. 아니, 당장 코앞에 있는 녀석부터 박살 내고 싶었다. 아무리 생각해 봐도 사람을 이토록 죽이고 싶었던 적이 없다. 들끓는 살기를 간신히 억눌렀다.

"흐흠."

신음으로 분노를 삭여낸 박영이 이천호에게 명단을 건네고 돌아섰다. 박영이 돌아서고, 이천호가 접힌 명단을 펴려는 그 순간이었다.

히히힝!

저 멀리서 힘찬 말 울음소리가 울렸다.

쿵! 쿵!

죽은 듯 시들하던 박영의 심장이 미칠 듯이 요동쳤다. 흔한 말소리인데 이상하게 사람들의 시선을 끄는 마력이 있었다. 다른 사람도 박영과 다르지 않았던지 말 울음소리가 들린 방향으로 시선을 돌렸다. 하지만 소리가 울린 격구 경기장은 텅 비어 있었다.

격구장 너머를 보고 있던 박영이 눈을 치켜떴다. 흑마가 일 장에 달하는 남쪽 외벽을 훌쩍 넘어들어 오고 있었다.

세자가 소리치며 자리에서 일어섰다.

"저건 신풍이 아닌가!"

박환, 조영규, 남몰래 애를 태우고 있던 오휘명 등도 튕겨지듯 일어났다. 그제야 박환의 얼굴에 미소가 감돌고 있었다.

다그닥! 다그닥!

신풍은 지축을 흔드는 말발굽 소리를 내며 순식간에 연무장에 이르렀다.

말이 무지막지한 속도로 달려오자 사람들이 비명을 지르며 좌우로 갈라진다.

"속도를 줄여라!"

말에 탄 기수가 호통을 지르자, 말이 언제 그랬나 싶게 속도를 뚝 줄였다. 신풍의 위세에 압도당했던 사람들이 그제야 기수에게 관심을 돌렸다.

청학무관 관원들도 일제히 막사 밖으로 나와 주먹을 불끈 쥐었다.

"이놈! 드디어 왔구나!"

박위가 희열에 찬 소리를 지르며 어디론가 달려갔다.

"어디 가려고?"

권필의 물음에 박위가 살짝 돌아서며 말했다.

"출전하려면 관복이 있어야 할 거 아니냐?"

무한은 신풍에 탄 채 고개를 돌려 단 위에 선 박영을 바라보았다. 박영이 낮은 음성으로 중얼거렸다.

"무한, 네가 왔구나."

무한은 무표정한 얼굴로 고개를 끄덕였다. 박영은 그 얼굴이 그렇게 미더울 수가 없다. 진한 미소로 화답한 박영이 이천호에게 돌아섰다.

"이 사범님."

"으응? 불렀나?"

"아무래도 명단을 잘못 드린 것 같습니다. 바꿀 수 없겠습니까?"

"아직 펴보지 않았으니 상관없네. 마음대로 하게."

"감사합니다."

박영이 권필의 이름을 돌려받고, 소매 주머니에서 무한의 이름이 적힌 명단을 건네주고 내려갔다.

그러는 동안 신풍은 거만한 걸음으로 사람들 사이를 지나 세자가 머물고 있던 막사 앞에 이르렀다. 무한이 말에서 급히 뛰어내렸다.

"왔구나."

무한을 맞는 박환의 음성은 잔잔하기만 하다. 하지만 그 음성에는 무한에 대한 무한한 신뢰가 담겨 있었다. 무한은 박환의 마음을 가슴 깊이 느끼며 허리를 접었다.

"죄송합니다. 늦었습니다."

"허허, 아니다. 늦지 않았다. 그보다 인사를 올려야 할 분이 계시다."

세자가 성큼 걸어나오며 말했다.

"하하, 네가 무한이라는 아이구나."

무한은 얼른 세자 앞에 엎드렸다.

"예, 저하. 소인 무한이라 합니다."

세자가 오만하게 서 있는 신풍을 보며 감탄했다.

"정녕 저 녀석을 네가 길들인 것이냐?"

"예, 저하 그리 되었사옵니다."

세자가 무한을 친히 일으켜 세우며 말했다.

"대단한 일을 했다. 그 누구도 해내지 못한 일이거늘."

"운이 좋았사옵니다."

"운이라니? 결코 쉽지 않았을 텐데, 겸손이 과하다."

물론 쉽지 않았다. 심지어 목숨마저 잃을 위기를 몇 번이나 겪지 않았던가. 하지만 무한은 잔잔히 웃을 뿐, 녀석을 길들이기 위해 치른 노력에 대해서는 한마디 말도 하지 않았다.

세자는 그 모습에 흡족한 미소를 지었다.

굳이 말하지 않아도 무한의 몰골이 충분히 말해주고 있었다. 눈은 퀭하고 머리는 봉두난발이다. 옷은 여기저기 찢겨져 있고, 신풍의 한혈과 흙이 섞여 온몸이 피칠갑이다.

세자가 팔을 들어 신풍의 목덜미를 쓰다듬었다. 사람만 보면 짓밟지 못해 안달하던 녀석이 숫제 순한 양이 돼 있었다.

기분이 좋아진 세자가 껄껄 웃으며 말했다.

"흠, 내 녀에게 보답을 하고 싶은데……."

"당치 않사옵니다."

"하하, 사양치 말고 원하는 것이 있으면 말해보아라."

곰곰이 생각해 보던 무한이 이내 입을 열었다.

"생각해 보고 내일 말씀드리겠습니다."

"하하, 생각이 깊은 아이로구나. 이런 기회가 쉬이 오는 것이 아니니 신중히 생각하고 결정하는 것이 좋겠지. 그럼 결정을 내리면 내일 나를 찾아오도록 해라."

"예, 저하."

"그나저나 얌전해진 것은 분명한데, 지금 이 녀석을 타도 괜찮겠느냐?"

무한이 보니 세자는 말을 당장 타고 싶은 눈치다. 그런데 신풍의 광분한 모습을 잘 아는 터라 쉽게 올라타기가 꺼려지는 모양이었다.

"오늘은 잘 먹여 푹 쉬게 해주고 내일 타시는 것이 좋을 것 같습니다. 수백 리 길을 달리느라 녀석도 지쳤을 것입니다."

세자가 입맛을 다시며 고개를 끄덕였다. 오휘명이 마사지기를 시켜 신풍을 마구간에 옮기는 동안 세자가 무한에게 말에 대해 이것저것 묻고, 무한은 성심성의껏 답했다.

조영규는 똥 씹은 표정으로 세자와 무한의 하는 양을 바라보다가 억지웃음을 웃으며 세자에게 다가섰다.

“저하, 소원하던 일을 이루셨으니 경하드립니다. 험, 한데 그보다 대회 진행을……."

“이런, 내가 깜빡 잊고 있었군."

“저하, 그럼 소인은 이만 물러가겠사옵니다."

세자는 무한을 보내고 대회 속행을 지시했다. 오휘명이 이천호에게 손짓하자 모두가 착석한 가운데 이천호가 큰 소리로 명단을 발표했다.

“청룡무관 대표 도절상! 청학무관 대표 무한! 이상 둘은 속히 단 위로 오르시오!"

무한의 이름이 호명되자마자 조영규의 표정이 일그러졌다. 세자도 의아한 표정이었다.

“이보시오, 박환 대감."

“예, 저하."

“설마, 지금 불린 무한이라는 이름이 아까 그……?"

세자는 묻다 말고 입을 다물었다. 대답을 들을 것도 없이 단 위로 오르는 무한의 모습이 보였던 것이다. 어느새 너덜너덜한 옷 대신 청학무관의 관복을 입고 있었는데, 아까와는 분위기가 영판 달랐다.

무한은 단 위로 오르며 적잖은 파장을 예상했다. 조영규가 자신의 신분을 아는 이상 잠자코 넘어가지 않을 것이 분명했다.

아니나 다를까, 조영규가 벌떡 일어나 박환에게 손가락질했다.

"저게 어찌 된 일인가?"

세자 또한 무한이 반가의 자손이 아닌 줄 알았는데, 관복을 입고 단 위에 오르자 내심 궁금하던 터라 잠자코 있었다.

박환이 담담한 목소리로 말했다.

"저 아이는 무관의 대표로 나선 것일세."

"저 녀석이 청학무관의 관원이라도 된단 말인가?"

"맞네. 저 아이는 내 제자일세."

제자라는 말에 조영규는 귀를 의심했다.

"자네, 지금 뭐라 했는가?"

"내 제자라 하였네."

박환의 음성에 뒤집을 수 없는 확고한 의지가 담겼다.

"양반도 아닌 자를 제자로 들였단 말인가?"

조영규의 한마디는 커다란 파장을 불러왔다. 무한에 대해 몰라 잠자코 있던 양반들이 웅성댔다. 뿐만 아니라 조영규가 하도 크게 소리친 터라 연무장을 가득 메우고 있던 양민들도 그 소리를 듣고 웅성임이 커졌다.

무한은 예상했던 일이 벌어졌지만 막상 할 수 있는 일이 아무것도 없었다.

세자를 수행해 온 이조판서 정종운이 우려 가득한 목소리로 박환에게 물었다.

"박환 대감, 조 대감님 말씀이 사실입니까?"

박환이 뭐 숨길 일이냐는 듯 크게 끄덕였다. 이제는 관원들
도 무한을 인정한 마당에 숨길 이유가 없었다.

"사실이오. 그게 뭐가 잘못됐소?"

"허! 지금 그걸 말씀이라고 하시는 겁니까?"

"다른 무관은 어떤지 몰라도 본 청학무관은 양반만 가려
받는다는 규정이 없소. 또한 오관지회는 다섯 무관의 관원이
면 누구나 참가할 수 있는 바! 무엇이 잘못됐단 말이오?"

조영규가 버럭 소리쳤다.

"억지다!"

"무엇이 억지라는 말인가?"

"양반만 가려 받으라는 규정이 없는 것이 어찌 상것을 받
아도 되는 근거가 되는가? 너무도 당연한 것이기에 명문화하
지 않은 것이지 결코 상것을 받아도 된다는 것이 아니야!"

조영규의 말에 곁에 있던 자들이 끄덕여 동의했다.

"저번에도 말했듯이 무한은 천민이 아니라 양민일세."

"양민이라 해도 마찬가지야. 보게. 다른 무관 중에 어디 양
민을 받은 무관이 있는지."

조영규가 성난 얼굴로 다른 무관 관주들을 휘휘 둘러본다.
오휘명과 눈이 마주치자 그에게 물었다.

"오 관주, 어떠시오? 한양무관에도 양반이 아닌 자를 입관
시킨 적이 있소?"

"흐음, 우리 한양무관에는 그런 일이 없습니다."

"다른 분들은 어떠시오?"

"흐음, 그런 바 없습니다."

모두 고개를 저어 부정했다. 비천무관의 사익기마저도 이번에는 박환의 편에 서지 않았다. 하지만 박환은 굽히지 않았다.

"양민의 자식이면 무과에 응시할 수 있는 것이 현재 나라의 법일세. 오관지회라고 참석하지 못할 것이 무언가?"

"자네, 정말!"

도무지 말이 통하지 않는다. 부르르 떨던 조영규가 세자에게 묻는다.

"저하, 오관지회는 역대로 양민이 대회에 참가한 전례가 없습니다. 한데 이제 와서 규정에 없다는 이유로 그 전례를 깨뜨리려 한다는 것은 있을 수 없는 일이옵니다. 저하께서 영명한 판단으로 이번 논란을 잠재워 주십시오."

대회의 주체인 무관의 관주들과 다섯 무관에 자녀를 입관시킨 무관 등, 자리에 참석한 거의 모든 양반들이 일제히 일어나 박환을 성토했다.

"박 관주는 터무니없는 일을 벌이려 하고 있사옵니다. 저하께서 판결하여 주시옵소서."

깊은 생각에 잠겨 있던 세자가 생각을 정리하고 물었다.

"내가 결정하라? 모두의 뜻이오?"

"예, 저하. 그러하옵니다."

"흠, 그렇다면 어떤 것이든 간에 내 결정에 따르겠다는 것이오?"

조영규는 세자의 물음에 흠칫했다. 느낌이 좋지 않았다.

'설마, 박환 편에 서겠다는 것인가?'

그럴 리가 없다. 세자는 수차례 행한 왕의 눈 밖에 나는 행동으로 입지가 흔들리고 있는 처지다. 자리를 공고히 해도 시원치 않을 판에 전, 현직 대신들과 인맥이 그물처럼 뻗어 있는 자신과 일부러 등을 돌릴 까닭이 없다. 자신들의 입김이면 세자는 그 자리를 온전히 보존하리라는 보장이 없는 것이다.

반면 박환은 꼬장꼬장한 성격으로 절친한 벗 몇몇을 제외하고는 내왕하는 자가 드물었다. 물이 너무 맑으면 물고기가 살지 못하는 법. 박환 본인은 상관하지 않는다지만, 따돌림을 당한다고 해도 과언이 아니었다. 세자가 절대 박환의 편에 설 이유가 없는 것이다.

순식간에 계산을 마친 조영규가 의미심장한 웃음을 흘리며 말했다.

"소신들은 저하께서 영명하신 판단을 하시리라 믿사옵니다."

조영규의 마지막 말에 세자의 눈썹이 꿈틀 요동친다. 영명하게 판단하라니? 자신들의 뜻과 대치되는 결정을 내리면 어리석은 사람이 되는 것처럼 말하고 있지 않은가?

반면 사면초가에 빠진 박환은 의연한 모습으로 일언반구

말이 없다.

세자 또한 조영규의 힘이 어떠하다는 것 정도는 알고 있었다. 하지만 저들의 힘에 전전긍긍할 그가 아니었다. 오히려 오기가 솟았다.

"그리 말하니 내 소신껏 처결하도록 하겠소."

결심을 굳힌 세자가 한기를 풀풀 날리며 단 위로 올랐다. 웅성대던 사람들이 순간 조용해진다.

무한은 손에 땀을 쥐었다. 그 못지않게 박영 등 청학무관 관원들도 바짝 긴장했다.

"들으시오! 무관에서 관원을 입관시키는 것은 관주의 재량이오!"

직접적인 표현은 없었지만 무한이 청학무관의 관원임을 인정하는 말과 다름 아니다. 장내는 숨 쉬는 소리도 들리지 않았다. 이제 남은 결정은 무한이 오관지회에 참석할 수 있느냐 없느냐 하는 것이었다.

세자가 사람들을 한차례 쓸어보고 말을 이었다.

"본인은 청학무관의 양민 출신 관원 무한의 오관지회 출전을 인정하오."

파격이었다.

세자의 뜻밖의 결정에 연무장을 가득 메운 양인들이 환호했다. 반면 자신들의 뜻이 관철되리라 믿어 의심치 않았던 자들은 얼굴이 벌겋게 물들었다.

조영규가 더없이 침중한 음색으로 물었다.

"흐음, 그리 결정하신 연유가 무엇이옵니까?"

"그대도 나라에서 시행하는 무과에 양인들이 응시할 수 있다는 것을 알 것이오. 이는 자칫 뛰어난 재능을 가지고도 낮은 신분 때문에 그 기재를 미처 발휘하지 못할 것을 우려한 태왕 전하의 심모원려(深謀遠慮)에서 비롯된 것이었소."

"소신도 아옵니다. 하지만 오관지회는 무과와 성격이 다르지 않사옵니까?"

"물론 성격은 다르오. 하지만 본질마저 다르다고 하지는 못할 것이오."

"어째서 그렇습니까?"

"오관지회의 본 취지는 서로 선의의 경쟁을 함으로써 보다 나은 무예를 닦고자 함이오. 그것은 단순히 무관 간의 화합을 넘어 나라를 이끌 동량을 키우는 것이 본 목적이라 할 수 있을 것이오. 게다가 올해부터는 오관지회의 모든 경기를 민간에 개방했소. 앞으로 민간의 축제로 자리매김하게 될 테니 그와 결부시켜 보아도 합당한 처결이라 할 수 있을 것이오."

조영규는 속에서 천불이 일었지만 할 말이 없었다. 트집거리가 있다 해도 이미 세자의 처결에 따르기로 한 마당이니 결과를 뒤집을 수는 없었다.

"저하의 뜻에 따르겠습니다."

조영규의 눈에 누구에게 향한 것인지 모를 살기가 스친다.

이렇게 된 바에야 무한이라는 녀석을 철저히 꺾어버리는 수
밖에 다른 도리가 없다. 세자가 자신에게 등을 돌린 문제는
후일 생각해 볼 일이다.

2

무한은 우여곡절 끝에 도절상과 마주했다. 방식은 청학무
관에서 치른 평가전과 같다. 한쪽이 전투 불능이 되거나 항복
을 선언하면 그것으로 끝이다.

"한 수 부탁합니다."

"후후, 감히 양인 주제에 오관지회라……. 청학무관 수준
도 알 만하군."

도절상은 무한의 출신을 알게 된 순간부터 눈빛이 더할 나
위 없이 거만했다. 그렇지 않아도 조영규의 영향으로 청학무
관이라면 깔아뭉개지 못해 안달하는 그들이니 별로 이상한
일도 아니었다.

무한은 빙긋이 웃으며 말했다.

"청학무관 수준을 온몸으로 체험하도록 해드리지요."

"건방진 놈! 바닥을 기게 만들어주마!"

도절상이 목검을 곧추세워 무한을 겨누었다. 반면 무한은
아래로 늘어뜨리고 있었다.

"이놈! 싸우지 않을 생각이냐?"

“이 자세로도 충분할 것 같습니다만······.”

“하아앗!”

연이어 모욕을 당한 도절상이 기합과 함께 치고 들어갔다. 달리는 기세를 고스란히 실어 목검을 아래서 위로 쳐올렸다.

딱!

무한은 시기적절하게 뒤로 반보 물러서 기세를 흘리고 도절상의 목검 끝을 정확히 후려쳐 방향을 바꿨다. 도절상이 곧바로 따라붙어 맹공을 가해왔다. 무한은 긴장을 적당히 유지시켜 모든 공격을 시선 아래 두었다.

하나 둘의 수준 차이가 워낙 컸다. 도절상의 움직임은 무한의 예측 범위에 있었다.

휙! 휙! 따딱!

검의 길을 환하게 꿰뚫으니 피하거나 막는 데 큰 동작이 필요없다. 최소한의 움직임으로 검의 궤적에서 벗어나거나 막아냈다.

도절상은 분통이 터졌다. 자신이 가한 공격이 번번이 아깝게 막혔다. 두 치, 그도 아니면 한 치, 어떨 때는 종잇장 차이로 빗나가니 약이 바짝 올랐다. 그뿐 아니다. 연무장을 가득 메운 사람들이 팔은 안으로 굽는다고, 언제부턴가 무한을 응원하기 시작했다.

“하하, 잘 피한다!”

“막지만 말고 때려눕혀라!”

“무한! 이겨라!”

도절상이 입술을 깨물며 목검을 바짝 틀어쥐었다. 이번에야말로 눕혀주리라 다짐했다. 하지만 그에게는 더 이상 기회가 없었다. 이미 무한이 끝내고자 하는 마음을 먹었던 것이다.

“애쓰실 필요없습니다. 더 이상 볼 필요가 없을 것 같군요.”

“…뭐?”

무한은 목검으로 대답을 대신했다.

쉭! 쉭!

도절상의 전신에 꽃이 피어오른다. 무한은 가상으로 새긴 꽃들을 연습 때처럼 하나하나 베어갔다. 매서운 기세라고는 한 오라기도 없는 느릿한 검이었다.

도절상은 훈훈한 느낌마저 드는 무한의 공격에 비웃음을 머금었다. 목검의 궤적이 눈에 훤히 보여 일찌감치 길목에서 기다렸다.

스윽!

어찌 된 일인가! 무한의 목검이 막아선 도절상의 목검을 향해 다가오다가 나비 날갯짓처럼 팔랑 방향을 틀었다. 그리고 그 직후, 지금까지와는 비교도 안 되는 속도로 도절상의 가슴을 향해 쏘아졌다.

“……?”

퍽!

"큭!"

도절상은 가까스로 신음을 삼키며 물러섰다. 또다시 느릿하게 다가오는 목검이 보였다. 너무도 뻔히 보이는 공격이라 막지 못할 이유가 없다. 하지만 한 번 당한 전례가 있는지라 정신을 바짝 차리고 공격을 쳐냈다.

스윽!

분명 쳐냈는데 목검에 걸리는 것이 없다. 어찌 된 영문인지 생각할 틈도 없이 명치끝에 벼락이 떨어졌다.

"후윽!"

숨이 턱 막힌다. 지독한 고통에 동공이 까맣게 물든다. 비명도 지를 수 없었고, 사고조차 정지했다. 배를 감싸 쥐는 것 말고는 아무것도 할 수 없을 때, 귓속으로 무한의 음성이 조용히 파고들었다.

"이제 온몸으로 청학무관의 수준을 느끼실 차례입니다."

잔잔한 음성인데 몸에 한기가 느껴진다.

퍽! 퍽! 퍽!

목검이 우박처럼 쏟아진다. 무한은 짧은 순간 수십 번의 공격을 가하고 물러났다.

쿵!

도절상이 정신을 잃고 앞으로 거꾸러졌다. 반쯤 벌어진 입에 게거품이 물려 있었다. 쓰러져서도 미세한 경련을 일으키는 걸 보니 아프긴 아팠던 모양이다.

정적이다. 누구도 입을 열지 않았다.

예상치 못한 결과에 조영규가 벌떡 일어나 눈을 치켜떴다. 도절상이 누구인가. 제자 중 세 손가락 안에 드는 아이다. 최소 사강, 박영이 출전하지 않은 터라 조산과 나란히 결승전에 들 것으로 예상했다. 그런 도절상이 맥없이 쓰러졌으니…….

조산과 이천호, 대기하고 있던 의원이 그제야 단 위로 뛰어 올라 왔다.

의원이 도절상의 상세를 살폈다. 조산은 도끼눈을 뜨고 한쪽에 서 있는 무한을 향해 부라린다.

이천호가 의원에게 도절상의 상세를 물었다.

"어떻소이까?"

"맥도 정상이고 큰 상처는 없습니다. 다만 고통이 커서 기절한 것뿐입니다."

한숨을 푹 쉰 이천호가 큰 소리로 승자를 선언했다.

"청학무관 무한 승!"

"와!"

조용하던 연무장에 떠나갈 듯 함성이 터졌다. 무한은 세자와 관주가 있는 막사를 향해 목례했다. 세자는 눈을 빛내고 있었고, 박환은 언제나처럼 담담한 표정이었다.

단 아래까지 마중 나와 있던 박영이 무한의 왼쪽 어깨를 두드렸다.

"수고했다."

박영의 손이 어깨에 닿자 무한이 눈에 띄게 몸을 움츠린다. 박영은 일그러진 무한의 표정을 보고 민망하여 행한 몸짓이 아님을 알 수 있었다.

"어깨가 아픈 것이냐?"

"아닙니다. 근육통이 약간 있을 뿐이니 걱정하지 마십시오."

박영은 도절상을 수월하게 요리하던 모습을 상기하고 별일 아니라 생각하고 넘어갔다.

박영과 함께 막사로 들어섰다. 이십여 관원이 전부 일어나 있었다. 하나같이 얼굴이 붉게 상기되어 있는 것이 무한의 승리에 한껏 고무된 모습들이었다.

어색한 공기가 흐른다. 다들 뭐라고 말은 하고 싶은데, 지난날 해온 것이 있는지라 입을 열지 못하고 있었다.

역시 인내심이 부족한 박위가 어색한 분위기를 참지 못하고 입을 열었다.

"흥, 너무 약한 것 아니냐?"

박위가 입을 떼자 너도 나도 한마디씩 한다.

"맞아! 아주 죽여놓지 않고!"

"그러게. 통쾌하기는 한데 영 성에 차지 않아."

다들 말투만 퉁명스럽지 악의가 없다. 말에도 얼굴에도 독기가 전혀 느껴지지 않는다. 무한은 자신을 바라보는 눈빛이

전에 없이 따뜻함을 느꼈다. 애써 무표정을 가장한 관원들의
얼굴 이면에는 훈훈한 미소까지 감돈다.

인정받는다는 건 이런 것이다. 눈빛만으로도 가슴이 따뜻
해지는.

"오늘만 날이 아니지 않습니까?"

무한의 한마디에 관원들은 무표정을 유지하지 못했다. 웃
음 짓던 박영이 돌연 아쉬운 표정을 드러냈다.

"그나저나 바둑 대표로는 나가지 못하게 됐으니 아쉽게 됐
구나."

지금쯤이면 이문열이 대국을 치르고 있거나 이미 경기가
끝날 만한 시간이었다. 바둑을 청룡무관에 내주는 이상, 대회
우승은 물 건너갔다고 봐야 했다. 분위기가 다시 무겁게 가라
앉을 찰나였다.

권필이 본관 쪽을 가리키며 말했다.

"저기!"

무한은 권필이 가리키는 곳으로 시선을 돌렸다. 이문열이
곧장 이쪽으로 오고 있었는데 발걸음이 가볍고 표정이 밝
다.

박한이 의외라는 투로 말했다.

"어? 아무래도 이긴 것 같은데요?"

박운이 김빠진 소리를 한다.

"그럼 뭐 하겠어? 어차피 일차전이 한계인데."

다들 끄덕인다.

박영이 애써 밝은 얼굴로 막사로 들어서는 이문열의 등을 두드렸다.

"이긴 것 같구나. 수고했다."

뭐라 말하려던 이문열이 무한을 발견하고는 화들짝 놀란다.

"어! 너, 돌아왔구나?"

이문열과 절친한 권필이 피식 웃는다.

"왔지, 한참 전에 와서 청룡무관 놈 하나 박살 냈네."

"뭐? 청룡무관? 누구? 어떻게?"

권필이 방금 전 있었던 일을 대략적으로 설명했다. 이문열이 연신 입맛을 다신다.

"나원, 그 좋은 구경을 못했으니."

"그나저나 어찌 된 건가?"

"아차! 그 말을 전한다는 걸 깜빡 잊었군. 나, 아직 경기 안 했네."

관원들의 시선이 이문열에게 일제히 쏠린다. 권필이 성난 얼굴로 묻는다.

"뭐, 경기를 안 해? 설마, 자네, 기권한 건가?"

이문열이 대답하기 전에 박영이 흥분 섞인 목소리로 물었다.

"분명 아직 안 했다고 했지? 앞 경기가 아직 끝나지 않은 것이냐?"

"하하, 역시 영이 형님은 다르십니다. 단순한 권필이 덮어 놓고 화부터 내니 무슨 말을 할 수 있겠습니까?"

권필이 성난 빛을 지우고 이문열에게 얼굴을 바짝 들이밀었다.

"뭐야, 정말 앞 경기가 끝나지 않은 건가?"

"아, 글쎄, 그렇다니까."

"자네 앞 경기라면 청룡무관 이찬하고⋯ 그 누구였더라?"

권필의 말에 바둑 대표로 출전해 대진 순서를 잘 알고 있는 박운이 말했다.

"일품무관의 박영효인 것 같습니다."

박영효는 생소한 인물이다. 반면 청룡무관의 이찬은 지난 대회 바둑 부문 우승자로 이름이 높았다. 당연히 이찬의 손쉬운 우승을 예상했다. 그런데 그게 아닌가 보다.

이문열이 신이 나서 말했다.

"햐, 박영효 그 친구, 물건입니다. 이찬에게 한 치도 밀리지 않고 있습니다."

권필이 놀란 얼굴로 묻는다.

"세상에, 이찬과 접전이란 말인가?"

"그러니까 물건이지. 워낙 난전이다 보니 초반부터 장고 바둑일세."

어쨌건 중요한 건 아직도 경기가 끝나지 않았다는 것이니 무한의 출전 기회가 무산되지 않았다는 것이다.

"무한, 서둘러라."

박영이 무한을 잡아끌자 이문열이 웃는 낯으로 붙잡는다.

"급히 가실 것 없습니다. 뒤에 두 경기는 내일로 미뤄졌습니다. 진행을 맡으신 유원 대감께서 오늘 일정은 둘의 바둑으로 마무리 지을 거라 하셨습니다."

"휴, 잘됐군요."

관원들이 안도의 한숨을 내쉬는 무한을 이상한 눈으로 바라본다. 바둑이라면 일찍이 박환이 인정한 마당인데 자신없는 태도가 이해가 되지 않았던 것이다.

무한의 얼굴을 본 관원들은 그제야 무한이 한숨 쉰 것이 납득이 간다. 낯빛이 초췌한 것이 얼굴에 피곤이 덕지덕지 붙어 있었다. 낯빛이 병자의 그것과 다르지 않았다.

"이런! 마음이 급해 네 생각을 미처 하지 못했구나. 어서 들어가서 쉬어라."

박영이 그답지 않게 호들갑을 떤다.

"아닙니다. 이번 경기는 봐야 할 것 같습니다."

조산이 단으로 오르고 있었다. 오늘의 마지막 대결, 조산과 비천무관 홍일표의 경기였다.

숨죽인 가운데 둘의 대결이 펼쳐졌다. 홍일표도 만만한 상대는 아닌데, 조산의 검에 밀려 도무지 힘을 쓰지 못했다. 일방적인 대결을 지켜보는 박영의 눈이 날카롭게 빛난다.

박위가 에둘러 감탄했다.

"재수없는 녀석, 검술만은 봐줄 만하군."

경기는 조산의 압도적인 승리로 끝이 났다. 그것으로 검술 대전 일차전이 마무리되었다. 바둑을 제외한 오관지회 첫날의 모든 일정이 끝이 난 것이다.

세자는 호위들의 철통같은 경호를 받으며 무관을 빠져나가 궁으로 향했다. 연무장을 메웠던 사람들도 내일을 기약하며 썰물처럼 빠져나갔다.

저녁 식사를 마친 청학무관 관원들이 한방에 들었다.

박영이 무겁게 입을 열었다.

"흠, 이 년 전에 비해 월등한 기량이다. 무한, 네 보기에는 어떤 것 같으냐?"

박영의 놀람은 이만저만이 아니었다. 자신이 온전한 몸으로 조산을 상대했더라도 섣불리 승리를 장담할 수 없을 거란 생각이 들었다.

무한이 짤막하게 대답했다.

"좋은 검이었습니다."

"승리를 장담할 수 있겠느냐?"

"모르겠습니다. 검을 맞대봐야 알 것 같습니다."

"아무래도 그렇겠지. 너는 건너가서 쉬는 것이 좋겠다."

무한은 사양하지 않았다. 하루 전부터 신풍과 힘겨루기를 하느라 먹지도, 자지도 못했다. 그런 상태로 검술대전까지 참가한 터라 피로가 배가되었다. 왼쪽 어깨의 통증도 가라앉겠거니 했는데 갈수록 통증이 더해져 쌀가마를 올려놓은 것처럼 무거웠다.

무한이 방을 나간 후에도 박영은 얼굴에 깃든 수심을 좀처럼 지워내지 못했다.

"형님, 무엇이 불안한 것입니까?"

박위의 물음에 박영이 입을 열었다.

"무한은 검 자체에 대한 이해에 있어서 조산보다 우위에 있다. 그것은 분명하다."

"그런데 무엇이 걱정입니까?"

"하지만 승부는 그것만으로 정해지는 것이 아니다. 압도적인 기량을 가지고 있지 않는 이상, 여러 가지 변수가 있는 만큼 승패는 섣불리 예측하기 힘들다. 목검이 아닌 진검 승부라면 더더욱 그렇다."

목검으로 승패를 가렸던 일차전과는 달리 팔강전부터는 진검 승부였다.

"변수라니요?"

"여러 가지가 있겠지. 하지만 그중에 승패를 좌우할 정도로 큰 변수는 그날의 몸 상태와 대전 경험이 될 것이다."

이문후가 말했다.

"하지만 현재로서는 무한의 부족한 대전 경험을 메울 수 있는 방법이 없지 않습니까?"

이문후의 말대로 경험이라는 것은 하루 이틀에 걸쳐 되는 것이 아니었다. 그러기에는 시일이 촉박했고, 시간이 있더라도 관원 중에 무한을 제대로 상대할 자가 없었다.

"경험은 어쩔 수 없다. 다만 몸 상태를 최상으로 유지시키는 것이 관건인데……."

박위가 박영이 흐린 뒷말을 이었다.

"녀석의 지친 모습을 보니 하루 이틀 내로 풀릴 피로가 아닌 것 같다는 말씀이십니까?"

박영이 무겁게 끄덕였다. 박영의 근심이 전염병처럼 관원들 모두에게 옮겨갔다. 그중에서도 유독 박위의 얼굴이 좋지 않았다. 그는 무한이 왼쪽 어깨를 매만지며 인상을 쓰던 모습을 떠올리고 있었다.

조영규는 다과상을 앞에 두고 조산과 마주 앉았다. 둘 모두 안색이 좋지 않았다. 반이 넘게 남은 차는 이미 차게 식어 분위기를 대변하고 있었다.

조영규가 식어버린 차를 홀짝이며 인상을 썼다. 그의 속처럼 입맛이 썼다.

오늘로서 박환이 몰락하리라 생각했다. 진노한 세자 앞에 벌벌 떠는 모습을 보고자 했다. 하지만 그런 일은 일어나지 않았다. 예상은 보기 좋게 빗나간 것이다.

대체 어디서 어떻게 틀어진 걸까.

'그래, 무한이란 녀석이 신풍을 몰고 들어오면서부터 일이 틀어지기 시작했다.'

세자가 천지 분간 못하고 박환 편에 선 것부터 시작해, 도절상이 무한에게 패하고 결승까지 무난하리라 예상했던 이찬은 생각지도 않게 일품무관의 박영효에게 덜미가 잡혔다.

불길했다. 악재가 겹치고 있었다.

"으드득!"

"모든 게 그 무한이라는 천한 놈 때문입니다."

조산이 이를 갈며 모든 악재를 무한 탓으로 돌렸다. 그건 조영규도 다르지 않았다.

"아무리 생각해도 녀석은 우리와 악연인 것 같다."

조산이 주먹을 으스러져라 쥔다.

"하지만 놈의 운도 여기까지입니다."

"흐음, 쉽게 볼 일이 아니다. 절상이가 방심했다고는 해도 녀석은 보통내기가 아니다. 게다가 어쩌면 바둑도 참가할지 모른다."

"오히려 바라는 일입니다. 그리만 된다면 굴욕을 씻을 기회가 될 것입니다."

어리석게도 돌 몇 개에 연연하다가 졌었다. 그것은 무한이란 놈에게 진 것이 아니라 자신에게 패한 것이었다. 돌을 죽이는 묘리(妙理)를 깨달은 지금, 정식으로 하면 질 리가 없다.

“자신있느냐?”

“조부님과도 맞수를 이루는 제가 아닙니까. 녀석 따위에게 질 제가 아닙니다. 흐흐, 소손은 또한 녀석과 검술대전 결승에서 만나기를 학수고대하고 있습니다.”

“무슨 생각이냐?”

조산의 단춧구멍 같은 눈에 시퍼런 살기가 스쳤다.

“목검 따위가 아닌 진검 승부입니다. 실수로 사람 하나 죽는 건 이상한 일이 아니지요.”

조영규가 무릎을 치며 좋아한다.

“그렇구나. 천한 놈 하나 죽어나간다고 문제될 건 없겠지.”

“설령 문제가 된다 해도 조부께서 충분히 무마하시리라 믿습니다.”

“흐흐, 물론이다. 박환, 오늘 일로 기고만장해 있겠지. 하지만 좋아하기에는 이르다. 내 너의 눈에 피눈물이 맺히는 것을 보고야 말리라!”

여러모로 죽이 잘 맞는 조손지간이다. 두 조손이 내뿜는 악기(惡氣)로 방 공기가 텁텁하게 가라앉았다.

피곤에 지친 무한은 세상모르고 잠에 빠져 있었다.

낮은 숨소리만 정적을 깨우는 가운데 방문이 소리없이 열렸다. 시커먼 사내가 스며들 듯 들어서더니 조용히 문을 닫는

다. 사내는 어둠 속에서 무한이 잠든 모습을 잠깐 바라보고
섰다가 머리맡으로 다가갔다.

  칙!

  미세한 소리와 함께 불똥이 튄다. 방 안이 잠깐 환해졌다가
다시 칠흑 같은 어둠에 휩싸였다.

  사내가 어둠 속에서 움직임없이 잠시 서 있다. 마치 무한이
깨는 걸 두려워하는 모습이다. 사내는 무한의 숨소리가 여전
히 고른 것을 확인하고 들어왔을 때처럼 은밀히 방을 빠져나
갔다.

  사내가 떠난 방. 검은 연기가 서서히 피어올랐다. 무한의
머리맡에서 비롯된 연기는 조금씩 무한에게 밀려가더니 어느
순간 들숨을 따라 콧속으로 스며들었다.

  시간은 빠르게 흘렀다. 어둠이 깊어지다가 사무치고, 첫닭
우는 소리와 함께 창에 푸른빛이 깃들었다. 그러는가 싶더니
날이 완전히 밝았다. 결전의 날이었다.

  진시가 다 되도록 무한의 모습이 보이지 않았다. 일찍부터
일어나 의관을 정제한 박영은 무한이 무척이나 피곤했던 모
양이라고 생각했다.

  "위야, 바둑 예선은 몇 시부터 치러진다고 하더냐?"

  "세자 저하께서 사시(巳時)에 오신다 하셨으니 아마 그때
쯤 시작할 것 같습니다."

  사시면 이제 한 시진 남은 셈이니 식사하고 어쩌고 하자면

빠듯하다.

“곤해서 지금까지 자는 모양이다. 가서 깨워라.”

“예?”

“무한이 말이다.”

“지금 제게 무한을 깨우라고 한 겁니까?”

박위가 어리둥절한 표정으로 되묻는다. 아무리 사람 팔자 새옹지마(塞翁之馬)라지만 상전이 아랫것 아침잠까지 깨우는 것은 도에 지나치지 않은가.

“무한도 이제 우리 청학무관의 관원이다.”

“그야 그렇지만…….”

“다른 누구도 아닌 우리가 스스로 인정한 것이다. 게다가 우리는 관주이신 조부님의 손자가 아니냐. 솔선수범할 필요가 있다.”

박위는 도무지 못마땅한 기색이다.

“솔선수범도 정도가 있는 것이지요.”

“아침잠 좀 깨우는 것이 뭐가 대수냐. 무관의 대표랍시고 내세워 놓고 무한을 대하는 것이 예전과 같다면 우리는 그 아이를 결국 이용만 하게 되는 것이다. 어디 그게 선비가 할 도리더냐? 그래도 내키지 않는다면 내가 가겠다.”

박영이 일어서는 시늉을 하자 박위가 손사래를 치며 나간다.

“아닙니다. 제가 갑니다. 까짓, 깨우는 게 대숩니까?”

박영이 동생의 뒷모습을 보고 잔잔한 미소를 머금는다. 매양 철없던 박위인데 그래도 요 며칠 사이 부쩍 어른이 된 것 같다.

무한은 아직 잠들어 있었다. 무한의 방을 찾은 박위는 아직까지 잠들어 있는 무한을 복잡한 시선으로 바라보았다. 방 하나를 통째로 내주다 못해 이제는 문안 인사까지 하게 생기질 않았나.

박위의 시선이 무한의 머리맡을 향했다. 무언가가 완전 연소되어 하얀 재만 남아 있었다. 그것을 바라보는 박위의 시선이 이상야릇하게 변한다. 굉장히 안타까운 것 같기도 하고, 떠나간 임을 그리는 애절한 눈빛 같기도 하다.

"휴."

낮은 한숨을 내쉰 박위가 성난 얼굴이 되어서 버럭 소리쳤다.

"네 이놈! 냉큼 일어나지 못해!"

무한은 박위의 고함 소리에 놀라 부스스 눈을 떴다. 열린 창을 통해 햇살이 방 안 가득 비춰들었다. 박위는 무한이 잠에서 깨는 것을 보자마자 쌩하니 나가 버린 뒤였다.

무한은 앉은 채로 잠깐 동안 가만히 있었다. 아무리 피곤해도 묘시 전까지 일어나지 못하는 법이 없었는데, 이상한 일이었다.

"피곤했던 탓이겠지."

수면 시간이 충분했기 때문일까? 벌떡 일어서는데 오늘따라 몸이 유난히 가볍고 상쾌하다. 걱정했던 신풍에 매달릴 때 다쳤던 왼팔도 한결 가볍다.

第十章
비상(飛上)

비상(飛上) 1

　사시 초, 세자가 신풍을 타고 무관에 도착했다. 세자가 도착하자마자 한양무관 본전에서 바둑 경기가 속행됐다. 미뤄진 예선 두 경기부터 시작되었다.

　너른 빈청에 약간의 거리를 두고 두 개의 반상이 놓였다. 두 경기가 동시에 치러질 예정이었다.

　다른 경기가 열리기 전 이른 시간에 먼저 시작된 바둑 경기라 세자를 비롯한 오관(五官)의 관주 모두가 자리했다. 세자를 수행해 온 관료들과 각 무관 대표들까지 합해 총 육십 명이 넘는 사람들이 착석했다.

　대국자 네 사람이 차례로 들어왔다. 먼저 조산과 비천무관의 기유명이 세자와 관중에게 예를 취하고 반상 앞에 앉았다. 이어서 무한과 한양무관의 기대주 김태균이 대국 준비를 마쳤다.

세자는 검술대전에 이어 기예 부분까지 참석한 무한의 모습에 기이한 눈빛을 보냈다. 다른 이들도 무한을 알아봤는지 작은 소요가 일었다. 그러나 세자가 말없이 팔을 들어 올리는 것으로 금세 사그라졌다. 이미 허락한 마당에 왈가왈부하지 말라는 뜻이었다.

진행을 맡은 유관이 대국에 앞서 입을 열었다.

"아시는 분은 아시겠지만 모르는 분들을 위해 설명해 드리겠습니다. 그동안 대회 때마다 매번 흑을 든 사람이 유리하다는 논란이 있어왔습니다. 해서 이번에 그 점을 보안할 규정을 마련했습니다. 대국이 끝난 후 계가를 할 때 백에게 네 집 반을 덤으로 주겠습니다. 즉, 흑은 백을 이기려면 최소 다섯 집을 앞서야 합니다."

세자가 묻는다.

"덤을 준다? 독특한 방식이군. 한데 넉 집이면 넉 집이고 다섯 집이면 다섯 집이지, 네 집 반은 뭔가?"

어느 때보다 관중이 많아 신이 난 유관이 웃으며 대답했다.

"반집은 비기는 것을 방지하기 위함입니다. 흑이 넉 집을 앞서면 반집 차이로 패하는 것이고, 다섯 집을 앞서면 반집 차이로 승리하는 것입니다."

선수의 이득을 감안해 집을 덤으로 준다. 그것도 비기는 것을 방지하기 위해 반집을 남긴다. 지금까지 단 한 번도 생각지 못했던 획기적인 발상이다.

다들 묘책이라며 끄덕인다.

설명을 마친 유관은 조산에게 입구가 좁은 비단 주머니를 내밀었다. 돌을 꺼내 흑백을 가리는 절차였다. 조산과 무한이 백을 들었다.

바둑이 본격적으로 시작되자 관중이 둘로 갈라졌다. 세자를 비롯한 다수가 조산 쪽으로 몰렸고, 무한의 경기를 보는 사람은 기보를 적는 사람을 포함해 다섯이 넘지 않았다. 그나마 그 몇몇도 청학무관과 한양무관 사람들이었다.

조산의 바둑은 그 또래에서 단연 으뜸이라는 소문이 자자했으니 관전자들이 그에게로 몰린 것은 당연했다.

무한은 무표정한 얼굴로, 조산은 싱글벙글 웃는 낯으로 바둑을 시작했다.

조산과 기유명의 바둑은 일사천리로 진행되었다. 반면 무한과 김태균의 바둑은 한없이 늘어졌다. 김태균의 바둑 성향이 본래 생각하고 또 생각하는 장고 바둑이었던 탓이다. 거기에 더해 무한의 한 수 한 수가 예사롭지가 않아 김태균은 평소보다 배는 많은 생각을 해야 했다.

일각 만에 김태균의 이마에 비지땀이 솟기 시작했다. 시작된 지 한 시진을 향해 가고 있었다. 조산 쪽은 이미 백이십여 수가 넘어간 반면 무한 쪽은 이제 팔십여 수가 두어졌다.

그로부터 일각이 지났을 때, 기유명이 한숨을 푹 쉬며 고개를 떨어뜨렸다. 이미 바둑은 백에게 많이 기울어 덤이 없다고 하더라도 흑이 더는 어찌해 볼 수 없는 형국이었다.

"휴, 졌습니다."

기유명이 한숨과 함께 돌을 던졌다. 백사십일 수 만에 백 불계승이었다.

곁에서 다른 바둑이 진행되고 있는 탓에 소리는 내지 못했지만 저마다 조산의 바둑에 탄복에 탄복을 거듭했다. 조산의 바둑이 정리되자 사람들의 관심은 무한과 김태균 쪽으로 옮겨졌다.

"져… 졌네."

김태균이 돌을 던지고 일어서자, 무한과 김태균의 바둑을 보기 위해 이동 중이던 사람들이 순간 얼어붙었다. 김태균의 모습 때문이었다.

김태균은 물에 빠졌다 나온 사람처럼 전신이 땀에 흠뻑 젖어 있었다. 생기발랄하던 한 시진 전과는 달리 귀신이라도 본 사람처럼 얼굴이 핏기 한 점 없이 해쓱했다.

무한이 일어서서 허리를 접었다.

"좋은 바둑이었습니다."

김태균은 만감이 교차하는 얼굴로 몇 번이나 입술을 달싹

인다. 그러다 끝내 아무 말도 하지 못하고 돌아선다. 얼마나 충격을 컸는지 세자에게 예를 취하는 것마저 잊고 빈청을 나 간다.

뒤이어 무한이 짧게 예를 취하고 나갔다.

김태균과 무한의 뒷모습을 쫓던 사람들이 시선을 돌려 반 상을 바라보았다. 그러다 다들 어처구니없는 표정이 된다. 바 둑판 위에는 흑, 백을 합해 고작 구십여 개의 바둑알이 놓여 있을 뿐이었다.

손자의 바둑에 한껏 들떠 있던 조영규가 그 모습을 보고 창 백해진다. 김태균의 돌 대부분이 백돌에 갇혀 고혼(孤魂)이 되어 있었던 것이다. 조영규의 곁에 선 조산도 치욕스러운 과 거가 떠올라 입술을 깨물었다.

바둑의 진행 상황을 알지 못한 사람들은 김태균의 부주의 를 탓했다. 혹자는 김태균의 기예가 오관지회에 참석하기에 는 수준 미달이라고 했다.

오휘명은 자신의 제자를 비난하는데도 말이 없다. 그들의 말이 맞아서가 아니라 그는 아무 소리도 듣지 못하고 있었기 때문이다. 패배를 처음부터 끝까지 지켜보았던 오휘명은 넋 이 나가 있었다.

사강은 무난하리라 예상했다. 어쩌면 기예 부문 우승을 차 지할지도 모를 거라는 기대마저 갖게 했던 제자다. 절대로 이 처럼 속절없이 패할 바둑이 아니었다. 그런 김태균이 무한의 앞에 서니 호랑이 앞에 토끼가 되어 이리저리 도망만 다니다가 결국 한입에 삼켜졌다.

오휘명은 만약 제자 대신 자신이 무한을 상대했다면 어땠을까 생각했다. 사방에서 옥죄는 백의 기세에 모골이 송연했다. 생각만 해도 가슴이 갑갑하다.

'그래, 이건 태균이 그 아이가 못해서 벌어진 일이 아니다.'

오휘명은 가까스로 혼란을 수습했다. 그제야 자신의 제자를 깎아내리는 말이 귀에 들린다. 세자마저도 이해할 수 없다는 표정으로 바둑판을 보고 있었다. 심지어는 김태균이 청학무관에 매수되어 일부러 져줬다는 말까지 나오고 있었다.

이미 진 것은 돌릴 수 없다. 하지만 실력이 형편없어서 졌다는 오명과 매수되어 일부러 져줬다는 누명만은 결단코 사양하고 싶었다.

사람들이 수군거림을 멈추고 오휘명을 바라본다. 어찌 된 일인지 설명해 보라는 뜻이다.

오휘명은 휘적휘적 걸어가 한양무관의 집사 마일수가 그린 기보를 빼앗듯이 받아 들었다. 막 작성을 끝낸 기보는 먹물도 채 마르지 않은 채였다. 돌을 걷어내고 그 기보를 바둑판 위에 펴놓았다.

"보십시오. 모든 답은 여기 있습니다."

파래졌다 붉어졌다, 기보를 보는 사람들의 안색이 시시각각 변한다. 그리고 마지막에는 누구 하나 할 것 없이 핏기 하나 없이 창백해졌다. 세자 또한 그와 다르지 않았다.

2

"청학무관 무한 승!"

이천호의 음성이 연무장을 쩌렁 울렸다. 무한의 검술대전 결승 진출을 알리는 소리였다.

무한은 관중들의 환호를 뒤로하고 단 아래로 내려섰다. 어제까지만 해도 서먹하게 대하던 관원들도 제법 살갑게 다가왔다.

"좋아! 이제 조산 그 자식만 박살 내면 되는 거다."

다들 주먹을 불끈 쥐며 조산을 별렀다.

"흥, 녀석에게 당하지나 않으면 다행이지."

박위가 쌀쌀맞게 말하며 무한을 스쳐 지나간다. 무한이 경기하는 내내 눈 한 번 떼지 못하던 그이고 보면 마음에 없는 말임에 틀림없다.

박영이 굳어진 무한의 얼굴을 보며 말했다.

"말만 저러는 것이니 마음에 새기지 마라. 그보다 몸은 어떠냐?"

뭔가를 곰곰이 생각하고 있던 무한이 짧게 대답했다.

"어느 때보다 좋습니다."

말뿐이 아니라 한눈에 보기에도 무한의 몸 상태는 좋아 보였다.

"대단하구나."

박영은 진심으로 감탄했다. 기진할 정도로 힘을 쏟으면 다음날은 몸져눕기가 십상인데 무한은 정말 아무렇지도 않은 것 같았다. 전날의 우려가 씻은 듯 사라졌다.

연무장을 가득 메웠던 관중들이 어디론가 썰물처럼 빠져나갔다. 잠시 뒤에 열릴 격구 결승을 보기 위함이었다.

무한이 청학무관 일행과 함께 막사를 나섰다. 저쪽에서 홍의 무복을 입은 사내가 다가왔다. 낯익다 싶어 자세히 보니 세자의 호위 중 한 명이었다. 호위가 곧장 다가와 무한에게 말했다.

"저하께서 너와의 약속을 지키고자 하신다."

호위의 말에 관원들이 어리둥절한 표정을 짓는다.

"걱정 마시고 먼저 가 계십시오."

그렇지 않아도 세자를 찾아가려 했던 무한인지라 박영을 안심시키고 호위를 따라나섰다.

문을 열고 들어서자마자 은은한 차향이 코끝을 스친다. 세자가 오체투지하려는 무한을 제지했다.

"과한 예는 접어두어라."

무한이 허리를 깊이 접는 것으로 인사를 마치자 세자가 앞자리를 가리킨다. 자리에 앉은 무한의 눈에 탁자에 놓인 기보가 들어왔다. 이찬을 꺾고 올라온 박영효와 무한의 바둑을 기록한 기보였다. 결과는 이백사십 수, 무한의 세 집 차 신승(辛勝)이었다.

전 대회 우승자 이찬을 꺾고 올라온 박영효는 수가 높았다. 그렇다고는 해도 무한이 정식으로 뒀다면 채 백오십 수가 지나기 전에 끝났을 것이다. 하지만 무한은 실력을 상당 부분 갈무리했고, 덕분에 기보에 남은 둘의 바둑은 다시없는 명승부요, 박빙이 되어버렸다.

세자는 무한이 결승전에 이를 때까지 남긴 석 장의 기보를 바탕으로 무한의 바둑이 조산과 엇비슷하거나 한 수 위의 수준이라고 결론지었다.

"대단한 바둑을 익혔더구나. 열일곱이라… 그 나이에 보기 드문 바둑이야."

"운이 좋았사옵니다."

"운이라……. 검술대전도 결승에 올랐다고?"

"저하께서 참가를 허락해 주신 덕분입니다."

세자가 의미심장한 얼굴로 말했다.

"널 위해 그런 결정을 내린 것이 아니다. 그보다 결정은 내렸느냐?"

"예."

"말해보아라."

"저하의 신마(神馬)를 빌려주십시오."

"신풍을 말이냐?"

"반 시진만 허락해 주십시오."

세자는 무한이 신풍을 어디에 쓰려는 것인지 묻지도 않고 즉석해서 승낙했다.

"말해놓을 테니 언제고 쓰도록 해라. 이후로도 언제든 어려운 일이 있으면 나를 찾아오너라."

세자는 방을 나서는 무한을 보며 생각했다. 스무 살. 무과에 응시하기까지 삼 년이 남았다. 벌써 삼 년 후가 기다려진다. 세자는 무한이 신풍을 원할 거라는 것을 하루 전부터 짐작하고 있었다. 그 용도 또한 짐작했다.

세자가 일어서자 무한을 데리고 왔던 호위가 따라붙으며 물었다.

"저하, 어디로 납시옵니까?"

"격구장이다."

세자는 조영규의 일그러질 얼굴을 생각하니 웃음이 절로 나온다.

세자가 행선지를 알리자 문밖에 섰던 호위들이 바삐 움직였다. 혹시나 있을 위험 요소를 사전에 살펴 제거하고자 함이었다.

무한이 마사에 도착했을 때 이민한, 손재구, 박위 등 격구 출전 선수들이 말을 마사에서 끌어내 안장을 씌우고 있었다.

손재구가 마사에 나타난 무한을 발견하고 반색을 한다.

"왔구나. 그렇지 않아도 기다리고 있었다. 어제 신경 좀 써 달라고 요청했는데 어떤지 모르겠다. 이놈들 상태를 한번 봐라."

말들은 한눈에 보기에도 활기 넘치던 이틀 전 모습이 아니었다.

"흥, 경기가 코앞인데 이제 와서 말 상태를 살펴 뭘 하겠다는 것이냐."

박위가 말을 끌고 가려는 것을 무한이 막아섰다.

"이 말은 경기에 참가할 수 없습니다."

무한이 딱 잘라 말하며 박위에게서 말고삐를 빼앗듯 받아 쥐었다.

"이게 무슨 짓이냐?"

"다른 말을 쓰십시오."

박위의 낯이 벌겋게 변한다. 그도 자신의 말이 지친 것을 알고 있었다.

"멍청한 놈! 오냐 오냐 하니까 이제 기어오르려 드는구나!"

분위기가 험악해지자 손재구가 둘 사이를 막아섰다.

"무한, 이번은 네가 생각을 잘못한 것 같다. 어설피 새 말을 쓰느니 지쳤더라도 오랫동안 호흡을 맞춰온 말이 낫지 않겠느냐?"

다른 관원들도 끄덕인다. 그때였다.

푸후후!

심상찮은 투레질 소리에 돌아보니 마사지기 노인이 신풍을 데리고 그들에게 다가오고 있었다. 신풍의 압도적인 위용에 관원들은 잠시 말을 잃었고, 그들의 말들은 놀라서 주춤주춤 물러선다.

마사지기 노인이 웃으며 무한에게 신풍의 고삐를 건넸다. 무한이 고삐를 박위에게 넘겨주며 말했다.

"이 녀석은 어떻습니까?"

무한의 말에 얼음왕자 같던 박위마저도 놀람을 감추지 못했다.

"너, 지금……."

"도련님께서 저에게 내주신 것에 비하면 아무것도 아닙니다."

"내가 네게 준 것이라니, 지금 무슨 말을 하는 것이냐?"

무한이 목소리를 낮춰서 말했다.

"도련님의 몸에서 향이 사라진 것을 알고 있습니다."

그 말에 박위가 전에 없이 당황한 표정을 짓는다. 박위는 종일 품고 다니는 침향 때문에 항상 그의 몸에서 은은한 향이 난다. 한데, 무한의 말처럼 지금은 그의 상징처럼 되어버린 향기가 사라지고 없었다.

지난밤 무한이 잠든 시간, 그의 방을 찾았던 정체불명의 사내. 그는 바로 박위였다. 박영이 무한의 몸을 걱정하는 것을 보고 애지중지하던 침향을 피워놓고 나갔던 것이다.

침향은 대사를 촉진시키고 기 순환에 탁월한 효능이 있다. 그뿐 아니라 정신을 맑게 하고 안정시켜 깊은 수면을 돕는다. 무한이 아침에 일어나서 유난히 가뿐한 기분을 느꼈던 이유가 그것이었다.

박위는 앞에서 더없이 쌀쌀맞게 굴면서 뒤로는 그렇듯 무한을 챙겨주고 있었던 것이다.

"너를 위해 쓴 것이 아니다!"

"무관을 위해서였겠지요. 하지만 제가 득을 본 것은 부정할 수 없는 사실입니다."

"……."

무한은 시시각각 변하는 박위의 얼굴을 보고 잔잔한 미소를 머금었다.

"길들인 지 얼마 되지는 않았지만 타는 데 큰 어려움은 없을 것입니다."

박위가 신풍에게 넋이 나가 있는 관원들을 살피더니 붉어진 얼굴로 낮게 깔아 말했다.

"침향에 대해 또 누가 알고 있느냐?"

"아무에게도 말하지 않았습니다."

박위가 안도의 표정을 짓는다. 무한을 대할 때 날 선 검처럼 하던 그였으니 다른 이들에게 금보다 귀하다는 침향을 무한을 위해 쓴 것을 들키기 싫은 것이다.

신풍은 사람들의 이목을 사로잡을 것이다. 그런 신풍을 몰고 있는 기수 또한 단연 주목받게 될 것이다. 박위는 무한이 자신에게 왜 그 좋은 기회를 자신에게 양보하려 하는지 이해하지 못했다. 어쨌든 무한에게 써버린 침향이 아까워 잠을 설쳤는데 무한의 마음 씀씀이에 그런 생각이 씻은 듯 사라졌다.

"흐음, 네 뜻을 알았다. 하지만 신풍을 타는 것은 내가 아니라 너다."

박위는 무한에게 고삐를 다시 건넸다. 하지만 무한은 받지 않았다.

"명마입니다. 스스로 알아서 할 테니 부리는 데 큰 어려움은 없을 것입니다."

"정말 그럴까?"

박위가 손을 뻗어 신풍의 머리를 만지려 했다.

푸후후!

신풍이 크게 투레질을 하며 머리를 흔들어댄다. 성질을 부리고 있는 것이다. 무한이 얼굴을 찌푸리며 신풍을 혼내려 하자, 박위가 팔을 들어 제지했다.

"아무나 등에 태운다면 명마가 아닐 것이다."

넋을 놓고 신풍을 바라보던 손재구가 그 말을 듣고 말했다.

"정말 이놈을 격구 경기에 써도 되는 것이냐?"

무한이 끄덕였다.

"그렇습니다."

"좋아. 그렇다면 내가 빠진다. 네가 이 녀석을 타고 출전해라."

박위를 포함한 나머지 여섯도 손재구의 말에 고개를 끄덕인다.

3

무한이 신풍을 타고 경기장에 나타나자 관중들이 숨을 죽인다. 신풍은 제법 잘난 말들 틈에 섞여 있었음에도 단연 군계일학이다. 세자가 쓰는 화려한 안장을 벗기고 낡고 볼품없는 안장을 씌웠음에도 화려하게 치장한 다른 말들을 압도했다.

좀처럼 감정을 얼굴에 나타내 보이지 않는 박환이 동요를 보인다. 그가 이 정도니 조영규는 말할 것도 없었다. 조영규가 사색이 되어 세자에게 말했다.

"저하, 저것은 저하의 말이 아니옵니까? 어찌 저것이 저기에……?"

"약속을 지켰을 뿐이오."

"약속이라시면?"

조영규는 문득 전날의 일이 생각났다. 세자가 무한이란 놈에게 어떤 것이든 한 가지 청을 들어주겠다고 하지 않았던가.

"설마, 그 녀석이 가당찮게 신풍을 요구했단 말씀이십니까?"

세자는 이미 무한이 신풍을 언급할 때부터 알고 있었다. 하지만 시치미를 뚝 떼고 조영규 속을 긁었다.

"반 시진만 내어달라 하더이다. 뜻밖이기는 했지만 어려운 청도 아닌지라 그러라 했소. 무슨 일로 신풍을 원했는지 궁금하던 차였는데 여기에서 볼 줄이야. 하하, 보면 볼수록 영특한 아이가 아니오?"

조영규는 속이 부글부글 끓었다. 대체 뭘 믿고 세자가 이리 나오는가. 대체 무슨 배짱으로 연이어 자신에게 물을 먹이는지 알 수 없었다.

"저하, 이것은 부당한 처사입니다."

"부당하다? 혹시 남의 말을 빌려 격구 대회에 출전하지 못한다는 규정이라도 있소?"

"그, 그것은 아니지만……."

조영규는 죽어라 머리를 굴렸지만 시합에서 신풍을 배제시킬 어떤 방법도 떠오르지 않았다. 이리 된 바에야 정면으로 부딪치는 수밖에 없다.

'좋아, 오히려 박환과 세자의 콧대를 동시에 꺾을 기회다. 그깟 말 한 마리 바뀌었다고 승패가 달라질까!'

조산도 그의 조부와 비슷한 생각을 하고 있었다.

"동요하지 마라! 단지 말 한 마리일 뿐이다. 우리는 반드시 이긴다!"

지이잉!

징소리가 요란하게 울린다. 징이 울림과 동시에 구장 한복판에 있던 심판이 옻칠을 하고 붉게 색을 입힌 나무 공을 하늘 높이 띄워 올렸다. 주칠목환이라 불리는 공이었다.

"끼랴!"

두두두!

"와! 와! 와!"

구경꾼들의 함성이 터져 나온다. 동시에 좌우 양쪽 출마표(出馬標)에서 대기하고 있던 기수들이 주칠목환을 향해 일제히 질주를 시작했다. 열네 마리 말이 지축을 흔들며 전속력으로 달리는 모습은 그 자체로 장관이었다.

엇비슷하게 달린다 싶더니 한 마리 말이 앞으로 툭 튀어나간다. 두말할 것도 없이 신풍이다. 나머지 말들이 평범한 활에 먹여 쏜 화살이라면 신풍은 철궁에서 발사된 철시(撒市) 같았다. 단숨에 거리가 벌어진다.

조산은 무한의 뒤를 쫓으며 죽어라 채찍질했다. 덕분에 다른 말들보다 몇 걸음 앞서 달리기는 했지만 신풍을 쫓기란 역부족이었다.

어느새 중앙까지 도달한 무한이 휘청 몸을 옆으로 눕힌다. 엄청난 속도에도 불구하고 격구 채로 정확히 주칠목환을 들어 올렸다. 조산이 죽어라 박차를 가해 뒤쫓는다. 무한은 비

웃기라도 하듯 채를 빙글빙글 돌리며 말을 몰아 구문(毬門)

밖으로 공을 날려 보냈다.

"청학무관 일점!"

심판이 목청껏 뽑아 올린다.

무한을 쫓던 조산은 벌게진 얼굴로 망연히 섰다.

"이 경기는 이길 수 없어……."

손자가 무한을 뒤쫓는 모습을 손에 땀을 쥐며 지켜보던 조

영규도 자리에 털썩 주저앉았다.

무한은 득점을 성공시키고 신풍을 돌려세웠다. 신풍은 거

만하기 이를 데 없는 몸짓으로 조산의 곁을 스쳐 지나간다.

무한의 얼굴에 애처로움이 깃든다. 조산이 타고 있는 말 때문

이었다. 인정사정없는 채찍질에 거품을 물고 있던 조산의 말

이 신풍의 기세에 짓눌려 엉거주춤한 자세로 물러선다.

연향의 일도 그렇지만, 말을 아끼는 무한이었기에 조산의

잔인한 성정에 분노가 끓어올랐다. 둘러보니 청룡무관의 모

든 말이 조산의 말과 별반 다르지 않았다.

무한이 분노를 삼키고 조산을 스쳐 네댓 걸음 지난 순간이

었다.

"죽일 놈. 겨우 말의 힘에 기대서 이기려 하다니!"

무한이 신풍을 멈춰 세웠다.

"그렇군요. 청룡무관을 과대평가했습니다. 애초에 신풍이

필요없었을 것을."

"뭐라 지껄여도 네 녀석과 청학무관은 나약하다. 그 말이
아니면 죽었다 깨어나도 우리를 이길 수 없겠지."

영악한 조산은 분노를 감추고 무한의 자존심을 건드렸다.
그게 통한 것일까?

모두 시작 위치인 출마표로 이동할 때, 무한은 신풍을 몰고
경기장 밖 대기석으로 향했다. 조산은 신풍을 세워두고 평범
한 말을 몰고 들어오는 무한을 보며 득의에 찬 표정을 지었
다.

청학무관 선수들은 당황하고 말았다. 박위가 심각한 얼굴
로 말했다.

"무슨 일이냐? 왜 신풍을……."

"제 생각이 짧았습니다."

"무슨 뜻이냐?"

"이대로라면 우리가 이기더라도 실력이 아니라 신풍 때문
에 이겼다는 말을 들을 수밖에 없습니다."

"우리라고 왜 그 생각을 하지 않았겠느냐? 하지만 설령 그
런 말을 듣더라도 놈들에게 질 수는 없다."

"저도 질 마음이 없습니다. 그렇기 때문에 신풍을 두고 온
것입니다. 신풍을 경기에 쓰면 이겨도 이긴 것이 아니게 되겠
지만, 신풍 없이 이긴다면 완벽한 승리가 될 테니까요."

박위가 인상을 찌푸리며 말했다.

"너는 지금 우리가 저들을 이길 수 있다고 말하는 거냐?"

"예, 이깁니다. 신풍 없이도 우리는 저들을 이길 수 있습니다!"

무한의 음성에 신념이 가득했다. 관원들이 서로를 마주 본다. 무한의 말을 듣자니 왠지 이길 것 같았다.

여태 함구하고 있던 이민한이 벌겋게 상기된 얼굴로 입을 열었다.

"까짓것, 한번 해보세."

곁에 있던 신정윤도 맞장구친다.

"맞아, 어차피 우승은 생각도 못했던 우리지 않나. 밑져야 본전이야. 대체 패배를 두려워할 이유가 무언가?"

"좋아! 가자!"

박위의 말에 뜻이 한데로 뭉쳤다. 관원들의 눈이 반짝인다. 더 이상 불신과 패배감에 젖었던 사람들이 아니었다.

일곱 개의 손이 중앙에 포개진다. 무한은 손등으로 전해지는 관원들의 체온에 가슴 한구석이 뻐근해져 옴을 느꼈다. 그것은 이제껏 단 한 번도 끈끈한 동료애를 느끼지 못했던 다른 관원들도 다르지 않았다.

청학무관 관원들이 출마표에 나란히 섰다.

"어찌해야 하느냐?"

박위의 물음에 무한이 당부했다.

"되도록이면 채찍을 쓰지 마십시오."

무한의 말에 박위가 채찍을 멀리 던져 버렸다. 흠칫 놀라던 다른 관원들도 곧 따라서 채찍을 던졌다.

"또 어찌해야 하느냐?"

"이미 우리의 말들은 격구 시합을 수차례 치른 말들입니다. 억지로가 아니라 말들이 스스로 상대의 말과 경쟁하도록 만들어야 합니다. 말의 움직임에 몸을 맡기십시오."

어려운 주문이었다. 하지만 관원들은 크게 끄덕였다.

"한번 해보지."

주칠목환이 던져졌다.

"끼랴!"

두두두!

열네 마리 말이 공을 차지하기 위해 질주를 시작한다.

짝! 촤아악!

살벌한 채찍질 소리가 들린다 싶더니 청룡무관 측 일곱 마리 말들이 앞서가기 시작했다.

공에 가장 먼저 닿은 사람은 조산이었다. 채찍질의 결과였다. 조산은 간발의 차이로 쫓아온 무한을 따돌리고 득점에 성공했다. 후로도 청룡무관은 연달아 득점해 점수 차를 삼 대 일로 벌려놓았다.

다들 무한의 당부대로 말의 움직임에 몸을 맡기려 노력했지만 역부족이었다.

그나마 청학무관에게 위안거리라면 득점을 결코 쉽게 허용하지는 않았다는 점이었다. 그렇다고는 해도 점수가 두 점

차이까지 벌어지자 청학무관 관원들은 조금씩 자신감을 잃어갔다. 다만 무한만은 시종일관 태연했다.

청룡무관 선수들의 조롱과 비웃음을 받은 박위가 입술이 피가 나도록 씹는다. 다른 관원들의 얼굴에도 짙은 암운이 드리웠다.

"제길! 역시 안 되는 것인가? 채찍이라도 들어야 했어."

박위의 한탄에 무한이 고개를 저었다.

"포기할 때가 아닙니다."

"네 녀석은 대체 뭘 믿고 그리 태연한 것이냐?"

박위의 투덜거림에 무한이 턱짓했다.

"저들의 말을 보십시오."

희희낙락하는 기수들과는 달리 청룡무관 측 말들은 지친 기색이 역력했다. 그것을 깨달은 관원들이 각자 자신의 말을 살폈다. 그들의 말도 지치기는 했지만 숨이 약간 거친 것뿐 저들에 비하면 한결 나았다.

이민한은 얼떨떨한 얼굴로 물었다.

"분명 똑같이 달렸다. 그런데 어찌 이런 차이가 나는 것이냐?"

"저들은 눈앞의 점수만 보고 말을 중히 다루지 않았기 때문입니다."

모진 채찍질은 언 발에 오줌 누기와 다름 아니었다는 말이다. 이민한은 문득 궁금증이 일었다.

"이상하구나. 어찌 저들이 그런 실수를 저질렀을까?"

무한은 그 이유를 알고 있었다. 처음 시작은 신풍 때문이었다. 무한이 신풍을 몰고 나타났을 때 평정심을 잃은 조산이 과하게 채찍을 들기 시작했다. 신풍이 시합에 빠진 후로 그럴 필요가 없었음에도 불구하고 조산은 채찍질을 멈추지 않았다.

무한과 청학무관의 기수들이 능숙한 기마술로 끈덕지게 따라붙은 결과였다.

"어쨌든 지금부터야말로 저들을 짓밟을 때다!"

무한이 고개를 저었다.

"아직은 아닙니다. 맡은 사람을 철저히 따라붙되 앞으로 두 점을 더 내줍니다. 반격은 그 이후가 될 것입니다."

"그게 무슨 소리냐?"

"저들의 말은 이미 지쳤습니다. 하지만 모진 채찍질로 인해 조금은 더 버틸 것입니다. 남은 마지막 힘을 쏟아낼 때까지 기다려야 합니다. 자칫 거기에 얽혀들었다가는 우리의 말들도 같이 지치고 맙니다."

"저들의 말이 힘을 완전히 소진하기를 기다리자는 말이냐?"

"바로 그겁니다."

무한은 저들의 말이 기진하는 데 반 각 정도 걸릴 것으로 보았다. 그 시간 동안 실점은 많아야 두 점, 적게는 한 점 정도가 될 것이다.

청룡무관의 말들은 모진 채찍질에 반 각을 더 버텼다. 그동안 청룡무관은 한 점을 더 획득해 점수는 석 점 차이까지 벌어졌다. 하지만 무한의 생각대로 그들의 말은 지칠 대로 지쳐버렸다.

대부분의 사람들이 청룡무관의 승리가 확정적이라고 생각하던 그때, 청학무관의 대반격이 서서히 막이 올랐다.

무한을 필두로 청학무관 관원들이 종횡무진 경기장을 누빈다. 주력(走力)이 급격히 감소한 청룡무관 측 말들은 도무지 따라오질 못했다. 무한의 활약에 이어 관원들의 끈끈한 조직력마저 살아났다.

애가 탄 조산과 청룡무관 선수들은 말에게 더욱 매서운 채찍질을 가했다. 하지만 처음과 달리 속도가 전혀 늘지 않았다. 석 점 차까지 벌어졌던 점수가 동점이 되었다. 결국 마지막 두 번의 공격마저 성공시킨 청학무관은 청룡무관에 치욕의 역전패를 안겼다.

조영규는 패배가 확정된 순간 눈을 감아버렸다. 청학무관 육 점, 청룡무관 사 점. 점수판에 기록된 점수다. 처음 신풍의 힘으로 따낸 점수를 제하고도 청학무관이 한 점이 앞선다. 패배의 원인을 신풍에게로 돌릴 수도 없었다.

기적적인 역전극에 경기장은 열광의 도가니가 된 지 오래였다.

약간 상기된 무한을 보며 조산이 증오가 점철된 음성으로
말했다.

"죽일 놈! 기고만장하는 것도 이 순간뿐이다!"

무한이 말을 멈춰 세웠다.

"……?"

"네 녀석의 바둑을 꺾은 후 검술대전에서 목을 따주겠다!"

무한은 살기 가득한 조산의 경고를 비웃음으로 답했다.

"그 자신감, 좋군요."

"뭐라?"

무한이 말 머리를 돌려 조산의 눈을 쏘아보았다. 단추 구멍
만 한 눈에 독살스러운 기운으로 가득하다. 연향이 받은 고통
을 생각하면 갈가리 찢어 죽여도 속이 풀리지 않을 것 같았
다. 치미는 살기를 실어 나직이 내뱉었다.

"나 또한 당신을 몸 성히 보낼 생각은 없소."

조산은 무한의 말에 일순 가슴이 서늘했다. 하지만 그런 감
정은 잠시뿐, 분노가 해일처럼 밀려왔다.

"다, 당신? 이런 미친놈이 있나!"

조산이 감정을 폭발시키려다 웬일인지 부르르 떨며 멈춘
다. 얼마나 참기 힘들었던지 이마에 푸른 힘줄이 툭툭 불거진
다.

무한은 그런 조산을 보며 눈을 가늘게 떴다. 그는 조산이
애써 참아내는 이유를 알았다. 자신이 이 자리에서 소란을 일

으키면 사람들에게 경기에 패한 분을 푸는 것으로 보일 것이라는 것을 아는 것이다.

조산, 만만히 볼 자가 아니다. 놈의 바둑도 저러한 기교와 인내력이 있다면 상대하기가 쉽지만은 않을 거란 생각이 들었다.

'네놈의 바둑이 어떤 것이든 무참히 꺾어주리라!'

무한의 다짐이었다.

한양무관 본관이 부산하다. 조산이 벼르고 벼른 바둑 결승 대국이 얼마 남지 않은 것이다. 결승전답게 아침과는 비교도 안 될 정도로 많은 사람들이 빈청을 메웠다.

돌을 골라 무한이 백을, 조산이 흑을 쥐게 되었다.

딱!

조산의 거친 손바람과 함께 흑돌이 반상에 놓여졌다. 잠깐 사이에 서너 수가 교환된다.

격구에서 패한 분풀이라도 하듯 조산은 처음부터 매서운 공세를 취했다. 수가 진행될수록 점입가경, 숨 돌릴 틈 없이 무한을 몰아간다.

무한이 짐작했던 것보다 조산의 바둑은 훌륭했다. 눈감고 찔러대는 창이 아니라 격과 식이 갖춰진 제대로 된 공격이다.

조산은 힐끗 무한의 얼굴을 살폈다. 날 선 칼이 사방에서 찔러 들어오는 형국인데 무한은 태연하기 그지없었다.

'놈! 허장성세임을 모를 줄 아느냐? 언제까지 그런 얼굴을 하고 있나 보자!'

조산은 무한이 애써 태연한 척한다고 생각하고 비웃었다. 치고받는 수가 계속해서 이어졌다. 백여 수가 진행되었을 때, 상변에서 시작된 질풍 같은 공세가 불붙듯 바둑판 전역으로 번져 나갔다.

회칼로 난도질하듯 하는 공세에 바둑판에 혈향이 낭무한다.

난전이었다. 이곳저곳 들쑤시다 보니 사변 어느 곳 하나 명쾌하게 정리된 곳은 없었다. 하지만 조산은 자신이 적잖은 실리를 챙긴데다 시종일관 공세를 유지했기에 무척이나 유리할 것으로 내다보았다.

반면 무한은 여전히 무표정했다.

그런 무한을 다시 한 번 힐끗거린 조산은 호흡을 가다듬고 찬찬히 형세를 살핀다.

인상이 슬며시 구겨진다. 상황이 생각했던 것보다 좋지 못했다. 흑, 백 각기 두 귀가 생(生)했다. 귀와 변을 중심으로 계가했다.

백이 서른 두 집, 흑이 서른여덟 집.

자신이 여섯 집 앞서고 있었다. 하지만 네 집 반을 공제하고 나면 간신히 한 집 반 우위를 점하고 있을 뿐이다. 승부의 향방을 점칠 수 없을 만큼 극미한 형세다. 공격에 열을 올린 것에 비해 허탈할 정도로 득이 없는 상태였다.

　조산은 맥 빠진 눈빛으로 고개를 돌려 바둑판 중앙을 살폈다. 구겨졌던 얼굴이 확 펴진다.

　천원을 중심으로 흑이 제법 강한 세력을 형성하고 있었다. 십여 수만 더 보강하면 중원에 막강한 제국을 건설할 수 있을 정도로 세가 두터웠다. 환호성을 지르고 싶을 정도로 형세는 자신에게 낙관적이었다.

　반면 무한의 돌들은 어떤가. 제각기 흩어져 정형(正形)에서 벗어난 사형(邪形)이다. 행마는 모름지기 돌들이 서로 호응하여야 힘이 발휘되는 법. 한데, 백은 먹다 남은 밥그릇에 붙은 밥풀처럼 서로를 응원하지 못하고 있다.

　어쩐지 자신의 무지막지한 공격을 잘도 막는다 싶었다. 무한이란 녀석은 자신의 총공격을 막아내기 급급했던 거다. 그래서 정작 중요한 중앙은 신경조차 쓰지 못하고 있었던 것이다.

　희열이 등줄기를 타고 오른다. 조산은 터져 나오려는 웃음을 간신히 억눌렀다.

　딱!

　그의 심경을 대변하듯 반상을 두드리는 조산의 손바람이 더욱 거세진다. 맹공을 가하면서도 살얼음판을 걷듯 면밀히 수를 검토하던 그인데 이제는 거침이 없었다.

　수가 높은 세자는 둘의 바둑을 면밀해 검토했다. 그의 결론도 조산과 별반 다르지 않았다.

'음, 뭔가가 있을 것 같은 바둑이었거늘, 조산에게는 부족하단 말인가?'

세자가 무한에게 실망을 하고 있을 때, 박환은 의문에 휩싸여 있었다.

무한의 행마는 오늘따라 이상했다. 평소의 무한이라면 조산의 공세에 능히 철벽 방어로 대처했을 것이다. 그도 아니면 그보다 더한 초강수로 맞불을 놓았을 것이다. 일관성 없는 행마라니, 무한의 바둑이라고는 상상할 수조차 없었다.

딱!

그 순간에도 중앙의 흑 세력은 두터움을 더하고 있었다. 이제 단 몇 수면 역전은 영영 불가능하다.

'무한! 대체 무슨 생각을 하고 있는 것이냐?'

이건 패배다. 이 바둑은 평소의 무한이 아니다.

박환의 근심은 끝 간 데 없이 깊어만 가는데 무한의 주특기라고 할 수 있는 신들린 수읽기는 온데간데없다. 위기에 처하면 어김없이 진가를 드러내던 신묘한 수도 무한과는 아무런 관계가 없어 보였다.

상황이 이런데도 무한은 잔잔한 눈빛으로 묵묵히 바둑을 두어나갔다. 하지만 사람들은 모르고 있었다. 현 상황이 무한의 예측에서 한 치도 벗어나 있지 않다는 것을.

지금 이 순간 무한의 머리는 빛살과도 같은 속도로 수읽기를 해내고 있었다. 그리고 무한의 진정한 노림수가 안개를 벗고 서서히 정체를 드러내기 시작했다.

콧노래라도 부르고 싶은 걸 참아가며 중앙 세력을 키워가던 조산. 문득 불길한 기분을 느끼고 두어가던 돌을 멈췄다. 반상 위에 이르렀던 손을 천천히 거두고 고개를 돌렸다. 승리에 들떠 있어야 마땅할 조부의 안색이 시커멓게 죽어 있었다.

'으응? 대체 왜 저러시지?

다시 바둑판으로 눈을 돌렸다. 시야를 넓혀 바둑판 전체를 살폈다.

'뭐, 뭐냐……!'

조산의 뱁새눈이 찢어져라 부릅떠진다. 산발적으로 흩어져 있던 무한의 백이 자신의 흑 중앙 대마를 기묘하게 얽어매고 있었다. 그 먹다 만 밥풀 같았던 흑돌들이 으깨져서 대마에 끈적끈적하게 달라붙은 형국이었다.

그랬다. 무한이 노린 것은 조산의 중앙 대마였다. 판세가 흑에 기울어 어쩔 수 없이 선택한 승부수가 아니었다. 애초에 조산을 평범하게 꺾을 생각이 없었던 무한은 만인이 보는 가운데 조산을 철저히 짓밟을 생각이었던 것이다.

그 실체가 바로 중앙 대마 몰살지계였다.

바둑을 지켜보는 박환의 눈가에 경련이 인다. 제자를 의심했다. 무한이 흥분해서, 자기 자신을 제대로 다독이지 못해서 지리멸렬한 바둑을 두는 것이라고 생각했다.

그것은 사실이 아니었다. 무한은 나름대로 연향의 복수를 하고 있는 것이다. 주체할 수 없는 전율이 온몸을 휩쓸었다.

'허허, 내 너를 아직도 몰랐구나.'

최선을 다하지 않고 수가 낮은 상대를 농락하는 것. 분명 기예에서 크게 벗어난 일이었다. 스승으로서 호통 칠 일이다. 하지만 박환은 이번만큼은 예(禮)를 벗어던지고 제자의 행보에 동참했다.

뒤늦게 무한이 조산의 대마에 칼을 들이댄 걸 알아챈 자들은 소름이 돋도록 놀라고 말았다.

그런데 정작 여러 사람을 충격에 빠뜨린 무한은 잔잔한 눈빛으로 반상을 들여다본다. 대마의 한 자락이 손에 쥐어진 상태다. 하지만 단 한 수로 일을 그르칠 수 있었기에 마음을 다잡고 대마를 체하지 않고 집어삼킬 마지막 수를 계산했다.

무한의 눈을 들여다본 조산은 마른침을 삼켰다. 이제야 잔잔한 눈동자 이면에 숨은 광포한 파도가 보인다. 가슴이 서늘해진다. 그것도 잠시, 분노가 두려움을 휩쓴다.

'네깟 놈에게 질 내가 아니다!'

아직 대마 전체가 죽은 것은 아니다. 가슴을 쓸어내리고 한 차례 심호흡을 한다. 뛰노는 심장이 어느 정도 안정을 찾자 장고에 돌입해 활로를 모색했다. 살피고 또 살핀다.

바야흐로 쫓는 자와 도망치는 자의 치열한 수 싸움이 시작이었다.

딱!

조산의 수가 떨어진 것은 거의 이각 만의 일이었다. 얼마나 고심했던지 얼굴이 땀으로 범벅이 되어 있었다. 조산이 한 수 두고 반상 위에서 손을 떼는데…….

딱!

반상에서 조산의 손이 떠나자마자 무한의 백이 반상을 두드렸다.

조산은 문득 옛 기억이 떠올라 부르르 떨었다. 그때도 이랬다. 돌고 돌아 십 리를 도망치면 저 괴물 같은 놈은 단걸음으로 따라와서는 자신이 활로를 틀어막지 않았던가.

다른 것이 있다면 그때는 자신의 고집으로 대마가 몰살한 것이라면, 이번에는 자신도 모르게 쫓기게 되었다는 것뿐이다.

불안이 엄습했다. 길을 트고 다시 단단한 백돌이 숨통을 조여오기를 수차례, 조산은 어느 순간 맥이 탁 풀렸다.

'과연 이 대마가 살기는 사는 것일까?'

의문을 품고 보니 수가 읽히지 않는다. 앞이 캄캄했다. 한 발만 잘못 디뎌도 만 길 낭떠러지인데, 도무지 길인지 벼랑인지 알 길이 없었다. 천신만고 끝에 외길을 찾았다.

딱!

딱!

반상 두드리는 소리가 연이어 터진다. 조산의 떨리는 손이 반상을 떠나기가 무섭게 무한이 착수한 것이다. 백이 흑 대마에 절세의 검을 겨누고 있었다. 조산의 입장에서는 참으로 미칠 노릇이었다. 그토록 빠져나가려 발버둥을 쳤건만 벼랑 끝에 내몰렸다. 이제 저 나락으로 몸을 던지지 않고서는 무한이 겨눈 절세의 보검을 피하기란 불가능했다.

'졌다.'

조영규는 손자가 기어이 대마를 살려낼 것이라 믿었다. 그러나 기대는 허망하게 무너졌다. 대국을 지켜보던 조영규는 흑 대마가 몰살 직전에 몰리자 그 어느 날처럼 참담한 심정을 맛보았다.

조영규와는 달리 조산은 포기하지 않았다. 식은땀을 줄줄 흘리며 수를 캔다. 이게 웬일인가? 보이라는 수는 보이지 않고 호흡만 거칠어진다.

당연했다. 수가 보일 리가 없었다. 조산의 대마는 무한의 끈질긴 공세에 네모반듯한 반상 위에서 가쁜 숨을 헐떡이다가 끝내 거대한 몸체를 늘이고 숨을 거둔 상태였다. 돌이킬 수 없는 지경을 벗어나서 바둑은 완전히 끝나 있었던 것이다.

정확히 이백사십 수째의 일이었다.

정작 조산을 바라보는 무한의 눈빛은 무섭도록 무감정했다. 일견 거만하게까지 보인다. 조산 따위를 이긴 것이 무슨 대수냐는 듯이.

질식할 것 같은 침묵이 장내를 짓누른다. 그런 가운데 이각이 더 흘렀다. 사람들은 묵묵히 조산이 패배의 쓰라림을 수습

하고 돌을 던지길 기다렸다. 하지만 조산은 미동도 없었다.

이미 끝난 바둑인데 무슨 수를 찾겠다는 것일까. 조산은 미련을 버리지 못하고 반상을 뚫어져라 바라보고 있었다.

이쯤 되면 단순히 승부욕으로 보기에도 지나친 감이 있었다. 패배를 인정하지 않는 조산의 모습은 추했다. 정말이지, 보고 있는 사람이 부끄러울 정도였다.

언제까지나 그러고 있을 수는 없는 일. 바둑 심판을 맡은 유관이 둘에게 다가갔다.

"내 보기에 이미 끝난 것 같네만……."

바둑판을 보고 있던 조산이 고개를 번쩍 치켜든다. 유관을 쏘아보는 눈빛에 살기가 감돈다. 그 눈빛이 어찌나 매서웠던지 유관이 놀라 뒷걸음칠 정도였다.

"졌다고? 누가 졌다는 말입니까?"

세자가 눈살을 찌푸린다.

정신을 놓은 듯한 손자의 행동에 조영규가 참다못해 벌떡 일어났다. 단걸음에 달려가 조산의 뒷덜미를 잡아 일으켰다. 조부의 완력에 끌려 일어난 조산이 도끼눈을 하고 소리친다.

"누구냐! 누가 감히……!"

"이놈!"

조영규의 벼락같은 호통이 빈청을 들었다 놓는다.

조부의 손에 이끌려 처소로 돌아온 조산은 넋이 반쯤 나간 상태였다. 조영규는 손자의 그런 꼴을 보니 속에서 천불이 일었다.

"이제 한 가지 길밖에 없다."

조영규의 말에 조산이 잿빛 눈을 들었다.

"길이라시면……."

"계획대로 놈의 숨통을 끊어라. 뒷감당은 내가 할 터인즉!"

죽인다. 죽여 버린다. 조산의 눈동자에 회색빛이 걷히고 살기가 폭풍처럼 휘몰아쳤다.

4

양반들의 입회하에 실내에서 치러진 바둑. 그 결과는 삽시간에 일반인에게 전해졌다. 양인의 신분으로 날고 기는 양반네들을 상대하면서 전혀 뒤지지 않고 있다. 검술, 격구, 이제는 바둑까지.

처음 무한이 오관지회 참가 자격을 득(得)했을 때만 해도 청학무관 사람이 아니고서야 누구도 짐작하지 못했던 일이다.

어디를 가나 무한에 대한 얘기뿐이었다. 나이 든 자들은 무한이 마치 자신들의 자식인 양 떠들어댔다. 아이들은 아이들대로 저희들끼리 막대기 따위를 들고 검술대전 흉내를 내며 서로 자기가 무한 역을 하겠다고 다툰다.

무한이 출전하는 검술대전 결승전. 어른 아이 할 것 없이

무한의 활약에 한껏 고무된 사람들로 연무장은 인산인해였
다.

양 진영에서 조산과 무한이 차례로 입장했다.

"무한이다!"

"또 이겨라!"

조산이 단 위에 오를 때는 잠잠하던 사람들이 무한이 오르
자 목이 터져라 무한을 응원한다. 이 모습 하나만으로 이번
오관지회 주인공이 무한임을 알 수 있었다.

조영규는 서릿발 돋은 얼굴로 연무대를 주시했다. 원래는
성도 없는 무한이라는 이름 대신 손자의 이름이 불렸어야 마
땅했다. 근본도 모르는 무한이란 녀석만 없으면 그렇게 됐을
터다.

조영규가 진득한 살기를 담아 중얼거렸다.

"죽여라. 반드시!"

곧추세운 진검이 햇빛을 받아 눈부시게 반짝인다. 무한은
조산의 충혈된 눈에서 걷잡을 수 없는 증오와 살기를 읽었다.

'놈은 나를 죽이려 하고 있구나.'

말뿐이 아니라 놈은 정말 그럴 생각이다. 반드시 죽이고야
말겠다는 악한 기운이 스멀스멀 다가온다.

무한은 자신을 향한 지독한 살기에도 눈도 깜짝하지 않았
다. 그 또한 증오심이라면 조산에 못지않았다. 활짝 필 나이
에 시든 꽃 같은 연향. 그런 그녀를 볼 때면 단걸음에 달려가

조산을 찢어 죽이고 싶었다.

무한은 들끓는 살심에 녀석을 죽여 버릴까도 생각해 보았다.

'아니, 안 된다. 그건 도저히 수습 불가능한 일이 될 것이다.'

자신의 목숨이 날아가는 것은 물론 박환마저도 그 책임에서 자유로울 수 없을 것이다.

반면 조산은 마음 놓고 무한을 죽일 수 있다. 똑같은 한목숨인데 조산과 무한의 목숨의 무게가 그토록 다른 것이다.

'이 싸움은 내게 불리하다. 하지만 결코 지지 않는다!'

무한이 승리에 대한 열망을 담아 살기 못지않은 기세를 뿜는다. 두 맹수가 으르렁거리는 모습에 관중들은 숨을 죽였다.

"하아!"

선공은 조산의 몫이었다.

챙! 챙! 챙!

한번 공격을 시작한 조산은 쉽사리 멈추지 않았다. 무한은 조산의 검에 일격필살의 기세가 담겨 있음을 느끼고 긴장의 고삐를 바짝 틀어쥐었다.

쉭! 쉭! 까가강!

불꽃이 사방으로 튄다. 무한은 주춤주춤 물러선다. 그러면서도 조산의 검을 일일이 받아낸다. 그 와중에 찌직 하고 옷깃이 검 바람에 휘말려 댕강 잘려 나간다. 하지만 그뿐이었다.

후로도 간혹 옷깃이 찢기는 위험천만한 상황이 벌어지기는 했지만 단 일 검도 무한을 상하게 하지는 못했다.

쉬아악! 까아앙!

조산의 온 힘을 다한 묵직한 일격을 두터운 검신으로 맞받는다. 둔중한 충격에 손목이 시큰하다. 충격은 둘 모두에게 전해졌지만, 조산이 충격을 다스리느라 잠시 주춤했고, 무한은 팔이 얼얼한 와중에도 그 틈을 놓치지 않았다.

무한의 검이 눈부신 속도로 조산의 어깨 위로 떨어져 내렸다. 조산의 안색이 흑빛이 되는 순간, 무한은 검을 백팔십도 뒤집어 칼등으로 어깨를 내려쳤다.

휘리릭! 퍽!

"크윽!"

조산은 둔중한 충격에 휘청대다가 간신히 바로 섰다.

실전이었다면 그대로 내려쳤을 것이고, 팔이 어깨부터 깨끗이 잘려 나갔을 상황이다. 그것은 승패를 떠나 목숨마저도 보존하기 힘들 만한 큰 부상을 의미했다. 조산은 이때 자신의 패배를 시인해야 옳았다.

하지만 무한은 조산이 그러지 않을 것이라 예상했다. 아니, 조산이 깨끗이 패배를 시인하고 물러서는 것은 그가 바라지 않았다.

고맙게도 조산은 거뜬히 고통을 씹어 삼켜주었다. 그리고 공격을 기다리고 있던 무한에게 득달같이 달려들었다.

쐐애액!

조산의 검이 대뜸 바람을 찢어발긴다. 분노가 깃든 검은 전보다도 힘이 넘친다. 하지만 위력이 더해진 대신 정교한 맛이라고는 찾아볼 수 없었다.

정확도가 결여된 검을 굳이 상대할 필요는 없다. 무한은 투박한 검을 비스듬히 흘렸다. 조산이 힘을 다한 칼질이 허공을 가르는 허망함을 맛보고 있을 때 옆구리에 커다란 틈을 노출했다.

퍼퍽!

무한은 그 틈을 칼등으로 연달아 후려쳤다. 손으로 전해지는 미세한 감각이 적어도 갈비 두어 대는 나갔음을 말해주고 있었다.

"으윽!"

신음을 토하며 옆구리를 감싸 쥔 조산. 그의 목 세 치 부근에 무한이 검끝이 멈춘다.

"겨우 이 정도인가?"

무한은 속삭이는 음성으로 조산을 도발하고는 단 아래에 서 있는 이천호를 바라보았다. 이미 승부가 났으니 올라와서 승자 선언을 하라는 의미다.

무한이 다른 곳을 보고 있는 동안 조산의 고개가 천천히 들어 올려진다. 악귀의 형상이었다. 낯빛은 고통으로 얼룩졌고,

입술은 터져 피로 물들었다. 눈동자는 충혈되다 못해 당장이라도 피가 흐를 것 같았다.

조산의 입술이 씰룩인다 싶더니 천천히 벌어졌다.

"이 개자식! 죽여 버린다!"

장내는 낙엽 떨어지는 소리도 들릴 정도로 조용했다. 게다가 조산의 입에서 흘러나온 말은 상당히 커서 승자를 선언하려 단 위로 올라가던 이천호는 물론이고, 거의 모든 사람이 조산의 입에서 나온 상스러운 말을 똑똑히 들었다.

졌다고 해야 옳은 상황에서 개자식이라니. 뿐인가? 한과 증오가 점철된 음성은 듣는 자로 하여금 치가 떨리도록 만들었다. 관중들이 자신들이 들은 소리가 맞나 잠깐 고민하는 사이,

챙! 쉬이익!

조산이 목에 겨누어진 무한의 검을 사정없이 내친다. 거기서 그치지 않고 사선으로 무한의 가슴을 향해 일검을 그어 내렸다. 무한이 낭창낭창한 버들가지처럼 허리를 뒤로 꺾었다.

서서석!

무한이 초절한 감각으로 검을 피했지만, 조금 늦은 감이 없지 않았다. 아니나 다를까, 스산한 소리와 함께 대뜸 무복이 왼쪽 어깨에서 오른쪽 허리까지 쩍 갈라진다. 갈라진 틈에서 뭉클 피가 솟는다.

"저런!"

“안 돼!”

관중들이 진저리치며 소리쳤다.

무한의 상처는 죽음에 이를 정도로 커 보였다. 하지만 직접 손을 쓴 조산은 보기와는 달리 상처가 얕다는 것을 알았다. 지혈하지 않고 반 시진을 서 있으면 모르되, 붕대로 싸맨다면 절대로 죽을 상처가 아니었다. 재차 검을 들어 무한의 심장을 노렸다.

슉!

검끝에 녀석의 심장이 닿을 듯 다가왔다. 조산은 이제 끝이라고 생각했다. 공포에 절어 있는 무한의 마지막 모습을 보고 싶어 고개를 들었다.

‘우… 웃어?’

녀석은 고통스러운 얼굴을 하고 있었지만 눈만큼은 웃고 있었다. 자포자기의 웃음이 아니라 조산 자신을 향한 비웃음이었다. 적어도 조산은 그렇게 보았다.

조산은 갑자기 얼음 굴에 떨어진 기분을 느꼈다. 개미가 뒤통수로 스멀스멀 기어오르는 것 같더니 소름이 전신으로 퍼져 나갔다.

‘이럴 수가! 이놈에게 걸려들었구나!’

조산은 일이 잘못됐다는 것을 직감하고 재빨리 검을 거두었다. 아니, 그러려고 했다. 하지만 조산이 검을 든 팔을 움츠리려는 순간, 도저히 움직일 수 없는 각도에서 무한의 검이 쏘아져 나왔다.

번쩍!

차가운 빛이 조산의 오른팔로 들이닥친다. 그리고 빛은 삽시간에 시야에서 사라졌다.

투둑, 쨍그랑!

"호호, 거짓말."

조산이 헤실헤실 웃으며 중얼거렸다. 그의 혼이 빠져나간 망막에 비친 것, 피로 홍건한 바닥을 뒹굴고 있는 그것은 검을 움켜쥔 조산 자신의 오른팔이었던 것이다.

대기하고 있던 의원이 놀라 달려와 조산의 팔을 지혈한다. 조산은 그때까지도 창백한 얼굴로 서서 헤실헤실 웃고 있었다.

"으어억! 사, 산아! 산아!"

석고상처럼 굳어져 있던 조영규가 뒤늦게 실성한 사람처럼 고래고래 소리치며 연무대로 내달았다.

지혈을 마친 조산은 의원으로 옮겨졌다. 무한은 상반신을 붕대로 칭칭 감은 상태로 청학무관 막사에 앉아 있었다. 출혈이 꽤 있던 탓에 안색이 파리했다.

연무장 바닥을 물들인 피가 깨끗이 치워지고 소란이 일단락됐다. 경기를 치른 무한과 조산이 속하지 않은 무관의 관주들과 상의를 마친 이천호가 단 위로 올라왔다. 승자 선언이 남은 것이다.

그때까지 자리를 뜨지 않고 있던 관중들이 이천호에게 시선을 집중했다.

규정에 의하면, 이유를 막론하고 승패가 결정된 후에 상대를 상하게 하는 것은 반칙이다. 물론 파국으로 치달은 원인이 조산에게 있었지만, 규정을 근거로 트집을 잡자면 무승부나 무한의 실격패로 얼마든지 몰아갈 수 있었다.

과연 판결이 어떻게 날 것인가.

관중을 쓸어본 이천호가 크게 소리쳤다.

"무한 승!"

『기검신협』 2권에 계속…

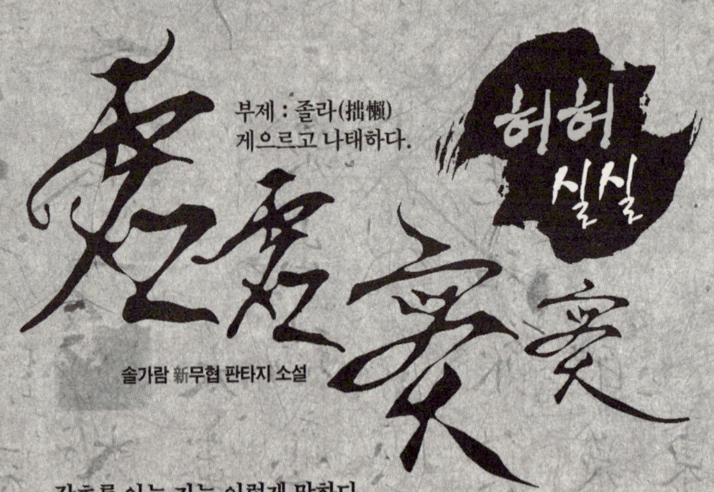

강호를 아는 자는 이렇게 말한다.
삼류무사는 이류를 무서워하고, 이류는 일류고수를 두려워한다.
그리고 일류는 대문파의 절정고수와 강호의 은거기인에게 무릎을 꿇는다.
하지만 그 모든 것이 예외인 삼류무사가 출현했다.
어느 날 사파 절정고수가 그놈에게 물었다.

"너 어느 문파 출신이냐?"
"개소문요."
"이 새끼! 어른 가지고 장난을 쳐!"
"당장 죽여 버리자, 언니!"

수백 년간 치밀하게 준비된 혈겁.
절정고수와 은거기인만으로는 힘이 부족하다.
이 혈겁을 타개할 사람은 오직 삼류, 그놈뿐!

그놈 曰, "됐거든요!"

놈을 움직일 수 있는 건 돈, 명예가 아니다.
오직 여자만이 그를 움직일 수 있다.
그것도 단 한 여자만이……

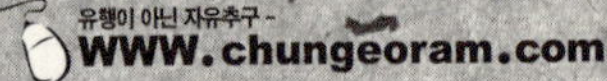

Golden Key

박이수 소설

황금열쇠

「달의 아이」, 「붉은 소금성」의 작가 박이수.
그가 또 하나의 기대작 「황금열쇠」로 나타났다.

우연한 만남이란 단어는 그들에겐 존재하지 않았다.
얽혀 있는 사람들…그리고 피할 수 없는 운명의 굴레!

뒤틀려 버린 운명의 주인공 세이엔 가이스카 리베 폰 라시에…
한순간 인생이 뒤바뀐 불운의 주인공 듀이 델쾨
그리고…유일하게 그녀를 기억하는 단 한 사람 이샤무딘!

이제 운명의 주사위는 던져졌다.
엇갈린 운명 속에 모든 사건은 하나로 연결된다!
황금열쇠를 차지하기 위한 그들의 위험한 모험이 지금 시작된다.

유행이 아닌 자유추구 -
WWW. chungeoram.com

Book Publishing CHUNGEORAM

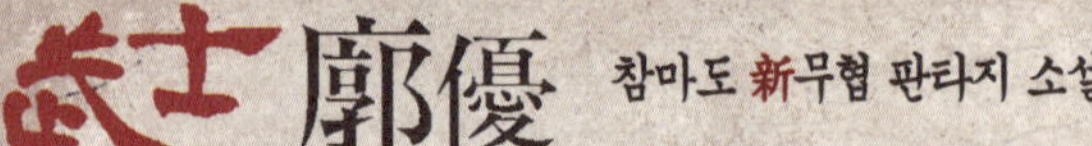

武士 郭優 참마도 新무협 판타지 소설

무사 곽우

『무정지로』,『십삼월무』,『화산진도』의
작가 참마도, 그가 돌아왔다!!

새롭게 시작되는 그의 네 번째 강호 이야기!!

"힘이 있는 자가 없는 자를 돕는 것입니다.
또한 힘이 없다면 돕기 위해 노력이라도 하는 것입니다.
그것이 진정한 협 아니겠습니까?"
"호오……."
송완은 다시 봤다는 듯 곽우를 바라보았고 담고위는
무슨 케케묵은 보물단지 보는 듯한 얼굴을 만들었다.
송완은 살짝 킥킥거리며 웃다가 이내 곽우에게 말했다.
"틀렸다. 협이란 무공이 높은 자의 중얼거림일 뿐이야.
무공이 낮은 자는 그저 그 협을 바라만 보고 있어야 하는 것이지.
그래서 세상은 협사가 널렸고 그 협사의 주변엔 구더기들이 들끓고 있는 거야."

강호라는 세상 속에서 지금 한 사람이 그 눈을 뜨려 한다.
한 자루의 부러진 검과 함께 곽우라는 이름을 가지고…….